U0371116

作家　教授

梁晓声 著

中国人的淡定从何处来

北京大学出版社
PEKING UNIVERSITY PRESS

图书在版编目(CIP)数据

中国人的淡定从何处来/梁晓声著.—北京：北京大学出版社，2014.8
ISBN 978-7-301-24535-4

Ⅰ.①中… Ⅱ.①梁… Ⅲ.①随笔—作品集—中国—当代 Ⅳ.①I267.1

中国版本图书馆 CIP 数据核字(2014)第 163517 号

| 书　　　　名：中国人的淡定从何处来
| 著作责任者：梁晓声　著
| 策 划 编 辑：王炜烨
| 责 任 编 辑：王炜烨
| 标 准 书 号：ISBN 978-7-301-24535-4/C·1027
| 出 版 发 行：北京大学出版社
| 地　　　　址：北京市海淀区成府路 205 号　100871
| 网　　　　址：http://www.pup.cn
| 新 浪 微 博：@北京大学出版社
| 电 子 信 箱：zpup@pup.pku.edu.cn
| 电　　　　话：邮购部 62752015　发行部 62750672　编辑部 62750673
|　　　　　　　出版部 62754962
| 印　　刷　者：三河市北燕印装有限公司
| 经　　销　者：新华书店
|　　　　　　　965 毫米×1300 毫米　16 开本　21.5 印张　220 千字
|　　　　　　　2014 年 8 月第 1 版　2015 年 4 月第 3 次印刷
| 定　　　　价：43.00 元

未经许可，不得以任何方式复制或抄袭本书之部分或全部内容。
版权所有，侵权必究
举报电话：(010)62752024　电子信箱：fd@pup.pku.edu.cn

如果放眼世界,将社会分为相当稳定、较为稳定、不稳定、极不稳定四个级别,那么中国处在哪一个级别呢?

目 录

第一章 公共

003　世无大国
010　我们何以不和谐
020　中国中产阶级，注定艰难
025　中国档案制度质疑

第二章 商业

033　俯瞰商业时代
079　论泡沫
082　税是社会公平的砝码

第三章 民间

089　社会黑洞
093　大众的情绪
100　崇尚"曲晦"乃全社会的变态
103　贴官贴商

第四章　国民

113　　勇于羞耻的现代公民

117　　被两种力量拉扯长大的中国人

121　　千年病灶：撼山易，撼奴性难

第五章　思想

131　　中国"尼采综合征"批判

第六章　人文

161　　中国人文文化的现状

171　　百年文化的表情

第七章　教育

179　　大学生真小

185　　瞧，那些父亲们

第八章　青年

193　　当今中国青年阶层分析

第九章　环境

207　　中国城市建筑及规划扫描

第十章　女性

221　　扫描中国女性

第十一章　情感

277　　暧昧的情人节
290　　《廊桥遗梦》:中国性爱启示录

结语

325　　"第三只眼"看中国的误区

>>>

第一章

公 共

我是相信我们中国真正强大起来了,那也一定会是一个国际形象温良的通情达理的君子大国。因为那是我们这个国家、这个民族一直以来的理想,"和为贵"是我们这个民族的一种文化基因。

世无大国

依我看来,迄今为止,这世上还并无一个大国出现。

这里所言之"大",不唯指领土的广阔,不唯指人口的众多,也不唯指经济和军事力量多么的了得,还指一个国家的品格怎样。正如一个人,虽具有种种强的优势,却从不以强称霸,更不以强欺弱,才配视为一个"大写的人"。反之,体貌大尔,德性低也、劣也。一个"大写的人",那也是难免会与别人发生矛盾的。这样的一个人,如果自己错了,是从不拒言"我道歉"的,所谓"君子坦荡荡"。

是的,以我的眼看来,人类的历史上,至今还未出现过一个具有此种品格的大国。我们中国的领土倒是够大,人口居世界首位,但我们在经济和军事力量两方面还都不算强大。

我记得中央电视台的节目主持人曾采访过一位美国的中国问题研究专家,女性。我们的节目主持人也是年轻的女性。

女主持人问:"您对中国目前的世界地位有什么评价?"

美国的中国问题研究专家反问:"你的意思是问中国是不是已经强大了吗?"

女主持人点头。

美国的中国问题研究专家微微一笑,答曰:"你们早就是大国了。"

她的反问和她的回答耐人寻味,给我留下了极深的印象。尤其显现在她嘴角的那一抹笑,使我的中国心被刺疼了一下。在那美国的中国问题研究专家看来——中国也只不过就是"大"而已。

我们从来便大,但却从来也没真的强大过。早年,八国联军以区区数千人长驱直入,占领了一个有4.5亿人口的国家的都城,这说明了"大"和"强大"是多么的不同。后来,侵华日军又用"三光"政策再次向我们中国人说明了"大"和"强大"的不同。

今日之中国,外汇储备量虽已在世界上数一数二,但说到底,那是13亿多同胞的大多数,以充当世界上很低廉的劳动力的方式换来的。被13亿多这庞大的分母一除,分数值其实还是少得可怜。所以中国在国际舞台上一向自谦地说:"我们仍是一个发展中的国家。"

正因为我们还算不上是一个真正强大了的国家,某些别国才敢时不时地挤兑我们,在国际关系中时不时地给我们某种脸色看,甚至给我们小鞋穿。

我是相信我们中国真正强大起来了,那也一定会是一个国际形象温良的通情达理的君子大国。因为那是我们这个国家、这个民族一直以来的理想,"和为贵"是我们这个民族的一种文化基因。我相信如果将来世上有又大又强并且不讳言"道歉"二字的国家的话,那么必是中国。但依我看来,今日之中国,离自己的理想还相差甚远。

那位美国的中国问题研究专家的话以及她那一种笑,之所以使我的心感到被刺疼了一下,不仅因为她的尖刻,还因为我们某些中国人自己的妄昧——他们分明觉得,我们中国已然真的又大又强了。故一旦居位,说话办事,便总是会尽量做足大而且强的架势。那种财大气粗、铺张浪费,每令了解国情底细的中国人瞠目结舌,也每令对中国多少有点研究的外国人嘲颜一笑——就是那位美国的女中国问题研究专家的那一种笑……

那么美国是否便配是世界上的第一大国了呢?

虽然美国的领土并不最大,虽然美国的人口并不最多,但美国的综合国力尤其它的军事实力确乎是世界上最强的。但遗憾的是,它也只不过是一个强国而已,动辄摆出全世界军事大佬的威风对别国进行武力压迫,依然是它的惯伎。美国近年发动了一次又一次国际战事,姑且不论那些战事的对错、死在美国狂轰滥炸之下的别国的平民百姓,却很少听到过代表美国的内疚之声,而美国也很少说过"美国道歉……"它在国际谴责声浪中经常所说的话仅仅是——"遗憾"而已。

英国也曾对全世界号称"大英帝国",而且自诩"日不落帝国"。从前的英国极其霸道,以全世界的"总舵把子"自居。但是现在,也找不到大国的感觉了。

有剑桥大学、牛津大学和伦敦大学的英国,有莎士比亚的英国,有乔叟的英国,有华兹华斯和狄更斯的英国,有萧伯纳、夏绿蒂三姐妹和爱丽斯·默多克的英国,有大英博物馆的英国。它本不该是现在这样的……

德国必将会是一个令全世界忘其前史刮目相看的国家,因为它由于是"二战"的罪魁国而向全世界道歉了。尽管世人对施罗德那具有戏剧性的一跪众说纷纭,但能以敏感的眼来看世界的人肯定都看到了,德国是从那一年起真正开始脱胎换骨的……

曾被视为"北极熊"的苏联四分五裂了,"俄国"却死而复生,它再也不可能是"熊"。然北极除了白熊,还有另一种了不起的动物——北极犬。北极犬具有令人肃然起敬的耐力,是北极的驼。依我看来,当今之俄罗斯如同北极犬。俄罗斯国家肯定会走出低谷的。然一个在任总统号召青年为民族多生孩子的国家,证明它比从前是"苏维埃联盟共和国"主体的时候小多了……

19世纪以后的法国,似乎有几分人类理想国的模样的,不愧是人类近代思想文化"启蒙运动"的摇篮之国。孟德斯鸠、伏尔泰、狄德罗、卢梭、雨果们的灵魂,没有白白影响这个人类近代史上最早的"共和国"。然而它毕竟不够大亦不够强,故"二战"伊始,德军几乎易如反掌地就占领了巴黎。这证明一个国家仅靠思想和文化的骄人成果是挡不住法西斯的……

回望历史,国家出现,业已悠悠五千余年。大国徒大,强国徒强,一个又大又强且在国内国际两方面都堪是楷模的国,确乎还没出现。

倒是这世界上的某些小国,反而在国家品格方面更令我这个中国人敬意由衷,比如比利时、丹麦、冰岛、卢森堡、挪威、瑞典、瑞士,等等。虽然它们都很小,但近代以来,都越发接近是"君子国"。

世界和谐在"小"一方。

倘让我在当代的世界上选一位最受人民爱戴的国家元首,那么我将会毫不犹豫地为丹麦女王玛格丽特二世高举我的双手。

她曾是当代最年轻漂亮的女王,也是世界上最普通的女王,还是最穷的。她的王宫是清水衙门,是丹麦节约水和电的模范"单位"。在王宫资金特别拮据的时期,女王翻译文学作品,以稿费补贴日常费用,但她却从没要求政府增加过王宫的年金。因为她从不拿自己的生活水平和别国的君王或元首们比,而总是拿自己的生活水平和本国的普通百姓相比。她虽身为女王,却从没将丹麦人叫做"子民"。谈到丹麦人,她一向发自内心地说:"我的公民们。"

她多才多艺,是名副其实的翻译家、考古学家、刺绣家、服装设计师,还是桥牌高手和芭蕾舞爱好者。她敬业乐业,认真从事"女王这一工作"——她自己的话。每周三,她准时接见对国家有诉求的一切丹麦人,如同中国的一位有使命感的"人大代表"。

在1972年至1984年间,任何一名到丹麦去的外国旅人,如果预先见过女王的照片,那么都有可能在哥本哈根的某一条街上,认出从容不迫地骑着辆普通自行车的女王。那是她去上班,或者下班。倘自行车前筐里有西红柿、马铃薯,那么便是女王从集市上买菜回来,西红柿和马铃薯是女王所爱吃的……

她以女王身份参政议政的能力,连最激进的左翼人士亦心悦诚服。在丹麦,几乎没有人利用政治讲坛非议本国的君主立宪制度。没有"立宪",只有王权,任何一个国家都不会产生那么"美好"的女王。女王的人格魅力成为丹麦和谐社会不可或缺的元素。

如果柏拉图活到了这个年代,他一定会高兴地说:"看,那就是一个理想国。"丹麦是安徒生的祖国,玛格丽特实在是太具有童话色彩的女王。

也许,表面看来,这世界乃是由大国和强国来操控的,但在世界的深层规律中,小国们的状态才更具有进步的启示性!

谁想去美国？

众所周知——20世纪80年代以来，中国人开始走向美国。

如今——中国和美国之间，"丝绸之路"已然铺通。

世界上，有许多路的说法是美好的。但是我以为，仅仅就说法而言——"丝绸之路"是最美好的。尽管，事实上的"丝绸之路"，乃是古代中国与别国的一条极为艰难的通商之路。

"走向美国"——是目前许多中国人，尤其是年轻一代中国人内心里的"丝绸之路"。它很具吸引力，充满迷幻色彩。似乎，一个中国人，一旦"走向美国"，则意味着他或她的人生走向了理想和成功；而如果他或她居然还获得了美国"绿卡"，那么，似乎简直意味着已经是一种成功的人生的标志了。是否确乎如此呢？正打算"走向美国"的中国人，不妨看看《走向美国》。《走向美国》告诉你一些"走向美国"的常识性问题；告诉你美国某些像丝绸一样美好的方面，也告诉你某些不怎么美好的方面——在这些方面美国不但不像丝绸，反而像"玻璃纤维"。

"玻璃纤维"——20世纪60年代的中国人十之八九都知道那是什么——刚刚经过第一道工序的化纤团。它闪亮，但是绝不柔软；它洁白，但是对皮肤有严重的伤害性。恶少年对他人进行报复的一种方式，就是暗包一团，趁人不备，往人皮肤最细嫩的地方一搓。那么结果就会有无数肉眼几乎看不到的纤刺扎入皮肤，顿时红肿一片。轻则须用放大镜照着镊子一根根拔出，重则须住院……

对于正打算"走向美国"的中国人，了解这些方面显然也是必要的。

对于并不急着"走向美国"的中国人，对于仅仅对美国发生兴趣（目前，又有哪一个中国人对美国毫无兴趣呢）只想隔岸观灯雾里看花地了解美国的中国人，《走向美国》也值得看看。

它将对你以后是否打算"走向美国"发生影响。

中国人,包括世界上另外一些发展中国家的人,纷纷"走向美国"去干什么呢?

如果说"丝绸之路"是一条商路,那么,"走向美国"的路,显然也是一条商路——"走向美国"的中国人,销售的已不再是丝绸,而首先是自己。这说起来有些尴尬,但几乎接近着事实。

走在古代"丝绸之路"上的中国人,其艰辛(还往往一路险象环生)是在走着的时候;今天"走向美国"的中国人,其艰辛却主要是在走到了以后。航空事业避免了走的艰辛,飞机使古代漫长的路途压缩为十几个小时。不仅毫不艰辛,而且会一路受到漂亮空姐的周到热情的照顾。

从前是——到了之后就一切顺利了;现在是——到了之后,一切的不顺利和立足的艰辛才扑面而来。

从前是——到了就赶快开始吆喝着卖东西;现在是——到了就赶快开始推销自己,证明自己,而非别种中国货。

从前是——一个中国人怎么样美国人并不会太在意,主要看你的商品;现在是——你到美国去既然推销的不是商品而是自己,那么人家便首先看你是一个怎样的中国人。

你在国内是一个优秀的中国人,人家可能并不认账——人家另有衡量你优秀不优秀的标准;你在国内证明你自己优秀的那一职业那一专业,很可能在美国得不到公认。

《走向美国》一再地,几乎有点是喋喋不休地三娘教子般地告诫我们这一点。

我们应当感谢此种告诫——因为它分明是诚心诚意的,也是善意的。

但是我以为,已经决心"走向美国"的中国人,只要自己做好了充分的各方面的准备和考虑,也大可不必看了某一本书而改变决定。毕竟,告诫是针对心理和条件准备不足的中国人的。

我们何以不和谐

社会和谐或不和谐,因素很多。主要的现象在民间,主要的前提却不在民间。

百姓其实都是巴望和谐的。

因为一切导致社会不和谐状态,首先必使人民的生活乃至生存丧失保障,比如战争、比如动乱、比如枉法、比如苛政、比如一个阶级对另一个阶级的压迫与剥削……

"血流漂杵,人死如林";"持金易粟,粟贵于金";"中野何萧条,千里无人烟";"边城多健(青壮年)少,内舍多寡妇";"梦里依稀慈母泪,城头变幻大王旗"——这样的社会,是断没法和谐的。

"片言折狱,严刑诳服,荣势破理,屈诛无辜;万全之利,权者以小不便而废;百世之患,贵者图小利而不顾。"——这样的社会,也是断没法和谐的。

"苛政猛于虎,百姓如刍狗;朱门酒肉臭,路有暴尸殍。"——在如此这般的社会状况下,"孔子"们那些教化庶民的话,不管多么中听,根本就是废话。倘什么人还喋喋不休地向民间念教化经,那确乎可恶了。

"五四"时期,"打倒孔家店"成主流的社会风潮,运动者们固然有偏激之处,孔老夫子委实也有点冤枉,但平心静气地想一想,却并不能说这是文化人士根本不负责任的胡闹。

不久前与几位同龄辈闲聊,有人言:"除了'文革'十年,新中国成立后,竟无内战,无论如何,该说是中国人的福。"皆肃然,遂纷纷点头。凡中国人,不可能不由而庆幸。

窃以为,今日之中国,民间也来总结和谐的经验,吸取不和谐的教训,还是有了不少可行性的前提的。虽然发生在我们百姓日常生活中的不和谐,对于社会只不过是细节,且与什么大前提无关。但有时却会令当事人目瞪欲裂,血脉贲张;甚而真的向社会溅出血去;更甚而闹出人命来……

有次我在某市碰到这样一件事——上午散步时,我见一环卫工正在清理垃圾桶,旁边一女子在遛狗。那狗突然拉了屎,女子倒也自觉,而且分明有所准备,从兜里掏出卫生纸,包起狗屎打算扔进垃圾桶里;而那环卫工不知为什么不高兴了,将垃圾桶的盖子一盖,不许女子将狗屎扔进去。那女子手捏着一纸包狗屎,也不高兴了。

她质问:"为什么不许我扔进去?"

环卫工理直气壮:"这是垃圾桶不是扔狗屎的地方。"

我想,那环卫工之所以不高兴,恐怕是觉得自尊心受到了伤害(在我们的社会中,不尊重环卫工人的人格和他们的劳动甚而蓄意伤害他们自尊心的事也确实屡屡发生)——我干这么脏的活,每月那么少的工资,整天默默地为你们城里人服务,你们城里人何时正眼瞅过我们一次?我这儿正在扎塑料袋口呢,你偏赶这会儿当我面往袋里扔狗屎……这么一想,自然就有点是可忍孰不可忍了。都讲要换位思考,我想,如果那女子当时能换位思考一下的话,只消一句自嘲言语,环卫工心里的气肯定顷刻全无。

但那女子却手捏着一纸包狗屎认真起来。

"难道狗屎不是垃圾!"

"垃圾是垃圾,狗屎是狗屎!难道我是专门清理狗屎的人?"

"狗屎也是垃圾!"

"狗屎不是垃圾!垃圾是生活废弃物!"

"狗屎就是废弃物!"

"这叫垃圾桶,不叫狗屎桶!"

"你胡搅蛮缠!"

"你才胡搅蛮缠!"

这时,对于那女子,怎么样才能扔掉狗屎似乎已不重要了,似乎理论明白狗屎究竟属不属于垃圾更为重要了。她的思维逻辑显然是这样的——只有通过理直气壮的辩论,迫使环卫工承认狗屎也是垃圾,手中的狗屎才会顺利扔掉。她肯定还觉得很委屈——自己的狗在道上拉了屎,自己并没牵着狗一走了之,而是掏出纸包拾了起来,却偏偏遇到一名犯浑的环卫工不许自己往垃圾桶里扔!她也是可忍孰不可忍了。

那小狗蹲于地,看着一男一女两个人恶色相向,不明所以,一脸困惑。

我见他们越吵越凶,趋前劝之。我是有立场倾向的——暂且不论狗屎是否属于严格意义上的垃圾,看一个女人一直拿在手里总不是回事,所以侧重于劝那环卫工退让一步……

环卫工则指着那女人说:"你看她那凶样子!反倒来劝我?今天我偏陪她较这个真,你别管闲事!"斯时那女人的样子确实已快失控——换位替她想想,手里一直捏着一纸包狗屎呢,样子能和谐得了吗? 劝解无效,我只得去散我的步。半小时后再经过原地,环卫工不见了,被警车拉走了;女子也不见了,被救护车拉走了。满地血点子,一名警察在向一些人了解流血事件的过程。而我听到的情况是这样——后来那女子将狗屎摔到了环卫工的脸上,后者用垃圾桶的盖子狠狠拍了她……才半个小时,倒也算是速战速决。

我还听到有人评论道:"唉,这个女子也是死心眼,不许往垃圾桶里扔,走几步扔那片草坪上得了嘛,正好做肥料。"闲人们皆道:"是啊,是啊。"我心里边就有点自责,怪自己半小时前没想到,所以劝得也不得法;若那么劝了,一场街头流血事件不就避免了吗? 紧接着又有人说:"没见草坪那儿正有人推着剪草机剪草吗? 我要是那人,往草坪扔狗屎,我还不许呢!"想想,这话也是有预见性的。那,狗屎除了往人脸上摔,还能怎么个"处理"法呢? 我困惑。几天前的一个早晨,我在家附近的元大都遗址公园散步,见一高个子和一中等个子的公园保安正与一对中年夫妇理论。公园管理处有一条新规定——不得在公园内进行"大规模"摄影。这无疑是一条好规定。若此公园成了随便拍广告、影视外景的地方,显然会影响人们晨练、健身,也必增加管理难度。那对中年夫妇是推辆幼儿车到公园里来的,车里的孩子看上去还不满周岁,中年得子,多高兴的事,丈夫想多拍几张照片,散步的人们于是都绕开走,他们很能理解那一对夫妇的愉快心情。但是两名保安不知为什么对此事认真起来,上前阻止他们拍照。

他们自然要问:"为什么?"

答曰:"有规定,禁止'大规模'摄影。"

那丈夫诧异了:"我们这是'大规模'摄影?"

高个子保安肯定地说："对。因为你架三角架了,架三角架就算'大规模'摄影。"

"可我这三角架这么小,只不过是为了相机稳定和能够自拍。"

"别跟我们说这么多,我们在执行规定。"

"哪儿规定的?"

"上级。"

"你们的上级是哪儿?"

"这你就无权过问了。"

"我要找你们上级提出抗议。"

"我们又没侵犯你的人权,只不过是在执行规定,所以有理由不告诉你。"

"你们侵犯了我的人权!"

"我们怎么侵犯你的人权了?"

"你们凭什么不许我们拍照?"

"凭规定。"

"你看那儿,那儿,他们都在照!"

"他们没支三角架。"

"支这个小三角架就算'大规模'摄影了?"那丈夫吼起来了。

"对,我们这么认为。"高个子保安的口吻听来一点商量的余地都没有。

于是引起围观。

几位息事宁人的老者对两名保安说:"别这么较真嘛,什么都不影响,一会儿就照完了呀!"我也附和着那么说。

高个子保安却坚定地摇头:"不许!"

看得出他当保安有些年头了；还看得出那中等个子的保安是新人，一直沉默不语，仅仅以不反对高个子保安的态度表现他的支持。

在我们的生活中，这类以不反对的态度表现的支持，我们已司空见惯。而那高个子的保安，似乎要为中等个子的保安做铁面无私之榜样。

那女人妥协了，她说："那就别用三角架，合影时请别人给照一张算了。"而那丈夫势不两立起来，掏出手机大声嚷嚷："我还偏不信这个邪！我通知电视台！"接着一通拨手机。高个子保安冷冷一笑："我奉陪。"俩保安一动不动站在原地，监视着那一对夫妇。婴儿车里的婴儿却始终甜甜地睡着，对于大人们的冲突浑然不觉。我不愿劝人不成，自取其辱，便转身走开了，但也不想回家。我打定主意，要看这件事究竟怎么个了结。当我绕了一圈又经过那儿时，那丈夫不给电视台打电话了，开始给派出所打电话……我又绕了一圈，派出所来了两名年轻的民警，在听双方各执一词……我绕了第三圈回来，两名年轻的民警还在那儿调解。看得出，就这么一件小事，还真使他们感到为难。一方据理力争的是正当的公民权，抗议不合理的规章制度；一方寸步不让的是执法权威，坚持有章必行。至于那规定本身，不用说初衷肯定是好的，是为了维护大多数公民的利益，但事情怎么就闹成这样了呢？

我那时又忘了友人们经常对我进行的闲事莫管的教导，指着那高个子保安厉喝："住口吧你！就为不许人家照几张相，你们两名保安站在这儿都四十几分钟了，成心犯浑啊！"

这时保安队长闻讯赶来了，也冲我嚷嚷："这儿正调解呢，你多的什么嘴？"

我大声说："看不过眼去的事，每个公民都有说话的权利！"

于是围观者七言八语，都说事情根本不值得那么较真儿。

而两名派出所的同志趁机将保安们推走了。

那一对夫妇终于可以照相了,但他们并没开始照——脸上的表情那么不悦,照出来的效果会好吗?

回到家里的我,却吃不下早点了,为自己所见的事生气,却又不知究竟该生哪一方的气。虽然我当时认为保安们不对,但冷静一想,他们都那么年轻,而且是外地人,能在北京当上保安那也不容易,如果上司确曾对他们说过:"支起三角架即算'大规模'摄影。"——这是很有可能的。那么他们明明看见了有人在支起三角架摄影,不禁止行吗?万一管他们的人看到了,斥责他们失职,兴许还会开了他们,那他们又怎么担待得起呢?因为小小的过失开一两名保安,还不是家常便饭吗?这么一想,我不免又理解起两名保安小伙子了,并因为我对他们的态度感到深深的内疚和羞惭。

那么说来说去,是那一对中年夫妇有什么不对?可他们究竟又有什么不对呢?我看得出来他们并不住在附近。想想吧,在星期日的上午,一家人高高兴兴地前来公园,本打算为孩子拍几张纪念照,只因为架起了不足1米高的三角架却被视为进行"大规模"摄影,再三辩说也不许照,那么多人帮着说情也无济于事——换了谁,都不会乖乖地服从。

但如果哪一方都无错可责,又怎么会在一个明媚的上午,在一处美丽而又人气和谐的公园里,双方大煞风景地僵持四十几分钟,以至不得不呼来派出所的民警呢?

孰是孰非,又像"狗屎究竟算不算垃圾"一样,似乎成了"斯蒂芬斯之谜"。

此事使我联想到另一件事——前不久,我的一外省友人在电话中告诉我,他险入一次鬼门关,所幸阳寿未尽,又回转到现世来了。他是一位七十余岁的老先生,什么事都循规蹈矩,唯恐给别人留下为老不尊的不良印象。但他说起他的遭遇,竟异常激动:某日10点左右,忽觉头疼,起初并不在意,然其疼与时俱增,捱至中午,已甚剧烈。情知不妙,赶紧打的去医院。及至,下午各科的号已全挂满,只有专家门诊尚可加号,于是挂了一个专家号。

我问:"为什么不挂急诊啊?"

他说他是有些常识的,估计自己可能是脑血管方面出了问题,那么首先要拍脑部的血流片子。急诊也必如此,专家门诊也必如此。与其在急诊部排队,莫如在专家门诊加个号,只开上拍片的单子,也就最多半分钟的事,并不耽误别人就诊,自己也能很快进入拍片室。

问题就出在了他的这一种想法上。挂号处给他开的是32号,这意味着他要坐在专家门诊室等很久。可那时他的头更疼了,几乎忍受不住了。专家门诊室外有专门监管秩序的护士,他上前央求:"能不能先照顾我一下啊,就半分钟,啊?"

护士断然拒绝:"不行,都得按号看病。"

"我头疼得厉害,快忍不住啦。"

"那去看急诊。"

"可我已经挂了专家号。"

"那就是你个人的问题了。"

七十余岁的老人便再无话可说,还说什么呢?以他的年龄,以他的修养,是断不会硬闯入专家门诊室去的。

万一和是自己孙女辈的小护士拉拉扯扯起来,成何体统呢?于是他转而去分号台那儿央求。可人家说只管分号,不管别的事。想要受到优先照顾,还是得跟在专家门诊室外监管秩序的护士去说……他便又回到了专家门诊室那儿,再次央求。小护士还是不肯给予照顾,且振振有词:"我站在这儿是干什么的?就是负责监管秩序的。有秩序对大家都公平,不能因为你一个人破坏了公平。你头疼,别人就哪儿都好好的吗?老先生,还是耐心坐在那儿等着吧。既然给你开了号,下班前就准能轮到你……"

小护士对他谆谆教导,听来那一番话不能说毫无道理。医院专门安排几名护士在专家门诊前监管秩序,那也确实是对大多数看病的人负责任的一种措施。而那小护士分明也是想认认真真地负起自己那一份职责。

但是对于我的友人,那一种认真却未免近于冷酷无情。出于热爱自己生命的本能,趁一个看病的人刚从专家门诊室出来,他便顾不了许多地硬往里闯了……

"你这人怎么这样?"小护士还真拽住了他。

"姑娘,我不骗你,我的头……"

老人家一急,话没说完,竟身子猛烈一抖,随之往后摔倒。老先生脑血管因堵塞而破裂,幸而抢救及时,进行了开颅手术,捡回一条命。

在我们普通人所终日生活的社会细节里,如此这般的事举不胜举。若想从这类事中分清孰对孰错,是很难的。若想完全避开这类事,也是很难的。这类事和腐败没有什么关系,和官僚主义也没有什么关系,和所谓的社会公平正义更没有什么关系,但它却也是那么影响我们对现实生活的感受,现实生活是否值得我们热爱,往往也由这类事对我们生活情绪的影响而定。以我自己为例,我大致归纳了一下,倘从我18岁成年以后算起,大约有三分之一使我大动肝火的事,其实正是以上一类事。

这类事是任何一个国家的政府都不大能替人民操心得到的,也是任何一个法官都难以断清的。任何一个国家的环卫部门都不曾对狗屎究竟算不算垃圾做出过权威结论。难以想象的是,有时一条好的规定、一项好的措施竟会使人和人的关系反而不和谐了。

关键还是在人。

正如我们常说的:"规章制度是死的,人是活的。"

而这句话在人口少的国家是一回事,在我们有13亿多人口的中国是另一回事。

如果元大都遗址公园每天早晨健身的人少了一半,那两名太过认真的保安对那一对中年夫妇也不会那么认真了吧?

如果我们的医院不都像集市一样,那么太过认真的小护士也会对我的友人予以照顾了吧?

13亿多,对于一个国家而言,人口真是太多了。以至在我们社会的每一条褶皱里、每一个细节中,都时常会发生些本不该发生的事。

我喋喋不休地讲述以上几件事其实并非为辨明是非,而只不过想使我自己和我的读者更加明了——生活在一个13亿多人口的国家里,每一个普通人最好都夹起尾巴做人。管别人的人,不要总习惯于对别人像牧人对待羊群中的一只羊一样;被管的人,遇到了太过认真的人,应像车遇到了拦路石一样,明智地绕行。即使忍气吞声,该忍则忍,该吞则吞吧!

否则和谐那还有望吗?

中国中产阶级，注定艰难

（一）

构建和谐社会，最终不在于是否形成中产阶级社会。从理论上说，中产阶级社会如果形成，整个社会的贫富结构就变成了"枣核型"，这也意味着较富裕的人多起来，自然构成了稳定因素。中产阶级社会形成的过程，就是较富裕的人群从少数变成多数的过程，壮大中产阶级只是其中一个途径而已。如果我们在财富分配政策方面失之于兼顾，失之于体恤，失之于相对公平，恐怕国家还没等到"枣核型结构"时，社会矛盾就已经尖锐万分了。

一则报道说，中国的城市初步形成了中产阶级化，以我的眼睛看，事实并非如此。我们有7亿多城市人口，要达到"枣核型"的社会结构，中产阶级怎么也得达到百分之六十以上。我们的中产阶级够4亿人么？我很怀疑。我写《中国社会各阶层分析》谈到的中产阶级，是指从城市平民阶层中上升出来的一个阶层。社会朝前发展，平民共享改革成果的成分越来越大，在此基础上，才可能上升出足够的中产阶级。当年我就提过，中国的城市平民阶层正处于一个相当脆弱的边缘，甚至完全有可能随时跌入贫民阶层。

平民的生活，如果在稳步地，哪怕是小幅度，但同时又必然是分批地提升着的时候，社会的中产阶层才能开始成长，这是正常的发育。而我们的平民基础却是越来越脆弱。所以不应该急于谈如何壮大中产阶层，而首先要把城市平民这个阶层的状态分析清楚，他们在享受改革开放成果方面，几乎可以说是微不足道的。他们的退休金普遍很低，和物价的上涨不能成正比。他们有一点存款，但用那点存款给儿女买房子的话，交首付都不够。即使交了首付，能够可持续还贷的能力也是较差的。何况他们的医疗保障都非常有限，家庭中如果有人罹患重大疾病，一次抢救就要花很多钱，于是会倾家荡产。一旦有这样一个病人，原来是城市平民的这些家庭可能就会迅速滑入城市贫民阶层。社会保障没有做好，平民阶层中每一个人都有下滑的危机感，即使幸运升为中产阶级的少数人，也根本无法拥有中产阶级本应有的稳定心态。

再譬如说，出身平民的高校大学生，毕业后能找到律师、医生这样的体面工作，在大城市工作上三五年，就仿佛可能纷纷加入中产阶层了。实际上，普遍而言，大学生起薪工资的相对消费能力较十几年前比不是上升，而是降低了。一般的工作，月工资收入三四千元，要是租房子，单位给你补贴吗？没有，租房在北京最便宜也要拿出一千多吧？要吃饭怎么也要花八九百元吧，再加上零花，那就所剩无几了，如果这时你想反哺于父母的话，会很难。在这个状态下，你变成中产阶层的可能性非常微小，而且其他方面也没有给你提供一种感觉到上升的希望，你这一生的状态就不可能是中产阶级的状态，活得很累，很焦虑。真实的中产阶级在哪儿呢？

（二）

仅有的这些所谓中产阶级，他们之间的价值观念也很不同，这和西方中产阶级同质化的价值观相比差得甚远。在中国，同样是中产，一个是从平民家庭里通过刻苦读书成为优秀分子的人,一个是官员子弟,通过不合理的制度及种种优势过上中产阶级生活的人,价值观能一样吗?以一个平民子弟的眼光来看,他认为要反腐败,打破特权,加强底层的福利;可是,另一方可能对他的观点非常不屑。同属一个阶层,但共识的稳定价值观并不存在。

我们的大学生群体应该是未来中产阶级最有可能产生的土壤吧?但目前,这些准中产阶级们的价值观如何?恐怕,它可能很不像中产阶级价值观,而更像资产阶级价值观。它和人文的关系不再那么紧密,身上沾染了一种特别的亲和——与资本的亲和。最优秀的平民阶层里产生出来的大学生,当他感到要成为中产阶级非常困难的时候,他可能希望尽快地成为资产阶级。司汤达的《红与黑》里的于连情结,可能在当下的青年身上会体现得多一些,但绝对不能据此就责备我们的青年。大学生是最容易培养成中产阶层的未来力量,可大学教育却早就变了味。当我们考虑未来几十年中国的问题的时候,政治家头脑中考虑的是政治上会不会出问题,政府部门考虑的是经济上会不会出问题。我个人觉得,更应该考虑文化价值观会不会出问题。最近的"国学热"、"孔子学院热",这些都不能解决以上问题,这只是对普通老百姓的要求,它希望你们老百姓多知道一点,应该和怎样做好的老百姓,并拿出怎么样安贫乐道的东西,来哄劝底层。

关怀、同情、平等、敬畏,这些中产阶级的价值观在哪里?我们没有。我们有主旋律文化,有红色革命题材,背后是政府的强力支持;我们有商业文化,那里有强势资本的运行规律在发挥作用。但是社会的人文力量在哪里?我们看不到。

（三）

中产阶级概念是从西方引进的。在西方，资产阶级先于中产阶级产生。资产阶级是一些什么样的人呢？是一些敢于冒经济风险的人，是一些对商机有敏锐反应的人，甚至还可能是一些唯利是图的人，只认金钱原则不认其他原则的一些人。资产阶级产生之后，客观上带动了经济发展，从而使城市平民相对受惠。哪怕城市平民觉得受了剥削，但是比之于从前，实际生活水平还是渐渐提高了。然后，从这些受资产阶级之惠的城市平民里，才逐渐派生出中产阶级。

资产阶级靠经济冒险的方式完成了阶层雏形。但是，中产阶级却是靠文化知识的提升。最初，中产阶级的成分是城市平民中的卓越分子和优秀子弟，这些人有着不同于平民阶层和资产阶级的思想。他们对民主非常在意。由于在意民主，就在意社会公正，主要是分配的公正。刚开始，中产阶级可能还是只为本阶层着想，但若当他们更深远地思考后，他们的思想就会兼顾到底层。西方的民主历程不是由资产阶级来推动的，民主意识很强的中产阶级才是主力军。资产阶级要保持稳定的是有利于他们的框架。平民除了暴力，没有任何可能性去推动变革。只有平民中派生出来的优秀知识层——中产阶级，才有这个能力理性地通过思想表达民主、公正、自由的要求，表达人类的同情心、责任感。社会进步了，中产阶级的价值才会实现。社会进步已经不能依赖资产阶级了，资产阶级考虑的利益只是他们自己的利益，他们不管社会是否进步，他们只管自己阶层拥有资产的量化问题；中产阶级主张体恤下层，除了以身作则，还要求政府、国家和资产阶级同时体恤，他们对于人性道德的主张是比较由衷的。因此,整个西方社会的进步,实际上由两种力量推动:一种是资本运行本身的力量,一种就是人文的力量。

人文的力量,它不可能来自草根阶层,草根无法凝聚成一种力量。思想、读书,这更符合中产阶级的状态。资产阶级早期的时候是不太读书的,因此在西方的文学作品里面,常常有那种老贵族会对一个暴发起来的资产阶级说,"瞧这个指甲黑糊糊的家伙"。没错,就是他,曾经"指甲黑糊糊的家伙",现在变成了腰缠万贯。创业的这一代资本家,何尝有精力、有心思、有情绪去读书,去关注历史,去思考社会呢?而这些却是中产阶层最接近的。中产阶层的优秀子弟,他的前人没有给他留下过多的资产,他们不可能像资产阶层那样去轻易冒险,进入大学后,他们乐于接受人文价值的洗礼,喜欢沉浸在公正平等的理想中。

(四)

中国目前的现实问题是,底层面对严重的贫富差距产生了强烈的愤懑,很容易把情绪发泄向中产阶层。底层和资产者阶层的距离太远,他们想象不到富人的生活,对于他们来说,那是另一个国度里的事情,他们只能从网上偶尔知晓他们结婚花费了多少多少,股票又怎么怎么了。他们与新兴的中产阶层距离更近,对中产阶级的言行更为敏感,比如收一个红包,可能几千元,他们一下子就能看到。正如哲学家所说,使我们郁闷、恼火和不高兴的事情往往是我们的左邻右舍。

中产阶级是要同情弱势的,尽管离底层最近,但是已经不能成为他们中的一员了,顶多是底层的代言人,但时常也做不到,这是一种夹缝中的状态。中国的中产阶级将通过什么来证明自己的正当性或价值呢?

中产阶级在西方，是通过做了什么，真的担当了什么，有所牺牲，最后还要有所成果，当这个成果真的被底层分享到了，底层才会认可他们。这是一个很沉重的悲剧过程。民主、自由、平等、博爱以及对于社会进步的责任感。中产阶级要学会担当的太多了。这也是我们的社会最应该首先去考虑的。我从不指望中国今天的中产阶级能像西方当年的中产阶级那样作为，悲观地说，在中国这几乎是不可能的。

然而我深信，几十年后，中国之中产阶级会渐渐醒悟——对底层的同情与代言，乃是本阶层最光荣也最值得欣慰的阶层本色。而底层也终将相信，除了中产阶层，他们没有更值得信赖的阶层良友。底层和中产阶层，实在是唇亡齿寒的关系。这一点对于双方，都是一个社会真相。而即使社会真相，有时也需要几十年来证明之。

中国档案制度质疑

事实上，每一个中国人都有两份户口：一份证明身份，一份记载个人历史。那第二份"户口"，即每一个中国人的档案。它从我们的中学时代开始就由别人们为我们"建立"了，以后将伴随我们的一生。两份户口都与中国人有着极为密切的关系。二十余年前，又简直可以说驾驭着我们的一生。

第一份户口就不多说了。当年对一个城市人最严厉的处罚，便是注销户口。这种处罚每与刑律同时执行。现在不这样了，乃是法律的进步。现在某些城市,已开始松动户口限制,乃是时代的进步。

这里谈谈我对中国人的另一份"户口"的看法。

倘谁的档案中,被以组织(比如团支部、团委,党支部、党委)的名义,或单位或单位领导个人的名义塞入一份材料,对谁一贯的或某一时期的工作表现、生活作风、道德品质以及政治言行等方面做歪曲的、甚而带有恶意的某种所谓"结论",更甚而编造了情节,而其人始终蒙在鼓里,全然不知……

倘此类事发生在从前,即"文革"结束以前,恐怕是没有哪一个中国人会觉得惊讶的。我们从前的中国人,对这种现象已是见惯不怪。从前中国人档案里的种种材料,因为代表着组织、单位或领导,其真实性简直是不容产生丝毫怀疑的。一言以蔽之,不真实也真实。"文革"中对许多人搞"逼、供、信",每以档案中的材料为证据……

复旦大学有一位老师,"文革"前所开的几次会上,"有幸"与某人同室,某人怕鬼,却又爱听鬼故事。偏那位老师擅讲鬼故事。在央求下,讲了几则给某人听。"文革"中就成了审查对象。审得他稀里糊涂。因为某人已是大领导。后来终于明白,档案中多了一份材料,上写着"对领导怀有不良心理"。大领导怕鬼,还给他讲鬼故事,当然是"怀有不良心理"了。再后来经暗示方恍然大悟,于是从实招来,结果因而被定为"坏人"。再再后来被下放农村改造,贫下中农以为他贯耍流氓,一点儿好颜色也没给过他……

我们原童影厂的一位老大姐,年轻时档案里被塞入半页纸,其上仅一行字——"常与华侨出双入对,勾勾搭搭。"

就那么半页纸,就那么一行字,无章,无署名,无日期。然而起着对她的认识作用,看过她档案的领导皆以为她"作风不正派"。后来人们才搞清楚,其实她仅"经常"与一位华侨"出双入对",而且那华侨也是女性,而且是她母亲……

电影界的一位老同志去世,我为其写小传,接触到其档案(已故之人的档案就不那么保密了),内中一封信使我大为奇怪——那不过是她年轻时写给她亲兄的一封亲情信,纸页已变黄脆。只因其兄当年是香港商人,那信竟成了"政治嫌疑"的证据入了她的档案……

但,倘诸如此类的事发生在"文革"后呢?暴露于今天呢?

人们也许就不太相信了。

然而这是真的,并且就发生在我身上。

有一份材料于1990年4月被塞入我的档案达12年之久,我因工作调动才得知。白纸黑字清清楚楚地打印着"本人完全认可"。不但"认可",还"完全"。而12年间,从无任何人在任何情况之下向我核实过。其上打印着我的名字,代表我的签字。也打印着当时童影厂厂长的名字,代表领导签字。而那位厂长和我一样,12年来全然不知此事。并且盖着单位的章。但除一位当年主管人事的副厂长已故,一切任过童影厂厂级领导的人皆全然不知。现已查明,那是一份冒用单位名义及厂长名义的材料,是一份严重违背人事纪律和原则的材料。甚而,可以认为是一件违法的事。

这一份材料怎样的不实事求是,有着什么歪曲之处,什么无中生有之处,也就不必细说了。仅说一点——我的做人原则,我自幼所受的家庭教诲,我成长的文化背景,决定了我在某些时候,是一定会采取担当责任的态度和做法的。何况,我当时在厂里的职务角色也决定了,我不能眼见群众陷于互相揭发的局面。由我担当,比之无人担当,无论当时或现在看来,非是不良企图。然而那材料却连这一点也干脆歪曲了……

不必说此事使我当年的所有厂级领导们多么震惊，多么生气……

不必说显然的，当年领导班子内部的一些矛盾，怎样成了导致那样一份材料被制造为一种"事实"的诸因素……

不必说此后某些事体现在我身上，我也曾觉困惑……

倒是想说，我也给不少人做过所谓"政治结论"，且至今都在他们的档案里。那就是"文革"时期，我下乡前，以班级"勤务员"资格，与军宣队一道，给我全班五十几名同学做过"文革"表现之鉴定。算我两名学生，一名军宣队员，还有一位是校"革委会"成员的老师。那样的一份鉴定，对我的全班同学们后来十年的人生道路意味着什么不言而喻。我没有利用我当时的"特权"挟私以报。恰恰几名曾欺负过我的同学，将可能因某些莫须有的言行被列入政治另册。我为了避免这样的结果，在他们到外地打小工的时候，替他们多方取证，使他们未被列入另册……

正是由于我那样做，老师和军宣队，才在我的档案中写下了"责人宽，克己严"一条。

由此我感想到，在将来，我们目前的档案制度，是要改变改变为好的。起码，谁自己的档案里记载了些什么，在什么情况之下由谁们记载的，谁自己应是有权一清二楚的。并且，有权想什么时候看一下就看一下，想提出质疑就可以提出质疑，可以要求重新调查了解。当然，如果某人被列为对国家安全构成危险的分子，另当别论。

为什么现在就不能改变改变呢？

因为现在，我年龄以上的许许多多中国人的档案中，古古怪怪的记载仍在其中，而自己们仍不知。不知也好，果而都知道了，该怎么想，怎么说呢？历史的痕迹，莫如就那样保持原状。

20世纪70年代以后出生的中国人，档案则要简明得多了。古古怪怪的记载，大抵是没有了。即或有什么污点，本人也是一清二楚的。因为本人要过目，要亲笔签名。

发生在我身上的事，在近十几年，实属个别现象。

我希望那么一天早一些到来——一切的中国人，看自己的档案，随时了解自己的档案之中记载了些什么，能像到图书馆里借一本工具书一样，成为一种最一般的权利。

而这一天的到来，肯定标志着中国的进步又达到了更高的层面……

第二章

商　业

健康的、成熟的商业时代的基本特征应该是——普遍的人们为了挣到使自己过上丰衣足食的生活的钱其实并不太难,某些个人企图挣比这更多的钱其实很不容易。

俯瞰商业时代

> 世界的历史始终是一个人如何寻找面包和黄油的记载。
>
> ——洛思:《人类的历史》

红盖头——"新娘子"的红盖头已然由自己的手替"新娘"掀去了,但它还拿在自己手里,自己一时间愕异地瞪着那一张浓妆艳抹的脸——"她"的漂亮显而易见地是超出了自己的企盼和想象,"她"诱惑意味十足地向自己媚笑着。分明的,"她"极其性感,称得上是一个勾魂摄魄的美人儿……

但——"她"的漂亮又似乎那么的妖冶,使自己不禁对"她"的品德究竟怎样产生莫大的怀疑。何况此前,也就是在"她"没被娶进家门的时候,对"她"的那些风流韵事,自己早就耳闻多多了。于是凝视"粉面桃腮"、"花容月貌",一切怀疑仿佛便都不是无根据的了。事实上"她"也的确够虚荣、够放荡的,水性杨花而且势利眼,而且还是个彻底的拜金主义者。将"她"调教成贤妻良母,明摆着需要一个相当长的"过渡时期"——需要充满矛盾、争吵和冲突的"磨合阶段",需要高超的驾驭"她"的能力和心理承受方面的实力,有时甚至需要取悦于"她"。为了最终达到能够驾驭"她"调教她成为可敬的贤妻良母的目的,也需要放弃许多以前的原则,改变许多以前的思想方法。哪怕在以前看来那都是足可引为自豪的,足可流芳百世的好原则、好思想的典范。

于是"她"的诱惑显出邪狞来……

于是"她"的笑靥在自己看来伪若妩媚的陷阱……

性感自然便性欲旺盛,性欲旺盛自然便也会刺激和鼓舞起自己的性能力……

后悔了么?不!

谁会面对一个风情万种正值芳龄的妇人而后悔不该娶了"她"呢?

只不过在以下几方面实在是没多大把握——自己真的能驾驭得了"她"么?真的能管束得住"她"那放荡的不贞不专的性情么?真的能靠其实并不丰厚的家业笼络住"她"那一颗贪图荣华嫌贫爱富的心么?真的可以指望"她"和自己组建成一个和睦的家庭举案齐眉白头到老么?真的可以指望"她"以身作则教诲出有作为有教养的下一代和下几代么?倘驾驭不了"她"管束不住"她"笼络不住"她"可如何是好呢?"她"肚子里是不是已经暗怀着别人们的"杂种"了呢?一旦生出些完全不像自己,一长大就离家出走,从此忘家弃父背祖对家对父对祖丝毫也没有责任感义务感和起码亲情的不肖子孙,自己将会落得个什么样的下场呢?

我凝视商业时代,常感到中国和它的关系,正如同一个"再婚"的男人和自己已娶进了家门,已由自己替"她"掀去了红盖头,看着又爱又心存种种疑虑,又陌生又受着诱惑,又抱有莫大的希望又没法儿完全信赖的妇人的关系一样。

这一种关系,使中国和商业时代的"洞房花烛夜",不免地忧喜参半。有心欲道:"娘子,'愿为双鸿鹄,奋翅起高飞'。又恐伊人那厢'沉恨细思,不若桃杏,犹得嫁东风'。"

在中国这一个男人业已五千余岁的漫长经历中,1949年10月1日乃是他刻骨铭心的一次"婚姻"。"前妻"的音容笑貌给他留下的记忆是那么的难以磨灭,"她"有着美好的"理想主义"的基因。因为"她"是从一个叫"马克思"的很伟大的犹太人以毕生的精力所从事的关于"共产主义"的思想之中孕生出来的,是半个多世纪以前,一些中国的有志青年去西方为中国父亲寻访到的。马克思是"她"和中国的"月下老人"。青年周恩来的一首诗则能表达他们当年的宏愿大志。诗曰:

> 大江歌罢掉头东,
> 邃密群科济世穷。
> 面壁十年图破壁,
> 难酬蹈海亦英雄。

他们要为中国父亲迎娶回一位前所未有的"理想伴侣",要为中华儿女们恭请回一位伟大的母亲。"她"堪称是划时代的,"她"那无比年轻的、丝毫也不沾染人类历史污迹的,并因此而感到无比自豪的风采,使当年的中华儿女极易联想到中国古代传说中炼石补天的女娲。"她"那毫不动摇毫不畏惧地向自己"横空出世"以前的一切世纪宣战的,不战胜毋宁死的雅典娜般的精神气概,使一切贫穷的、落后的、以严酷的剥削和压迫制度为统治手段的国家的儿女膜拜顶礼,甘于为"她"而破釜沉舟,而赴汤蹈火,而前仆后继,而肝胆涂地,而粉身碎骨。

"她"有一半的俄国——不,准确地说是苏联血统,因为"她"是在苏联向全世界证明了"她"存在的划时代的伟大意义的。中国人将"她"迎娶到中国,付出了半个多亿的儿女们的生命代价,其中许多是中国父亲最优秀最卓越的儿女。与此相比,中国历史上一切求新生、求富国、求强民、求"永远站起来"的悲壮奋斗,都显得黯然失色!与此相比,世界上一切国家一切民族同样性质的奋斗,似乎也都显得容易!

中国这一古老的男人,曾怎样地喜悦于感奋于此一次"婚姻"所带来的十年"蜜月"啊!

中国的的确确地"从此站起来了"!

"她"曾使中国显得多么的朝气蓬勃啊!

但是,"她"在苏联的划时代的成功,使"她"的思维方式难免地"苏维埃模式"化了。其后"她"便引导中国变成为苏联的另一个拷贝。从政治到经济,苏联发生过的,中国无一例外地重演了。苏联没发生的,中国也惯性地发生了,"她"使中国患了"苏联综合征"。"斯大林神话"的破灭,使"苏联综合征"在苏联总体爆发,这对中国意味着是巨大的危机。"文革"是毛泽东为了避免类似事件在中国发生所采取的应急手段,其目的当然是出于自救意识。但手段于目的缘木求鱼,结果无异于自践和自虐,使中国陷入了十年之久的一场"浩劫"。

于是中国与"教条社会主义"或曰"书本社会主义"的"婚姻"难以为续。

于是中国告别传统的教条的书本的"社会主义",转向改革开放。这也好比"休妻",休掉加于中国身上的旧模式。

"休妻"也是出于自救意识。如果说"人民公社"、"大跃进"、"文革"

是"她"由于"更年期"作祟导致"内分泌紊乱"导致"中枢神经系统障碍"的结果,那么"文革"告终之际的"她",则就分明地显出"更年期"后的病态恹恹力不从心了。

"休妻"之举乃势在必行的选择,也是唯一明智的选择。然而毕竟的,"她"对于中国"站起来了"是功不可没的。如果"她"真的是人,将最有资格唱光荣"有你的一半,也有我的一半"。

十几年前,当中国知识分子在天安门广场扯开写有"小平你好"的字幅时,意味着向那一位伟大政治人物发出紧急呼吁——"为了中国,拜托了,赶快做!"

鲁迅在日记的最后几页中,也曾记下过"赶快做"三个字。

当时之中国内乱方息,百废待兴,不但需要做,而且的确需要刻不容缓"只争朝夕"地"赶快做!"

20世纪80年代初,我曾积极而又自觉地充当改革开放的马前卒。尽管在中国这个古老的大棋盘上,本无须我起什么作用。我是一颗自行地从棋子盒里蹦上棋盘硬充"车、马、炮"的卒子。热忱、真诚、义无反顾、一往无前,被言行谨慎胆小怕事的中老年人视为"异端"也不在乎。不是为了实现什么个人野心,而纯粹是受一种时代使命的感召和驱使。当年我才三十几岁,正是热血男儿之年龄。觉得经历了一些大事件,其实并没有什么异于我的同代人的不寻常经历。觉得已经相当成熟了其实头脑仍简单得很。"天下兴亡,匹夫有责。"——还有比积极自觉地充当中国改革开放之马前卒更能体现兴国责任和时代使命的么?

新中国成立以后运动频繁。去年运动,今年运动,朝也运动,夕也运动,每一场运动,又似乎总是和国家命运紧密相关。因而中国人的头脑中渐渐形成了一条逻辑,仿佛只要有一场运动搞对了而不是搞错了,搞好了而不是搞糟了,搞到底了而不是半途而废了,那么中国肯定就从此国泰民安兴旺发达了。

所以,当年"思想解放"叫"运动",改革开放也是被当成一场"运动"来理解的。中国知识分子"文革"后第一次评职称那一年,许多朋友曾请我帮他们起草过"自我申报鉴定"。现在回想起来,他们不分年轻年老,无一例外地要求我一定别忽略了重要的一条,即在改革开放运动中的表现云云。后来我去单位资料室翻阅旧报,发现当年的报纸上经常抢眼夺目的通栏大标题也是"改革开放运动"。既曰运动,时间总不至于太长吧?"运动"二字,使普遍的中国人对于改革开放的时间性的估计是短暂的。普遍的中国人绝没有想到它会延续这么多年之久,绝没有想到在今天看来,分明的,它似乎只不过依然处在刚刚开始似的阶段。

当年的报刊上、广播电视里,官员和知识分子和文化人乃至国营企业的管理者们口中,所说最多的话语之一是"阵痛"。其实当年中国人说"痛"的时候,还并没有谁真的被改革开放弄伤了。当年说"痛"是非常夸张的,起码当年的腐败没有到如今这么严重的程度,当年贫富悬殊没有到如今这么咄咄逼人的程度,当年说"痛"是由于心理承受力实在是太脆弱。如今真的使许许多多的人感到很痛却不言"痛"了,"欲说还休,欲说还休,却道天凉好个秋",的的确确可以被认为各方面的承受力都增强了。

当年,许许多多的中国人在改革开放这面大旌旗下,站在距中国政治大舞台极远极远的边缘为自己的国家击鼓呐喊,不遗余力,其实呼唤的不是未来,而是过去。是中国和其"前妻"那一段朝气蓬勃又喜气洋洋的短暂的"蜜月"。是的,那乃是"中国梦"中最美好的回忆。它在普遍的中国人的思想中留下了一种"乌托邦式"的迷幻的光彩。许许多多的中国人的希望其实只不过是——在他们的不遗余力的击鼓呐喊声中,由某一位或某几位自己最信赖的,对中国之命运最具主宰能力和权威的人物,高明地将保留在自己头脑中的那一段美好的回忆,直接剪辑在20世纪80年代初的改革开放的后面,从而那么着组成一部历史和现实巧妙连接天衣无缝的"中国故事"。

这个期望值似乎一点也不高,但是历史将注定了会重演一遍。

当年便知道改革开放这位中国的"再婚"之"新娘",居然还有另一个名字叫"商业时代"的中国人,实在是不太多的。

然而"她"已经被迎娶进中国的"洞房"了!

"她"的红盖头已经被中国的"手"替"她"缓缓掀掉了!

"她"正坐在喜床沿儿诱惑意味十足地向中国媚笑着……

"她"似乎在默默地问——中国,我的真名叫"商业时代",改革开放那不过是你一厢情愿的叫法。我随便,入乡随俗,任你怎么叫我都成。你这五千余岁的"二婚头"男人究竟打算不打算和我从此以后长过下去?长过下去你得听我的!按你以前的过法那可不成!

中国放眼世界,在20世纪的最末一页,"商业时代"是它唯一能"娶"的"新娘"。而且,迄今以后,世界"婚姻介绍所"的档案库中,也只存在"商业时代"这一种类型的"待嫁女"了。一切国家,无论奉行怎样的主义,无论坚持怎样的体制,无论情愿或不情愿,最终都是要与"商业时代""结婚"的,早早晚晚而已。早"娶"了"商业时代"的,非但并未被"她"搅得国无宁日,四邻不安,反而受益多多。这一点,也是中国放眼世界看得分明的。中国其实已没有了别种样的选择。除非打算与"前妻"破镜重圆,再立山盟海誓。而这又不符合最广大的中国人的意愿。

说过去好的,回到过去;

说现在好的,留在现在;

说将来好的,随我前去!

中国当然知道——这是鲁迅的话。

(一)

商业活动是人类史的基本内容。

"地球村"这一个词是一个舶来词。

在宇宙中,地球实在是太渺小了。尽管称地球为"村",开始体现出人类对自身存在意义这一最基本的问题的极度谦虚的美德,但若按照《时间简史》的天才作者、杰出的理论物理学家史蒂芬·霍金的观点看来,这极度谦虚的美德无疑仍意味着是极度的夸张。说是"村"至少将地球夸大了几十亿倍。

我常想,如果我是历史教师——小学的也罢,中学的也罢,大学的也罢,在第一节课上,我将告诉学生些什么呢?

我肯定会这样说——人类历史所记载的一切最重大的事件,尤其是那些最惊心动魄的事件,比如改朝换代,比如战争,其实都只不过是人类史中最微小的章节罢了。相比于漫长的人类历史,正如同"地球村"和整个宇宙的关系。

好比一个人所能记住的,往往是他或她生命历程中极特殊的日子和极特殊的事件。对于时间概念而言,对于具体的某个人,那些日子和那些事件,可能意味着便是他或她生命历程的大部分乃至全部内容。一个人在20岁那一年被判了无期徒刑的结果就是这样。但是连上帝也不能将整个人类关进监牢,也不能对整个人类判处无期徒刑。

那么人类更多的时间里在做什么呢？

我觉得一个学生如果将他所学过的历史中那些大事件发生的原因、年代以及结束的时间背得滚瓜烂熟，却对以上的问题懵懂不知所答，那真是白学历史了。

人类更多的时间里在做什么？

我觉得一位教历史的教师，如果日复一日年复一年地只管在课堂上倒背如流绘声绘色地讲述某些大事件，而根本忽略了对以上问题的解答，那么几乎是在做着"篡改"历史真相的事了。

因为这起码会导致一种最为简单可笑同时当然也是极其荒唐极其错误的理解——仿佛只要将一个又一个大事件"剪辑"起来，便是人类社会发展的全部似的。而所有那些大事件加起来，可能也不会超过人类历史时间总和的百分之一。

那么我们可以得出这样的结论——百分之九十九的时间里，人类历史的真相其实是，并没有发生什么惊心动魄的大事件。不是情节宕荡的章回小说，而是从容不迫地进行着的极为寻常的存在。

正是这一点，既被一切形成文字的历史所摒除和排斥，又最接近着人类的真的历史的真相。

托尔斯泰对"历史"二字有过相当贴切的解释。

他说："历史是国家和人类的传记。"

伏尔泰则认为："古代的历史只是些脍炙人口的寓言罢了。"

艺术讲述人们体现了什么。文学讲述人们感受了什么。宗教讲述人们信仰什么。哲学讲述人们思考什么。

历史讲述人们曾做了什么。

休谟在此一点上对历史持最不以为然的态度。他说："人类在一切时代和一切地方都是非常相同的,历史在这个特殊的方面并没告诉我们什么新奇的东西。"看得出,他不满于历史对人类"非常相同的"方面被隐去了,避而不提,讳莫如深。洛思回答了休漠的质疑,他说:"世界的历史始终是一个人如何寻找面包和黄油的记载。"我觉得他的话有一定的道理,只不过俄国人寻找的是"土豆加牛肉";中国人寻找的简单朴素一些,是"大米干饭炒豆芽",同时"安得广厦千万间,大庇天下寒士"而已。小时候,我常见一些女孩们一边跳皮筋一边这么唱:

姥姥问,吃的啥?
大米干饭炒豆芽!
爷爷问,香不香?
半月一顿咋不香!

而民歌中所体现的中国农民们的温饱要求,比城里女孩们"大米干饭炒豆芽"的向往还要简单,还要朴素:

家有二亩地呀,种上那大地瓜,
一家人吃饭全都靠着它!
到了秋天,地瓜熟了,
大轱辘车呀,轱辘轱辘转呀,
转到了咱的家,一家人笑哈哈!

只不过洛思"看到"的,仅仅是人类在物质方面的"寻找"。而且,这"寻找"的"内容",早已超出了"面包和黄油"的初衷。人类几乎变成了地球上最凶猛的腔肠怪物,不停地耗费资源,不停地创造商品,不停地消费商品。在百分之九十九的时间里,人类生生死死,代代繁衍,事农,事工,操百业,行为最终都纳在"商"的"调控"之下。

所以我又常想，肯定的，"商"若非是人类历史最基本的最重要的活动，起码也是最基本的最重要的活动之一。

以人类商业发展的脉络和轨迹梳理人类历史，阐述人类历史的沧桑进退，与以阶级斗争的观点、以宗教的观点、以文化的观点，和以改朝换代的大事件演绎历史的方法相比，倒可能是更符合规律的。阶级斗争和改朝换代，无疑影响着阶级矛盾的缓激和改朝换代的成败。前者对后者的影响，要比后者对前者的影响深远得多。区别在于，后者对于前者的影响，有时好比台风对海洋的影响；而前者对后者的影响，却好比是季节变化对气象的影响。归根结底，台风仍只不过是气象反应之一种。

在人类历史上，"商"曾是最声名狼藉的一业。古今中外，许许多多的伟人和名人，都是非常厌恶商业鄙视商人的，比如柏拉图、比如亚里士多德、比如培根。他们由厌恶商业而厌恶贸易厌恶商人进而厌恶金钱以及财富，或也可反过来说，他们在他们各自所处的时代，眼见人们疯狂地贪婪地不择手段地完全不顾道德谴责地追求金钱聚敛财富的现象比比皆是，于是由对金钱和财富的厌恶与鄙视，进而导致厌恶和鄙视一切商人，厌恶和鄙视贸易乃至商业。有趣的是，在他们的言论中，有过一个共同的比喻，那就是都曾将商人比做"富有的白痴"。以他们的修养和教养，这比喻证明的厌恶和鄙视已无须多说。

但是也有和他们差不多同样伟大的人物并不赞同他们的说法。

比如孟德斯鸠。

他说："贸易和商业使纯朴的风俗腐败，这是柏拉图的责难之点；但我们又几乎经常看到相反的事实，贸易和商业正在使野蛮之邦日趋典雅与温厚。"

比如爱默生。

他说:"我们都咒骂商业,但今后的历史学家们将会看到,商业建立了美国,摧毁了封建制。它还将消灭奴隶制。"

他对商业的高度赞美,是与培根们对商业的厌恶和鄙视程度一样的。

他甚至说:"这个世界最伟大的进步,就是自私自利的、讨价还价的商业的出现。"

他甚至还赞美被普遍的世人斥为万恶之源的金钱。

他公然说:"金钱,这个在生活中被虚假地认为是最无聊的东西,这个在公开场合谈起来脸就红的东西,它的实际作用和它的规律却像玫瑰花一样美丽。"

最厌恶商业的声音的确发自于一些知识者之口。

《无原则的生活》的作者梭罗曾大发牢骚地说:"这是一个商业的世界,这里是永无止境的喧闹。我每夜几乎都被汽车的喷气声吵醒。它打断了我的睡梦。这个世界上已没有了休息,你如果能有一次看到一个人在休息那也是好的啊!这世上除了工作,工作,工作,别的什么也没有了。我简直不能容易地买个本子把我的思想记录下来。到处都被金钱统治着。有个人看到我在路边停了会儿,他就会理所当然地认为我正在计算我的工资呢!如果谁从阳台上摔了下来致残,造成了痴呆,那么他终生最大的遗憾肯定是他从此无法经商了。在这个世界上,没有任何东西能比不断地发展商业与诗歌、哲学,甚至与生活本身相对立的了!"

他说得不错,诗歌这一最悠久最古典的文学体裁,几乎就要在全世界绝迹了,这不能说和商业迅猛的发展完全没有关系。虽然1996年的诺贝尔文学奖授给了一位写了一辈子诗的爱尔兰女性,却似乎鼓励不了已属"珍奇动物"的诗人们的没落心情。

梭罗不是上帝。如果他是，我想他会毫不犹豫地将他所处的商业时代判处无期徒刑，投入监狱。假如世界上有关押时代的监狱的话。

正因为他做不到，所以他用自己的一本书，将商业时代宣布为"无原则的生活"。

但是另一个人针锋相对地说："我不知道任何其他什么事情比商业更与革命的态度截然对立了。商业天生就与那种暴力的感情无缘。它热爱温和，喜好握手，有意识地避免争端。它是忍让的，折衷的。除非在一些绝对必要的情况的迫使之下，它从不寻找极端的解决办法。商人使人们互相独立，使人们对私人的重要性予以极高的评价和重视；它引导人们去处理自己的事情，并教会人们怎样才能处理好这些事情。它必然使人们寻求友好关系并谨慎地避免战争。"

说这番话的人是托克维尔。他的《论美国的民主》是比《无原则的生活》更著名的一本书。

梭罗在《无原则的生活》中还说："人能够获得超出自己需要的金钱的各种方式，几乎毫无例外地导致了堕落。有时使自己堕落，有时使别人堕落。"

而普鲁塔克说："正确地使用金钱是比使用武器更高的成就。"

梭罗的人生观、世界观，看来是与中国的道家思想、佛家思想灵犀相通的。

他还说："中国古代哲学家都是一些在金钱和财富方面几乎一无所有，而内心精神生活博大丰富的人物。我们如果能多理解他们，多学习他们，人们就会明白，一个人活着并不需要太多的东西。世界也根本不需要那么多的财富。"

这个"老外"是非常主张人应该安贫乐道的。

他满怀激情地教导世人:"视贫穷如园中之花草而像圣人一样地耕植它吧!"

他认为:"一个人甚至在济贫院里,也要爱那一种生活。因为生活在济贫院里的人,肯定也有愉快、光荣和尊严的时候。夕阳反射在济贫院的窗上,是和照在富人家的窗上一样明亮的。济贫院门外的积雪,也肯定会和富人家门外的积雪一样地在早春溶化……"

但是这位终生思想激情不泯的"老外"似乎大智若愚地避开了这样一个前提——世人不可能都成为老子、庄子或梭罗。那样的话,十之七八的世人也许早就饿死了,或者又集体地归隐回祖先栖息过的山洞里去了。当和平持久,商业时代自然孕成。当一个商业时代已经孕成,大多数世人的状态,除了按照商业时代的价值观念去生活、去作为,还能够按照另外的什么状态去生活去作为呢?

他还说:"寻找旧的吧!回到那里去!万物不变,是我们自己在变。只要你保留住你的思想,上帝保证你不需要社会。如果我得整天躲在阁楼的一角,像一只蜘蛛一样,但只要我还能思想,世界对于我不是一样的大么?"

比之一切厌恶商业时代的思想家,梭罗是最极端也最激烈的一个。

如果他地下有灵,知道他所推崇和隔洋喜欢的中国,也正紧紧地搂抱住"商业时代"这个在他看来简直是娼妓一样的时代狂亲狂吻呜咽有声,他肯定会十分难过的吧?

这是他的错。因为他不清楚,普遍的中国人和西方人一样,也是非常爱享受、爱奢侈、爱金钱和爱财富的。"商业时代"其实也很符合绝大多数中国人对时代的选择。一个中国人如果沦落到了济贫院里,并不会像他隔洋想象的那么热爱济贫院的生活。

但我们无须过分认真地批驳他。

因为爱默生有一番话,似乎正可以援引了说给梭罗听:"教士和某些道德家在斥责人们渴求财富方面有着共同之处。但是,如果人们按他们的话来理解他们,并且真的停止对财富的追求,这些道德家们将不顾一切地在人们之中重新燃起另一种欲望之火——而那很可能是权欲之火。如果人类毫无欲望,文明就衰败了。"

在爱默生和梭罗之间,我更能接受爱默生的思想。尽管我实在没办法像他那么坚定不移旗帜鲜明甚至不无赞美意味地宣讲商业时代的伟大之处,但是我也并不反感梭罗。只不过觉得他率真得过于迂腐,偏执得过于简单罢了。他率真的偏执之中,不失极可爱的成分。他毕竟是思想家,另外许多话是很智慧的。

比如:"多余的财富只能买多余的东西。"

比如:"人的灵魂必需的东西,是不需要花钱买的。"

比如:"奢侈生活产生的果实都是奢侈的。"

同样,对商业时代一向持理智的温和的批判态度的培根,也有许多极为精辟极为深刻的名言。

比如他说:"金钱和财富好似肥料,如能使民众受益则像施在了土地里。"土地缺少肥料仍不失为土地,肥料不作用于土地却只不过散发出臭气而已。

亚里士多德在他所处的那个商品货币时代已相当发达的古希腊现实中,对于贫富悬殊现象的深深忧虑,对于贵族和富人们穷奢极欲的生活的尖锐无情的批判,今天看来对于中国依然具有警醒的意义。

他说:"这就是富人——过度浪费,庸俗无节制,为了一件小小的事件而耗资巨大,安排阔绰乏味的场面。这样做的目的仅仅是为了炫耀他的富有,认为会被人羡慕……"

他说:"富人目空一切,拥有财富使他丧失了理智,似乎人间一切快乐都属于他所有,财富和金钱成了他衡量一切事物的唯一价值标准。而且还幻想金钱可以买到一切。总之,由富有而导致的典型特征是——富有的白痴。"

今天,在与商业时代拥抱亲吻的中国,我们不是也几乎随时随处可以看到亚里士多德所辛辣讽刺的富人么?

后世的史学家们,在分析强盛一时、商业繁荣一时的古希腊帝国灭亡的原因时,指出社会财富分配的极端不公,贵族和富人的穷奢极欲也是主要的一条,显然根据是相当充分的。

萧伯纳对商人的刻薄辛辣也是当年在英国出了名的。

在一次宴会上,一位大腹便便的富商走到萧伯纳跟前,没话找话地说:"萧伯纳先生,您为什么总是这么瘦啊?看了您这副样子,外国人一定会以为我们英国一直在闹饥荒呢?"

萧伯纳瞥了他的大肚子一眼,冷冷地回答:"那么看了您这副样子,外国人一定就同时明白我们英国闹饥荒的真正原因了!"

还有一次,萧伯纳在海滩上遇到了一位家财万贯的房地产商。他倒是对萧伯纳挺崇拜的,希望萧伯纳能给他签个名留做纪念。萧伯纳用手杖在沙滩上写下自己的名字,冷冷地说:"那么请收下吧。最好能让我领教领教,你是怎样连地皮一起刮走的!"

以上两件事,不仅在当年几乎人人皆知,而且在后世广为流传。

萧伯纳曾经这样说过:"全部文明的记录,就是一部金钱作为更有力刺激而失败的记录。"

他的话包含有这样两重意思:第一,商业与人类文明,尤其资本主义文明的关系是密不可分的,前者几乎贯穿于后者的"全部记录";第二,但这一种关系在本质上又是失败的。

为什么又是失败的呢?

他接着说:"大多数的普通百姓并没有平等的机会去致富,而少数利欲熏心的家伙却在极有限的机会下轻而易举地成为百万富翁。使人们大为惊奇的是他们的德行和他们的财富形成鲜明的反衬。使我们不得不认真地思考并加以怀疑,商业时代究竟是不是我们找到的一个救世主?"

在萧伯纳所处的时代,他的怀疑,包括他的愤慨的指责与批判自有道理与根据。

相比于富人们对社会财富的贪婪的占有和聚敛,他"统计过,培养一个穷孩子的费用,包括破衣服在内,只不过需要两先令"。

我对外币缺乏常识。

1英镑是否等于10先令呢?

他当年的统计使我不禁联想到了今天中国咄咄逼人的贫富悬殊的现象,以及今天中国那千千万万因为难以支付极少的钱便上不起学的穷孩子。

所幸我们毕竟有一个"希望工程"。

萧伯纳们,和亚里士多德和梭罗们,在他们所处的世纪和时代,目睹的是原始的"商业"。原始的商业的的确确具有邪恶性。

爱默生们对商业时代的歌功颂德,却更是以他们的预见性为自信的。

而我们看到的事实是,商业这个资本主义文明的"配偶",如今又的的确确在许多方面改邪归正,由当初那妖冶放荡、虚荣贪婪的"新娘",修炼成了一个善于抚养资本主义文明,有不可轻视和低估的能力呵护整个资本主义体制的"贤妻良母"。

正是"她"的这一种嬗变,使20世纪的世界,开始以乐于接受的态度对待之了。

商业将更加紧密地贯穿于世界文明记录的未来……

在中国人心目中,商人是什么?

商在中国的意识形态中从来不是"俊媳妇"。

除了某些客观公正的经济学家,几乎全世界的知识分子,都曾是不同程度的持蔑商态度者。经济学作为一门重要的学科,是在近当代才兴盛起来的。此前,古典经济学家们所从事的经济学研究和分析,是不怎么受世人重视的。它的处境往往还不如哲学。古典经济学的魅力是其包含着大量的社会学的思想性,其不足往往也正由于思想性大于经验性和规律性。

与世界各国相比,中国从很古的时期便是一个轻商蔑商的国家。中国的知识分子,古时被称做"士"。由"士"而"服官政",就成了"士大夫"。仕途不畅的,则以"文人"自诩自居。中国五千余年历史中,改朝换代,兴兴衰衰,"士"和"文人"们是起过不小的作用的。成了"士大夫"的直接起作用,成不了的间接起作用。中国五千余年的历史,也是由"士"和"文人"们一代代书写的。被朝廷承认了的,曰"正史";不被承认的,曰"野史"。正如希腊思想乃是工商业城邦文化的产物,中国文化的渊源,虽然并非和工商无关,但在本质上是"史官文化"。这是一个生前名字不太被中国人所知,死后依然不太被中国人所知,但却思想极为深刻的当代中国人的思想结论。他叫顾准。"士"也罢,"文人"也罢,往往都是"科盲"。不要说化学、物理了,十之七八,连对诸业生产的起码常识都是一窍不通的。所以老百姓讥讽他们"四体不勤,五谷不分"。而他们自己洋洋得意地说:"万般皆下品,唯有读书高。"还说:"书中自有颜如玉,书中自有黄金屋。"能否中状元、中举人,唯看诗写得好不好,文章是不是词藻锦绣。凭一首好诗、一篇好文章,一旦中了状元或举人,将来可能就做宰相,做"中书",相当于西方的总理或部长。甚至可能入赘皇室,一步登天,做了皇上的乘龙快婿,比如陈世美。中举是古代中国"士"和"文人"们的至高理想。而在西方,单凭诗写得好,能获得的最大荣誉不过是由宫廷封的"桂冠诗人"罢了。单凭文章写得好,不过会有幸接到一份请柬,参加宫廷宴会罢了。比如普希金。

当然,中国古代也不是没有科技发明。有是有的,比如"四大发明",但都是能工巧匠的贡献,不是知识分子的成就。中国古代知识分子中也当然是有科学家的,但他们的科学成果,要么被收入皇家书库,束之高阁,要么成了皇宫里的摆设,很难推广于民间,转化为生产力。更很难给他们自己和给国家带来什么"经济效益"。爱迪生若是中国人,就根本不可能一辈子有一千多项发明了。

科举制使中国知识分子传统心理上重文轻理轻商轻百业。又由于他们的传统志向是"服官政",所以中国历代君王的治国思想,也不同程度地受他们的种种"高见"的影响,不能向发展科学繁荣商业的"立体国策"方面去拓展。当然,科学的发展和商业的繁荣,前提是国家大局的安定。中国是一个内战不息的国家,农业生产倘还能进行着,君王们也就很是高枕无忧了。

《商君书·农战》中有言曰:"国之所以兴者,农战也。"意谓国家若要强盛,重视农业,军备充足,就没有什么问题了。这一种典型的"以农养国"的国策,甚至在我们的社会主义时期,都能看到其深远的历史影响。

"深挖洞，广积粮"如出一辙。对商又是什么态度呢？《史记·货殖列传》中的一句谚语是这么说的："千金之子，不死于市。"意谓贵族子弟，就是连死，也不能死在商街的。《史记·货殖列传》中还说："因贫求富，农不如工，工不如商，刺绣文不如倚市门。""倚市门"当然是指女子倚门卖笑，暗娼行径也。这是商的负面。对商的嘲，可见一斑。按照中国传统的意识形态，一个对爱情和婚姻有追求的女人，那是绝不会嫁给商人的。所以中国还有句话是："好女不做商贾之妾。"说得再明白不过——你是一个好女子么？那么连给商人做小老婆或外室，你都应该感到羞耻。其羞其耻，不在于为妾不为妾，而在于为什么人的妾。为商贾之妾，当然是抱恨终身的了。

联想到今天中国女性们的以"傍大款"为时髦、为时尚、为荣、为乐，令人对女性的终于挣脱传统文化之束缚，倒真有些不知该怎么评说才是了。

我记不清是否《红楼梦》中有这样的一个情节了：某丫环犯了过失，或其实并没真的犯什么过失，只不过无端遭主子嫌弃，将被卖出府去给人做"小"，而她事先得知，对方是商人，于是含恨自尽了……

但中国的"士"和"文人"们的意识形态的影响，无论对于社会对于时代还是对于女人们而言，毕竟是很"软"的一手。往往只不过是自说自话罢了，哪里抵得过商靠了金钱和财富对社会对时代对女人们施加的巨大号召力呢？所以就实际情况看，中国的普遍的女性们，和西方诸国的女性们并没什么两样，权势和财富，从来都是她们所喜欢依傍的。"郎才女貌"这句古话，几乎总是意味着"郎财女貌"或"郎权女貌"。而普遍的老百姓们，也是都不太将"士"和"文人"们的絮叨当成回事。只要一有机会，无不向商靠拢。

商的的确确具有难以匹比的惯力,有时候这种惯力又的的确确是相当令人憎恨的。

我们翻开历史细看一下便会知道——当年南京遭劫之前,上海已然沦陷。日军正从淞沪方向逼近过来,一路烧杀奸掠,而危城南京里,某些商人依然在洽谈最后一笔生意,店铺的幌子依然招展,妓女们依然拉客……

所以中国的诗词里才有"商女不知亡国恨"一句。

可以认为这是商的丑陋,也可以认为这是商的顽固。

商正是这样的一种现象——只要自己头顶的天还没塌,只要自己脚下的地还没陷,只要抓紧时间还来得及,两个商人一定会为了各自的金钱利益争取做成最后一笔交易,而绝不让时机白白从身边错过。

正如马克·吐温所说的:"商人是一种一遇到金钱立刻便和金钱融在一起的动物。"

莎士比亚的某部戏剧中有一个商人说得精妙:"只要金钱在向我招手,《圣经》、地狱和我母亲都不可能使我转身。"

而你若跟商人们谈论这句台词,他们则也许认为,那恰恰是一位好商人的本色。他们也许反问你——这就叫商的原则啊。商人不那样能成功么?

但是世上毕竟还有比商更强大更权威的事物,不是上帝,而是政权。

1949年10月1日以后,商在中国遭到了空前严厉的禁止。而此前五千年以来,它只不过遭到灾害的破坏、战乱的摧毁、横征暴敛的打击罢了。"野火烧不尽,春风吹又生。"

是的,不管对它的功过如何评说,在人类历史上,它还从未被某一政权严厉地全面禁止过。

它是人类历史上最新的一种政权。它是那么的年轻、那么的虎气勃勃,又是那么的果敢、那么的激进。它一经建立,身躯上带着累累伤痕,征袍上沾染着自己英勇牺牲了的将士的鲜血和敌人的鲜血,在尚未消散的硝烟中和刚刚升起的胜利的旗帜下,声色凛凛铿锵有力地向全世界宣布——从此与资产阶级、资本主义,以及一切同资产阶级、资本主义发生连带关系的事物誓不两立!

在这一点上,它体现出一个新政权的史无前例的英雄气概和非凡自信。但它的英雄气概和非凡自信,又是那么的充满着浪漫色彩。

"金猴奋起千钧棒,玉宇澄清万里埃。"

毛泽东的这两句诗,最能体现出其当年的雄心大志。

实事求是地、公正地、尊重历史地说,这摇篮之中的新政权,当年的的确确遭受到西方世界的虎视眈眈的敌意和咒诅,的的确确是曾被西方资本主义阵营视为"共产主义恶魔"的。

它的存在使对方们大受威胁,深感不安。

对方们的敌意和咒诅,也使它戒心倍加,防范不懈。

所以毛泽东当年忧心忡忡地时刻提醒全党——巩固政权是比夺取政权更艰难的!

在苏联,列宁向工人阶级发表演说——资产阶级,是不可能像死人一样被钉在棺材里埋到地底下的!它的尸体在我们中间腐烂发臭,污染空气,时时刻刻企图毒害我们的生命!

在中国,毛泽东则严肃地告诫和教导新政权:"在拿枪的敌人被消灭以后,不拿枪的敌人依然存在,他们必然要和我们做拼死的斗争,我们决不可以轻视这些敌人。如果我们现在不是这样的提出问题认识问题,我们就要犯极大的错误。"

又说:"无产阶级要按照自己的世界观改造世界,资产阶级也要按照自己的世界观改造世界。在这一方面,社会主义和资本主义之间谁胜谁负的问题还没有真正得到解决。"

也许,由于商业在资本主义初期,给资产阶级带来的利益太大太大,给广大民众带来的利益微乎其微;也许,由于资产阶级利用资本的垄断这一"法宝",对广大民众尤其对无产阶级的剥削太野蛮、太贪婪、太无人道可言;也许,由于新政权对这一点的深恶痛绝,所以视商如产生新的资产阶级、复辟资本主义的温床,铲之除之唯恐不彻底。

当年苏联如此,中国亦如此。

受惠于资本主义的前一个时代并遗留下来的商人们,习惯了被金钱所诱惑,在新政权的监视和管制之下也居然是胆大包天,为所欲为的。

比如苏维埃政权建立的初期,在莫斯科公民每人每天只能分到三两黑面包的情况下,主要是由旧地主旧富农组成的粮贩子们,狼狈为奸,勾结一气,暗自囤积,售以高价。

所以当年列宁亲自签发过对他们实行严厉打击的"特别法令"——凡经证实,一律枪毙。

在残酷的卫国战争期间,粮贩子们无视法令的活动依然猖獗,而斯大林也亲自签发过和列宁同样的法令,无情镇压之。少则一次枪毙数人,多则一次枪毙几十人。

新中国成立初期也发生过不法粮商跨省勾结与国家抢购赈灾之粮囤积居奇企图暴发的事,还发生过以次劣布匹棉料为抗美援朝将士生产假冒伪劣军服军鞋的事——其下场可想而知。

正应了那句话:人为财死,鸟为食亡。

这些仿佛证明了"无商不贪,无商不奸"的事例,在中国最终导致了对商的"扫垃圾式"的铲除。改造成了取缔,引导成了禁止,治理成了专政。

1957年后,"垃圾"被彻底铲除。新政权"清洁"了,中国没商了。

这是从根子上进行的铲除。担心繁殖出新的资产阶级,担心会复辟出资本主义的"温床",被"铁帚扫而光"。

几乎人民生活的一切必需品,都由国家通过票证等方式平等分配了。粮、油、布、棉、糖、烟、酒……当然包括过年的肉、鱼、蛋等等。

每个人的生存质量都被限制在接近平等但同时又是最低的水准。

共和国似乎在对自己的做法满意地考虑——一个活人有了这些也算可以了吧?再需要别的什么就未免太奢侈了吧?而人一旦奢侈了,是会使共和国感到忧患重重的。

一切需求皆票证化了,商似乎也就没用了。今天的票证收藏家的收藏曾做出过权威性的统计——最多时共和国发过76种票证。

在"票证年代",对18级局以下干部的特殊待遇乃是——每月多半斤糖、一斤黄豆。所以他们又曾被老百姓叫做"糖豆干部"。只不过多半斤糖、一斤黄豆,所以,你又真的不能不心悦诚服地承认——共和国对干部和百姓几乎是一视同仁的。

"票证年代"的产生,究竟是由于自然灾害、人口众多、物资匮乏导致的不得已而为之的国策,还是由于对共产主义"按需分配"原则的一厢情愿的、求成心切恨不得"一步到位"的实践导致的?似乎不可以下非此即彼的结论。以我这个共和国同龄人的身份,重温"票证年代"的感觉,认为两种原因都有。

然而有一点是肯定的——一个国内无商、国际经济关系中只有"援外"几乎没有"外贸"可言的国家,物资不匮乏倒反而是奇怪的了。几乎没有,不等于完全没有。中国的马路上,曾驶过苏联的小汽车——在哈尔滨,市一级领导才有资格坐。和"老大哥"关系僵化后,它们成了宝,成了彼此身份显出区别的标志。毕竟是"进口车",毕竟觉得比"上海"轿车高级。而且,以后不再"进口"了。

老百姓曾享受过的"外贸"成果,却只不过是古巴的红糖,老百姓的孩子们吃过巴西的蜜枣,春节商店的供货摊床上出现过朝鲜的明泰鱼。那都是中国人民节衣缩食,用优等的大米、白面、黄豆、棉和布换来的。古巴的红糖当年使大批中国人患了肝炎,巴西的蜜枣使许许多多的老百姓的孩子生了肠胃寄生虫。朝鲜的明泰鱼倒是很好吃的一种鱼,肉厚,刺少,却只有春节才能买到……商被铲除净尽到何种程度了呢?在我家居住的至少五千户组成的一片社区,只有四个商店、三个饭馆。四个商店中,两个只卖酱醋咸菜火柴食盐什么的,各有三四名售货员。我想每天营业额大约不会超过五六十元。另两个要算是较大的综合商店了,但也不过各有十几名售货员。三个饭馆,只中午和晚上卖馒头、烧饼。几乎没卖过包子和糖包,因为缺肉和糖。售货员的工资,由21元至36元。干一辈子,退休时也许有望涨到五十几元。都是拿"公"薪的人,因为那些商店和饭馆无一例外是国营的,连夹在它们之间的理发铺也是国营的。它们都常挂出一块牌子,上面写着"今天政治学习"。

人们的工资既已被限定在最低程度,物质生活的需求既已被限定在最低水平,五千余户有那么四个商店三个饭馆,还真的似乎也就足够了。除了年节前夕,它们的售货员往往是挺清闲的。一阵阵忙点的,是售酱油、醋和咸菜柜台的售货员。她们往往是初中或高中毕业的女学生,刚参加工作,当然只配从最基本的服务做起。熬了许多年头,接近中年的女人,才有资格站布匹柜台、鞋帽柜台、日用小百货柜台。那儿的顾客永远是断断续续的,身上也不至于沾染酱油、醋和咸菜味儿。如果看到一个显然刚参加工作的姑娘也居然例外地站在那些柜台后,那么不消说,她一定有点"来头",或有什么"后门"。不过"来头"肯定大不到哪儿去,"后门"肯定不会太宽,否则她就不至于被分配到"商业战线"了。

尽管"商业战线"也同样是很光荣的,但除了侥幸被分配到大百货公司的人不至于感觉委屈,十之七八是不情愿的。

初、高中毕业生的最高理想,是能够被分配到较大的国营工厂,从每月拿 18 元开始学徒。车、钳、铣、刨乃"王牌"工种。徒满后上了车床,那份荣耀好比英国皇家海军士官生登舰。"哈一机"、"哈轴承"、"东风"等在全国著名的大厂,不是中等技校毕业的"重点培养对象",那根本就是可望而不可及的。

卓别林的经典影片《摩登时代》中,有许多工人在流水线上疲于奔命的精彩片断。而直至 20 世纪 60 年代的中国,其实还没有几条卓别林时代的工业流水线。

如今,车、钳、铣、刨四大"王牌"半机械工种,早已被全机械车床所淘汰,成了工业词典的古典名词。

"哈轴承"已与港方合资,我的许多同龄人早已退休。

"哈一机"的工人几乎全部"下岗",因为它是制造坦克的。

"东风"厂转产艰难,因为它是制造飞机的。

哈尔滨量具刃具厂的某位工程师,当年曾对一项机械有所改造,可减少工人半数左右。但好事变成了愁事——裁下来的工人安排到哪里去呢?

结果是有价值的图纸被锁入柜中,从此无人问津。

应该说,当年已有种种迹象表明,共和国开拓新的就业局面已迫在眉睫,刻不容缓。而轻工业的开拓局面广阔无比,但这需要市场经济来引领和繁荣,需要"商"的推动作用。

但"商"已被连根铲除。

但市场经济被认为是资本主义的,与社会主义背道而驰的"陷阱"。

但共和国正在酝酿的是一场规模更加空前的阶级斗争和路线斗争。

(二)

商的机会是分阶段的。在它无序的阶段,机会最多,最富有戏剧色彩,最乐于慷慨地将机会抛给某些智商并不怎么高的头脑。也只有在这个阶段,某些出身于社会最底层,而又精于算计的人,才有暴发的可能性。这个阶段有时较长,有时很短。一旦结束,一旦作为一页翻过去了,那便永远翻过去了。从此它就只对很聪明而且立志投其门庭的极少数人微笑了,即使对很聪明的人,它往往也表现得相当吝啬了。

有序的成熟的商业时代恰恰不是慷慨大方的,而是惜金如命,极端小气的。

在商业的无序阶段,往往几年就可以成全一位资本家。

而在有序的成熟的商业时代,千百万个家庭中,再几辈子也产生不了一个资本家。尽管可以产生不少官员、硕士、博士、作家、教授等有身份的人。除非某人不但精明,不但天生有经商的头脑,不但运气好,而且还是某类极具商业价值和前途的创造发明的直接或间接专利拥有者。

"当年他们都是些什么人啊!"

时至今日,我们仍能经常听到这样的话。这样的话除了意味着是牢骚,不再意味着别的。牢骚中连当年的轻蔑和不屑也所剩不多了。

对于许多人而言，许多机会是一次性的，许多事是不可重复的，许多社会阶段是学生的45分钟一节的课时那么短暂，许多时代特征是光怪陆离刺目而又迷幻的。

你被它炫得捂上了眼睛，转过了身去，你就与它缘缘相错了。商业时代赏给那些最早较早就亢奋地不顾一切地跃身到它的光影里的人最大最多的实惠。这便是它的公平原则，它几乎从来只持这一种原则。当年的"二道贩子"也罢，"倒爷"也罢，对中国商业时代的复归，对唤醒中国人之商业意识，是不无功绩的。

而且，细分析之，他们的行为，也不像许多人想象的那么遗害无穷。就是为了达到目的进行贿赂，当年其实也只能塞些钱给小官吏们和小掌权者们罢了。当年他们都还没成气候，他们的身份使他们较难接近大官吏，也根本拿不出几十万几百万去收买大官吏大掌权者。与后来商业领域内权钱交易的腐败现象相比，他们的行为倒显得较为单纯，不那么卑污和怵目惊心耸人听闻。

20世纪80年代下半叶的某一年，一位中央书记处的书记同志，邀请几位作家"聊聊"世态民情。我迟到了，见只有领导身旁的一个座位还空着，他又在向我亲切招手，我便只好走过去坐下。轮到我发言时，我说了几首民间流传的顺口溜儿。其中一句是："十亿人民九亿商，还有一亿在成长。"领导笑了，打趣地说："同志们，这是不是太夸张了点啊？我看中国的商业还远没发达到如此程度嘛！甚至，在相当漫长的一个时期内也不可能。但我确实认为，如果世界和平局面允许，全民皆商，肯定比全民皆兵好得多！"

我又说："国营的不如个体的，有文凭的有专业的不如骑着摩托背着秤的，上班的不如倒卖的，倒卖的不如'拼缝'的，'拼缝'的不如坑蒙拐骗的,坑蒙拐骗的不如能弄到'批件'的!"

他听得很认真,也很感兴趣。我说一句,他往小本上记一句。我半截打住,说:"你要记,我就不说了。"他又笑了,说:"作家同志你不要太紧张嘛!不会打你个'右派言论'的!我记在小本上,是为了经常看看,经常想想嘛。骑着摩托背着秤的,那又是些干什么的?"

我说:"经商的呀。他们现在发了,不骑自行车,鸟枪换炮,骑摩托了!"

他说:"这很值得我们替他们高兴嘛。我预见,不久的将来,他们还会再一次鸟枪换炮,开上小汽车呢!到那时候,他们肯定比你们作家阔多了,你们作家同志们会不会嫉妒啊?"

问得我和几位作家朋友都不禁笑了。

我又说:"他们还有口号呢!"

他说:"哦?透露透露!"

我说:"他们的口号是——骑着摩托背着秤,跟着老邓干'革命'!只要老邓不变卦,'革命'到底不回头!"

他说:"这口号倒也不错。发展经济,是改革开放的首要任务。对于中国,不亚于一场革命嘛!但是中国要富强,只靠骑着摩托背着秤的当然不行。还老百姓以宽松的政策,只是我们国策的一方面。搞到国营的不如个体的,上班的不如倒卖的地步,当然是很令人忧患的。但是同志们,如果非要求国家做到上班的一定比倒卖的强,国营的收入一定比个体的高,那恐怕也不现实。世界上许多国家,都是从事个体商业的比在国营单位效劳的人普遍收入高些。这是商业时代的一种新差别现象。国家的使命,既是要保证个体的谋生热情不受挫伤,不再重新附着在旧体制上,又要保证国营的上班的,收入不要比个体的倒卖的低很多。那样的话,国营的上班的就寒心了。至于'拼缝'的,那要看谁们在'拼缝','拼'的什么'缝',性质上是否合法。国家干部,手中有权,也搞什么'拼缝',那就不合法,在全世界任何国家都不合法,在资本主义国家也照样不合法,是要和坑蒙拐骗的一起受到法律制裁的。至于搞什么'批件'的,那分明都是权钱交易的方式,是腐败现象,是一定要坚决反对的!同志们,老百姓中蕴藏着极大的谋生自富的积极性和能量,不可低估,不可小看呀。一旦政策到位,相当一部分中国人很快就会比较富起来。但我们要使广大国营企事业单位的拿工资的人收入有一个明显的提高,则就不是那么容易之事了。实事求是地说,是很难的事啊!这需要经验和时间啊!经验我们太少太少,而这时间是属于老百姓的,不能让老百姓期待得太久是不是……"

那是我所听到的,一位中央领导同志推心置腹的一次讲话,给我留下的印象极深。十年后,中国大中型国营企业的状况令人堪忧,许许多多工薪阶层的生活水准每况愈下,共和国面临的使命更加艰巨。

但客观公正的中国人,似乎也不难达到这样的一个共识——此非改革开放的结果,而是共和国积重难返的长期隐患全面"发作"的结果,甚至不可以一古脑儿全推卸责任给共和国的前任领导者们。因为那也同样是不公平的。一个国家的经济发展,和一个人的致富一样需要外部条件,需要一些机会。中国从前不具备这样的外部条件和机会。正如世界处于东西方"冷战"时代,中国不可能一厢情愿地提出改革开放的国策。

但如果从20世纪50年代起中国不连根铲除商业的民间园圃呢?

但如果不发生十年"文革"呢?

十年后,那些"骑着摩托背着秤"的中国商业时代初期的"弄潮儿"

们,相当一部分确实已经富起来了。他们拥有了属于自己的产业——房子、车、店铺或饭庄什么的,他们银行里存了一笔数目可观的钱,可能是100万,可能是200万或者更多些。1949年10月以后划阶级成分之时,他们将被定为"小业主"。"涉浅滩者见鱼虾,入深水者得蛟龙。"商潮的初级阶段是混浊的浅水,他们每年从"网"中得的是"鱼虾",经年累月,积少成多,他们是商业时代的既得利益者。试想哪怕一个设早点摊儿的人,十余年后,若经营顺利而且有方,其发达也是可想而知的啊!

还有一部分人,虽没怎么太发达起来,但东一笊篱西一耙子,十余年后也搂到了十几万或几十万。他们疲惫了,或信心减弱野心收敛,于是想方设法又往体制内迂回。一旦谋到满意的闲职,或干脆花钱买到,摇身一变,又成了端公家饭碗之人。

有极少数的人,凭着自己不寻常的精明,加上魄力、胆识、冒险精神和好运气和天赐良机,随着最初的商潮泅向了更深更远的"海域"。他们成了令世人羡慕的富商,骑在了"鲲龙"的背上,大有一个斤斗便能翻出十万八千里去的能耐似的。但商海无情,风骤浪险,波谲云诡,"鲲龙"虽大,却不是那么容易驾驭的。他们的结局究竟会怎样,做出结论还太早。而有一个事实是不容争辩的,那就是,在商业时代的初级阶段,他们奇迹般地成了最大的既得利益者。

当然,还有些人,当年"倒",现在仍"倒"着;当年"贩",现在仍"贩"着。始终没机会没运气发达,但养家糊口总归是绰绰有余的。换一种谋生的方式,可能就养不了家糊不了口,所以只有继续下去。更有些人,在初级阶段混浊的商潮中,折桅沉船,下场可悲。

他们的故事和传记,都记在中国商业时代初期阶段的几页历史上了。那几页历史上,充满了卑污、欺诈、赌博性和离奇性。其成功者很难引起人由衷的敬意,其失败者也不太能获得人的同情。他们之中,只有极少数的人,能从前几页历史中过渡到今天的时代,并似乎依然有什么商业方面的大作为,似乎而已。

"俱往矣,数风流人物,还看今朝!"

在商业时代的深远"海域"里"弄潮"的,已是另一类"新生代"了。

他们年轻却见多识广,从商经验极其丰富。他们以文质彬彬的外表,不动声色地掩饰着也许只有自己才清楚到底有多大的勃勃雄心。他们起码有大学学历,甚至是博士、"博士后",或者是"洋插队"回来的外企外商全权代理人什么的。他们精通外语,善于"包装"自己,广为结交对自己的事业有助之人,尤善走上层路线。他们谙熟商业法律,谁企图骗他们上当门儿都没有。而他们钻商业法规空子的行为,又能做得那么的不显山不露水天衣无缝。他们双手紧紧按住自己的钱袋,双眼每时每刻都在商界扫描着。一旦盯住了时机,其反应之快宛如矫鹰擒兔一般。他们中更有的人本身即是科研后起之秀,并是一纸抵万金的某项专利的拥有者。比起他们的科研前辈,他们将科研与市场经济紧密结合的头脑,灵活得让前辈们脑筋急转弯也还是望尘莫及。

他们的综合素质之高,根本不是那些"骑着摩托背着秤"的人所能匹比的。

正是他们的涌现,无情地从商域排挤和淘汰了前者们,确立并巩固了自己们的主角地位。使前者即使存在着,也只不过变为一些"大群众"的角色罢了。

正是他们的涌现,促推着中国的商业时代进入了第二阶段——从"猪往前拱,鸡往后刨"、鱼龙混杂、泥沙俱下到混沌渐分、层次渐清的阶段;从主要是以"倒"和"贩"激活市场到主要是以新商品新材料新技术丰富市场的阶段；从满足基本商品需求到满足名优商品需求的阶段；从无序到开始有序的阶段。新技术、新材料、新产品，乃是确保商业生命力强盛的三大要素。20世纪80年代末90年代初的几年里，中国的商业时代曾呈现出最乌烟瘴气的现象。商业不择手段只顾赚钱其他似乎什么都不顾了的贪婪性，也暴露得最为淋漓尽致。"假冒伪劣"商品正是在那几年里泛滥成灾，比比皆是，仿佛到了无法可治的地步。

某某领导在电话里生气地指责：将我当成什么了？难道我们的同志们现在不分什么人的钱都一概照接了么！这还是为公，那中饱私囊的官员，对商的亲爱有加，与对百姓的冷漠无情，早已形成极鲜明的对照了。

又据报载：一位经商大款，席间当着些社会名流一语惊人——某某副市长算什么，我一个电话，让他半小时内出现在我面前，他不敢35分钟才到！

言罢掏出手机拨号下达"指示"，副市长果然半小时内提前到达！

我的在电视台工作的记者朋友告诉我：一次他出差外地，在歌舞厅消遣，适逢一大款向一歌星小姐献花，还未下台，有人却又向他献花，并高声朗朗曰："这一束花，是在座的副市长命我献给您的！并为您点歌一首……"

（三）

在全世界，卖淫、走私、贩毒、色情业的方兴未艾，文化的色情化，贿赂的丑闻，无不与商业瓜葛甚密。十之八九，是在合法经商的招牌之下进行的。连昔日韩国的总统，也东窗事发，原来曾被商所俘过，在全世界的瞠瞠注视之下站在了被告席上，并且被判处死刑。

那些日子里韩国是多么的举国激愤啊！出租车司机大瞪着两眼将车摇摇晃晃地开上了人行道，警察发现他滴酒未沾，他是由于心理被刺激成那样的，他接受不了他们的前总统原来是一个勒索巨贿的家伙这样一个铁证如山的事实。

而一个月薪 100 万韩元的政府较高级官员，于头脑清醒之时算了一笔账，结论是他若想挣到他们的前总统受贿那么大数目的一笔钱，得工作 40 年。他算完这笔账倒不愿意清醒着了，于是跑去酒馆里喝得酩酊大醉，并用酒瓶子击碎了酒馆的玻璃，当众搂抱住女招待非礼无忌起来……

但是谁若问韩国人还要不要商业时代了？回答将是肯定的——当然还要！

一个理智的国家理智的民族，明白商业时代再有 100 条 1000 条不好，却仍有另外 100 条 1000 条别的任何时代所不可能带给人们的好处，却仍是人类唯一最好的选择。

总统索贿巨款，将他绞死就是了么！

韩国人尽可以许多次地选出一个总统，而对商业时代的选择却是不容反复的。一旦动摇了它的基础再要重新恢复它的基础，最短大约也需 20 年。韩国人是明白这一点的。世界上几乎所有高度民主的国家的大多数公民，也都是明白这一点的。一个繁荣的商业局面光临的时代，对于这些国家的普遍的人们来说，不啻是上帝对世间的一次巡礼。而总统对他们算什么呢？不过是比较认可的一名公仆罢了！

诚如托克维尔在《论美国的民主》第二卷中所言："民主社会中我们不知道还有什么其他东西能比商业更伟大、更辉煌了。它吸引了大众的注意力，丰富了大众的物质和精神需求的想象，把所有的旺盛精力都吸引过来。无论是谁,无论是任何偏见,都不能阻止人们通过商业而致富的愿望。民主社会中,所有大笔财富的取得都要靠商业的增长。"

然而商业这支"玫瑰",对于中国人而言,却未免是太光怪陆离、杂乱无章、浮华而又浮躁了。它使人欲膨胀,人心贪婪;它使腐败现象如同倒片机将蝴蝶变成毛毛虫的令人厌恶的过程放映给人看;它使一小部分人那么不可思议地暴发,使他们中某些人暴发之后为富不仁……

所希冀的和已经面临的似乎根本不是一码事,于是许许多多的中国人迷惘、困惑、失落、痛心疾首而且愤懑了,开始以诅咒勾引坏了自己好儿子的娼妓般的语言诅咒商业时代。

但这似乎主要是初级阶段的情况。

商业在中国的混浊的初级阶段,确实是"刺"多"蕾"少的。

现在它的"刺"已被共和国的法修剪掉了许多,现在它当年的一些"蕾"开花了。

现在,普遍的中国人,已经能够比较冷静比较明智比较客观比较平和地凝视商业时代了。

谁若问普遍的中国人——我们是否应该将商业时代这看起来总有点离经叛道的"新娘子"再一次逐出国门?

普遍的中国人寻思一下,大约会宽容地这样回答:让"她"留下吧!世上哪有没毛病的"媳妇",我们日后慢慢调教"她"吧。

这么想和这么说,都无疑意味着一个民族的成熟。

而这一种成熟,又完全可以认为是对商业时代改变了太理想主义的期望。

中国是一个动辄容易陷入理想主义思维怪圈的民族。

而西方人却早就对商业时代的本质有所洞察了。

《民主和教育》一书的作者杜威说:"认为商业的事情在它自身的范围内可以'自觉'地成为一种理想的文化,认为它可以把为社会服务作为自身的宗旨,并让它来代表社会的利益和良心——这样的想法是极其荒谬的。先生们,我们在承认商业的贡献的同时,绝对不可以把它想象得很温良。因为这不符合事实。我们要给它套上鞍镫。我们跨在它背上的时候,要穿带马刺的靴子。只有在这一种情况下,它才能收敛它自私自利原则之下的欲望,满足自己的同时也对社会做些回报。"

杜威的这段话,对当前的中国人,尤其对当前的中国首脑们,是非常有参考意义的。

一切有关商业的法规、法令,都是为了更好地驾驭它,使它更大限度地造福于社会的"鞍镫"和"缰辔",同时也是不断激励它按照社会福利的总目标奋进的"马刺"。优秀的骑手和坐骑之间,常常达到一种"合二为一"似的最佳境界。这也是国家和商业时代之间的最佳境界。

税法是商业法规、法令中最重要的一条。

密尔在《功利主义》一书中说:"买卖人对一切顾客买一样的东西收一样的价钱,并不随顾客出钱能力的大小而高低他的价目,世人都认为这是公道的,而不是不公道。但是若以此原则制定税法,就与人的人道主义和社会便利的感觉太不相容了。国家应对富人特别制定某几项高税。因为我们冷静分析不得不承认,国家这台机器,历来为富人的效劳比为穷人的效劳多。"

卢梭在他的《政治经济学》中则说得更明白:"如果富人显示阔绰的虚荣心可以从许多奢侈之物中获得极大的满足,那么让他们在享受奢侈时增加一些开支,正是征收这种税的充分的理由。只要世界上有富人存在,他们就愿意使自己有别于穷人。而国家也设计不出比以这种差别为根据的税源更公平更可靠的税源。"

世界上许多商业发达的国家都早就这样做着了。

中国呢？

再给它点儿时间吧。

如果,一个时代为了"造"出一个富人,不惜以产生三个甚至数个穷人为代价,那么不管它是不是商业时代,不管多少有思想的人极力加以赞颂,它总是要完蛋的。

罗斯金在《到此为止》一书中说:"既然穷人无权占有富人的财产久为人知,我同样也希望,富人无权占有穷人的财产这一事理明昭天下。"

一切鲸吞、瓜分、巧取豪夺、挥霍浪费国家财产的人,都既不但对国家犯罪,同时也对人民犯罪,犯有制造贫穷罪和占有穷人财产罪。因为道理是那么的明白——那一部分财产原本是靠劳动者积累的,国家原本是可以用它救助一部分穷人、消灭一部分贫穷现象的。

萧伯纳在他的小说《巴巴拉少校》前言中说:"金钱大量地聚积在一部分人手里,对他们来说多得没有什么价值了,而对另一部分人来说则少得可怜难以为生时,它就变成该诅咒的东西了。"

这样的现象往往是由于——"给4个人每天3先令,让他们干10到12小时的艰苦劳动；而却常常向另一个人提供不劳而获的机会,使其轻而易举地便会得到1000或1万英镑。"

这决不是一个健康的、成熟的、人人衷心拥护的商业时代的特征。

健康的、成熟的商业时代的基本特征应该是——普遍的人们为了挣到使自己过上丰衣足食的生活的钱其实并不太难,某些个人企图挣比这更多的钱其实很不容易。

在中国，目前相反的现象还随处可见。

但是要消除这一种现象，中国又只有万桨齐动，中流击水。回头恰恰无岸。

商业时代的一切负面弊端，只有通过商业的进一步发展才能疗治。这一点是走过来了的国家向我们证实了的。好比一个在冰天雪地中决定何去何从的人，思考必须变得极为简单——哪里升起着炊烟哪里就是继续前行的方向。而商业的炊烟，一向袅袅升起在时代的前面。商业不在其后插路标，它不但一向一往无前，而且总是随之带走火种。你需要火，那么就只有跟随它。国家是人类的公产，就像个人是国家的公民一样。人类进入了商业时代，任何一个国家"公民"都只能"跟着感觉走"，迁移不到外星球去。中世纪的罗马教堂曾发放过"赎罪券"——这意味着上帝也曾集资。宗教经商，赎罪靠钱，古今中外，概莫如此。商人是商业的细胞，商业是人类社会的动脉。商业其实从来不仅是人类的表象活动，也不仅是由它影响着人类的意识形态。它本身便是一种最悠久的最实际的意识形态的变种。它使政治像经济；它使外交像外贸；它使经济学像发财经；它使我们几乎每一个人的灵魂都有一半像商人；它使商人像马克·吐温说的那一种人——"如果金钱在向我招手，那么无论是《圣经》、地狱，还是我母亲，都决不可能使我转回身去；它使道德观念代代嬗变；它使人文原则更弦易张；它给一切艺术随心所欲地标价，不管是最古典的还是最现代的，最俗的还是最雅的。它使法绕着它转，今天为它修正一款，明天为它增加一条，以至于法典最厚的美国，律师们喟叹当律师太难了。它殷勤地为我们服务，甚至周到至千方百计净化我们每天所吸的空气和每天所饮的水的地步，但同时一点也不害臊地向我们伸手要钱。你不需要几万元一套的马桶，但是有别人需要。有需要便有利润，于是商便合法地生产之……你不需要全金的水龙头,但是有别人需要。有需要便有利润,于是商便合法地生产之……"

它还制造格林童话里的国王才睡的黄金床……

它还在月球上开发墓地,将来肯定也要在月球上开发旅游热线。人觉得地球上的商品已经太多太多,但明天商业还会向人提供令人感到新奇的东西。商业早已开发到了人的头脑里,人的心灵里。人的思想人的精神其实早已入股商业了,人还敢嘴硬说人拒绝商业时代么?人有什么资格拒绝有什么资本拒绝?人每天的心思一半左右与商业时代有关。它本身微微地摇摆一次,亿万之众的命运和生活就不复再是原先的状态了!物理学家说,人是熵的减少者;化学家说,人是碳原子的产物;生理化学家说,人是核酸与酸的相互作用器;生物学家说,人是细胞的聚体;天文学家说,人是星际的孩子;而商业时代说,我是人类的奶娘。过去是,现在是,将来仍是。谈到将来,便确实产生了一个终极关怀的话题:人类不再吮"她"的乳汁行不行呢?这话题太沉重,也太遥远。还是不讨论吧!邓小平的一种思想方法,不失为很实际的方法——如果我们的智慧不够,不妨留给下一代人去解决……

(四)

我凝眸注视商业时代,渐悟它的本质其实是寂寞的。

像我这一代中的许多人一样,在大学时期——亦即 1974 年至 1977 年"四人帮"被一举粉碎之前,我已经是一名彻底的"文革"思想的抵牾分子了。在当时的复旦校园,谁思想上若是这样,一旦被揭发或自我"暴露",个人命运的后果是不堪设想的。"文革"后期的专制政治对于"思想异类"分子的惩办是冷酷无情的,从教师到学生,任谁都不得不更加言行谨慎地自我保护。我的表现也毫不例外,只不过与别人相比,常因口舌放纵招致政治嫌疑罢了。我十分感激我的老师们,没有他们当年遮挡着我,我也许注定了会做牺牲品。而实际情况乃是——十之七八的人,都和我一样,早已是彻底的"文革"的背叛者了。又好比一幕大戏,在接近尾声的紧锣密鼓中,众多的角色都渐显出了背叛的意识。"凤头、象肚、豹尾",形容大文章的这六个字,用以形容"文革"最恰当不过了。它的开始是那么的独特,它的过程所包容的事件是那么的复杂丰富,它的结尾又是那么的精彩,典型的"史笔"风格。

但是,现在我已经能极冷静地凝视商业时代了。

我终于明白了这样一个道理——当时代宣布改变了以后,绝大多数人是只能也随着改变的。若时代变而人不变,那得有极其雄厚的资本和异乎寻常的资格。你如果企图超脱于商业时代之外,那你必得有祖传的产业足够养活你和你的家。果而有之,你消费祖业的方式,也必是商业时代的方式。你的消费倾向,也必受商业时代的影响。你如果不得不以商业时代的规则谋职谋薪,不管你思想上以多么激烈的姿态抵抗它,你实际上已经屈服于它了。最广大的工人,包括那些失业的下岗工人,最终是注定了都不得不归依于它的。农民也是。几乎百分之百的大小知识分子也是,我也根本没有与之抗衡的资本和资格。我的"抗衡",倘非用"抗衡"一词的话,恐怕也只能体现在如下方面——远避它的奢华一面,因为那非是为我营造的风景。控制住自己所从事的文学创作的倾向不过分的商业化,因为那我自己便会觉得我变成了一个专门糟蹋文学的人。但同时又必须容忍艺术、文学,包括我自己的作品被某种程度地蒙上商业色彩的现象。

谈到我自己的作品,这是有时连我自己也做不了主的。"某种程度",应以不辜负广大喜爱文学的读者的期望为前提,而不仅仅以发表或出版的官方限制为前提。后一种前提是对自己的低标准要求而非高标准要求。在这一种情况之下,我将原谅自己的"偶尔失足",我自己对自己的原谅无疑会比广大读者对我的原谅稍微宽厚点,但我一定约制自己不由"偶尔"滑到"再三再四"的程度。因为我所坚持的是现实主义。现实主义的主要宗旨是面对现实的文学性"发言",包括文学性的指判式"发言"。我清楚,我若再"失足",我的现实主义"发言权"也就由自己取消了。纵观世界,非商业色彩的艺术和文学已属凤毛麟角。我不想声明我一定加入凤毛麟角,因为我做不到,还因为我不认为只要带有商业色彩了,艺术便不再艺术,文学便不再文学了。清高如郑板桥者,也是为自己的画明码标价过的。更因为我开始意识到,一个商业时代的小说家,靠稿费尽家庭经济责任,而又能相对严肃地进行长久的创作,乃是很"诚实的劳动"之一种。比之不能这样,而不得不向国家伸手讨索,讨索不到就牢骚满腹怨天尤人强。比我年轻的一批作家、编剧,某些人是很善于经营自己的,他们理当更善于经营自己。因为我这个年龄的作家从国家获得到的,比如房子、基本工资、职称,他们将不再那么容易获得到了。多年前我到上海时,李子云大姐问我是否已是作家中的富翁,我只有笑笑,问她何以会这样想。她说都在传你《年轮》拿了几十万,《浮城》一书又拿了几十万,那你不已是百万富翁了么?我只好又笑。我创作《年轮》电视剧,每集含税 2500 元。我交《浮城》稿时,编辑说每千字 80 元,我吓了一大跳,因为闻所未闻。自己主动提出不要比国家规定的稿酬标准高出那么多,高出一点,每千字 40 元就满足了。发行得好,愿补就再给补些。书发行得很好,但我的稿酬是按每千字 40 元外加印数稿酬算的。

当时我甚至分不清印数稿酬和版税有什么区别,还曾打电话去向张抗抗请教。此前我的三四百万字的作品,乃是由每千字7元、10元、13元、15元、20元至30元出版的。

我真的不希望比我年轻的作家们向我说,这除了是"迂"不再是别的什么。他们以后的命运将和我们大为不同,他们中的大多数将不得不变为脱离体制的自由职业者,他们不比我多些商品意识,情形将会很糟糕……

一个成熟的商业时代也许是世界上大多数国家最理性最明智的选择,起码目前是这样。成熟的商业社会,需要一个国家与周边国家的和平友好关系的保障,需要国内政治稳定的保障。这两个商业时代的保障,其实首先已是与老百姓利益相关的重要保障。

我凝眸注视商业时代,渐悟它的本质其实是一种大寂寞。和平使国际外交主要成为外交家们的事,政治意识淡薄使政治主要成为政治家们的事。商业时代的惊心动魄的大决策,几乎无一不与商业相关,而且仅仅反映在极小一部分人之间。有钱的开始有闲,有闲最能生出寂寞之感。缺钱的疲于奔命地挣钱,也就顾不上寂寞。连寂寞都顾不上的活法,无疑简单乏味到极点了。商业社会的特征,的的确确乃是金钱支配许多社会方面许多人命运的特征。它有时太令人厌恶。但细想想,又不见得比政治支配许多社会方面许多人的命运更不堪承受到哪儿去。全民政治化是庸俗的政治,全民商业化恰恰是成熟的商业时代的标志。商业时代的文学也将是寂寞的,因为成熟的商业时代将善于调解和处理许许多多社会问题社会矛盾,给文学剩下的仅仅是"社会题材"的"边角料"。文学不屑于咀嚼这些"边角料",因而归于人的心灵。但面对寂寞的人的心灵,文学还没形成文学以前,便先自己倍感寂寞了。成熟的商业时代是断难产生史诗性文学的时代……

现在的中国,当然非是成熟的商业时代。一部分人仿佛被摒弃在它的门外,进不去,又退回不到原来的社会坐标上,这是它趋向成熟,还是夭折在混沌状态的大问号。进不去又退不回的人越来越多,它的混沌状态将越持久,而持久对它是危险的……

目前文学针对现实发出的种种感应之声,是中国的另一足也迈入商业时代之前的尴尬的诉说乃至呼号。而之后,几乎一切艺术和文学的品格,都必须或深或浅地印上商业的编号。当中国也果真成熟为一个商业时代了,文学对现实的感应之声也就越来越微弱了。那时它不那样是不可能的。正如目前要求它对时代本身的尴尬性放弃诉说和呼号是不可能的。

那时的作家将比文学更其寂寞。但是人民却会渐渐安于一个成熟的商业时代的寂寞。归根结底,对某一时代的优劣的评估,主要是以人民而非作家们的感觉来判断。相对于人民,时代甚至可以完全忽略作家们的感觉不予理睬,而且不丧失它什么最基本的原则。

(五)

中国人对玫瑰的刺究竟领教多少?

诚如爱默生所言——"商业是像玫瑰花一样美丽的。"

但他的话意味着——你要玫瑰,就得同时连它的刺一起要。

这世界上还没培育出无刺的玫瑰。

这世界上还没有一个国家的商业时代"美丽"到像爱默生所盛赞的程度。

商业这支玫瑰的"刺",有时确实是含有毒素的。它蜇人之后,人的痛疼的后果,比被马蜂蜇了一下严重得多。它的气味充满社会,社会仿佛就变成了一个大批发市场或交易所了。而许许多多的人,其实并不甘愿生活在一个类似大批发市场或交易所的社会里。这的确也是商业时代令人厌恶的一面。

韩非子曾说过:"妇人拾蚕,渔者握鳝,利之所在,忘其所恶。"

意思是——鳝似蛇,蚕似蠋,人见蛇则惊骇,见蠋则毛乍,然而因利,"皆为孟贲",都成了勇士。

古文中又曾说过:"匠人成棺,不憎人死,利之所在,忘其丑也。"

饲蚕养鳝,劳动者谋生之计,其实无可厚非。何况,对于见惯了蚕的妇女,见惯了鳝的渔夫,并不觉得蚕和鳝很可怕。蚕还被南方的女人们叫做"蚕宝宝"呢。百姓的谋生,和商人的谋利,是有极大区别的。所以我虽引用了韩非子的话,倒并不赞同他的观点,只不过算做介绍中国古代知识分子对利的看法罢了。

我的观点是——人为谋生而勇,只要不犯法,不害人,其实是可敬的。

商人为谋利而勇,是不是同样的可敬,就得具体分析了。

比如开棺材铺的老板,如果整天都在巴望着闹瘟疫,世人死得越多越好,我内心里就难以对他有什么好印象了。当然那古文的原意,指的不是这样的老板,而是做棺材的匠人。"不憎人死",也不过是不在乎自己的行当与死人的紧密关系罢了。

但现实生活中,许多商人的心理,又确确实实和某些开棺材铺的老板是一样的,又确确实实整天都在巴望着闹瘟疫,世人死得越多越好。莎翁的名剧《威尼斯商人》就对他们进行了入骨三分的写照。

利己是商业的原则。

投机是商业的智谋。

昨兮今兮,亘古如兹。

1861年,一个移居英国的日本人某天早晨读报时,看到了英国王子病情恶化的消息,于是大喜过望,他知道发财的机会来了,就奔走于伦敦和附近的城市,低价抢购黑衣服黑布。几天后,王子去世了,在全英国的悲痛气氛中,他高价抛售黑衣服黑布,一转手赚了约合9000万日元。

商业的利润几乎总是伴着商人的投机行为源源滚入他们的钱柜。一个不善于投机的商人几乎不配是一个商人,起码不配是一个好商人。

商业的利己原则往往是与社会和人心的情理原则背道而驰的,它有时伤害社会和人心的情理原则,确实像流氓强奸少女一样。

商人和商人之间为了竞争,有时还会做出些异想天开令世人瞠目结舌的事。20世纪90年代初,两名美国少女参与大宗毒品走私,由国外缉拿归案,下机伊始,她们立即被众多的人包围。这之中除了新闻记者,还有为数不少的电影制片商、书刊商、电视节目承包人,争先恐后与之签约,打算将她们的犯罪经历拍成电影、电视剧,或写成畅销书,忙得她们不亦乐乎。未出机场,已各自身价数百万,俨然世界冠军载誉归来或阿姆斯特朗刚从月球归来。这一闹剧震惊美国朝野,引起公众极大愤慨,但此事又是在"合法"的前提之下发生的。直至公众忍无可忍,意欲组织游行示威,以抗议商人逐利的无耻行径,当局才出面对商人们予以制止。

所以美国有一则讽刺商人的幽默讲的是——书商出了一本书,赠送总统,不久探问总统看了没有。总统秘书说看了,总统觉得很有意思。

于是紧随其后的大批此书再版的扉页上都印了这样一行字——总统看了觉得很有意思的书。又有书商效仿之,也赠了一本新书给总统。总统接受上一次的教训,说没意思。"没意思"三个字也可以做广告。此书再版的扉页上印了这样一行字——总统看了说没意思的书。第三位书商见前两位的发行很是成功,央人硬送给总统一本书。这一次总统根本不看了。而此书的扉页上印的是——这是一本总统连看都不愿看的书。商人有时要利用什么人什么事大赚其钱,往往不达目的誓不罢休,表现得极端厚颜无耻。

公而论之,美国的商业相当成熟相当法制化,因而也是相当规范相当文明的商业。文明的"玫瑰"的"刺",有时也如此这般地令他人反感令社会不齿,不能不说商业确有"恶习难改"的一面。

在中国,从商业时代的初级阶段到现在,闹剧、俗剧、丑剧更是不胜枚举。

比如从动物园里租了老虎囚于店堂招徕顾客便是一例。报载:某省某市商场开张大吉之日。为了营造轰动效应,意租用一架直升飞机,打算来个"天女散花",自空中撒下数万元人民币。其他拉大旗做虎皮的事例也屡屡出现。

我知道这样一件事:某"个体企业家"为了高攀上层人物,赞助某社会公益活动150万。条件只有一个——名字见报,形象上电视,但一定要坐在某某领导身旁。一切疏通就绪,他却在头一天晚上因嫖娼被公安机关拘留,此时他的衣袋里还揣着第二天上午的请柬。于是,活动不得不取消。

论泡沫

经济学中有一种说法是：泡沫经济。对于经济学我是门外汉，但对于泡沫现象，我在生活中倒是比较地见惯了。

以我有限的常识而言，泡沫大抵生成于水吧？或起码是与水相反应的现象吧？如石灰，如硫磺，由块状而散碎，由散碎而粉细，只要不遇水，是怎么也不会起泡泛沫的，一旦遇水，则顿时泡沫翻腾。水本身也会起泡沫。如一塘死水，沤困久之，水色渐变，水面遂有泡沫。这是由于水的腐物污染了水，起了生化反应。却不过就是塘边薄薄的一层，绝不会越聚越多，漫上塘岸的。

一塘死水的肮脏，往往是从水底下开始，在塘边上呈现的。闻一多曾在他著名的诗《死水》中这么描述：

　　让死水酵成一沟绿酒，
　　漂满了珍珠似的白沫；
　　小珠们笑哗变成大珠，
　　又被偷酒的花蚊咬破。

　　那么一沟绝望的死水，
　　也就夸得上几分鲜明，
　　如果青蛙耐不住寂寞，
　　又算死水叫出了歌声……

水库的水是不大会起泡沫的,因为它有活的源。而且,每一开闸,新水流入,旧水泻去,可保水质澄清。江河湖海当然也是不会起泡沫的,除非遭到极其严重的、极大面积的污染。一壶净水,沸而又沸,即使烧穿壶底也不会起泡沫,水变汽而已。

缸里的酱却是会起泡沫的。

没有水的介入,豆不能自然成酱。在酱缸里,严格意义上的水已不复存在。倘缸中的酱很满,缸盖压得太严实,那么起了泡沫的酱,甚至可能使缸体迸裂。这证明酱的泡沫的生成,有一定的持续性,且有不可忽视的膨胀力。不消说,此时的酱已不再是佐料,它肯定臭了……

粥也是会起泡沫的。因为一切的粮食中,皆含有天然的胶质成分。在开锅的情况下,粮食中的胶质被煮出,成糊。糊状的粥的泡沫是黏的,而黏的泡沫是不易破的。此时若插一根管子入锅,可吹出肥皂泡似的泡泡……

由于各种病都找上身来了,我也就每天亲自熬药了。中药被熬时是最容易起泡沫的。我服的中药十几味之多,生化反应迅速,乍沸泡沫便起。用筷子搅是不行的,吹也是无济于事的。后来有了经验,知道应该用漏勺连续抄底,且要拧小火苗。中药的泡沫何以会那么快就泛将起来呢?十几味中药的生化反应就不去论它了,火候失控也不消说了——原来泡沫一旦形成,遍布水面,则便在水面与空气之间,连成一片真空。这一片或一层真空,阻碍水蒸气的顺畅上升。于是蒸气之力,"托举"泡沫,而新生成的泡沫,亦拱顶上面的泡沫,使真空层越积起厚;更厚的真空层,对药体中的水有吸力。此时若无措施,随着泡沫的涌出,药钵中的水顷刻即被吸干,药也就焦了……

依我想来,"泡沫经济"的现象,其生成的过程,大致若此。分析"泡沫经济",首先必有太多种的非经济规律的因素,掺入了经济规律的清水中。对经济学是门外汉的我,不知怎么,总相信它的规律本身当是相对清澄的。其次,泡沫即起,却视之任之,以为熬药哪有不起泡沫的道理,以为泡沫并不可怕,搅搅自然落下。于是很斯文,如我当初熬药那般,一手背后,一手持双筷子,轻轻地仅在一层泡沫间搅。其实应该抄底地搅,破坏那层泡沫也就是那层阻碍水气顺畅上升的真空层。这真空层被破坏了,水气无阻,药汁便沸而不溢了。在"泡沫经济"中,那一层真空层意味着什么呢?利益而已——形形色色的个人和大大小小的集团的利益,氤氲一片。这一种利益,靠了泡沫的掩护,将国家这一口钵中之水、之汁,吸出钵外。

所以可断定,凡"泡沫经济"发生过程中,非法的经济勾当比正常的经济形态要多得多。蓝烟紫气,反应过后,对国家对公众什么有益的东西也不会剩下,一片肮脏罢了,一片狼藉罢了。那反应的效能,亦即所谓价值,皆随蓝烟紫气一并溢去也……

破坏那泡沫的漏勺,好比保障经济规律的法。其抄底,又好比直搅非正常的经济因素。不管它们是黄连,还是甘草,亦或鳖甲、龟板之类……如是,经济规律之水方可沏好茶,可煮好粥,可酿好酒,可化汽而升,可成汁不凝……

中国经济之立法滞后于经济发展的现象,不应该再继续下去了。具前瞻性而不是"马后炮",才显一切经济学家的作为……

税是社会公平的砝码

我言税是社会公平的砝码,而不直接说它是天平本身,乃因在我看来,天平本身当是一个国家的财税体制。若体制并不完善,再加上砝码摆放失衡,天平必然严重倾斜,贫富悬殊遂成不争之事实。

我这里所言"公平",自然是相对的。全部人类的物质文明史,说到底是这么一部"史"——生产更多的面粉和奶油,做成更大的蛋糕,将蛋糕越来越相对公平地进行分配。

我进一步认为,"公平"在人类的词典中是这样的一个词——若抽掉其"人文"的,亦即自觉自愿地关怀弱势群体的内涵,那么也就失去了人类社会学的主要涵义。这时的"公平"一词,只不过成了"弱肉强食"的丛林法则而已。人类社会若依据丛林法则行事,泛达尔文主义必成独步天下的主义,而泛达尔文主义是反人类的。

人类进入文明时代以后,在任何一个国家,税收的种类和额度,都是要由法律来决定的。有时增加某些种类,有时减少某些种类;有时提交某些额度,有时降低某些额度——这往往由国家的经济状况所决定。

税的现象,在人类的氏族公社时期就已经存在着了。强壮而勇敢的猎手单独猎杀了一头动物,"公社"在对这一"财富"进行分配时,首先割下一部分肉,放置一旁。为什么?因为氏族里还有需要全体强壮者予以关怀的老人、妇女、儿童、病残者,氏族集体有义务关怀他们。猎手有功,理应分到较大较好的一部分肉,氏族其他成员不应对此提出异议。但是,若那有功的猎手自恃有功,企图独占好肉,只将蹄蹄角角、筋筋骨骨抛给别人,那么他将受到严厉谴责。如果他拒不服从氏族之"公平"原则,偏执地坚持胜者通吃的"公平",那么等于自己不愿承担氏族义务,不愿作为氏族一员而存在。这样的猎手,即使是狩猎英雄,也将被氏族所驱逐,甚至会受到惩罚。

现在我们人类的财富早已极大地丰富了,钱钞、股份代替了兽肉兽皮,如何体现分配公平的问题,于是变得更复杂了,也需要以更"人文"的思维来对待了。世界上没有在此点上解决得无比良好的国家,只有解决得尚好的国家。解决得好与不好,人们都知道的,有一个评判标准叫"基尼系数"。又一个不争的事实是,中国目前的贫富对比系数差距太大了。不愿承认此标准是人当然可以嗤之以鼻,但社会现实却是无法否认的。

我由此而联想到了两件事:

一是在一次全国政协会议上,有人士言之确凿地指出——某国有垄断企业,多年以来,很少向国家主动纳税。至那时,账面上已累积"趴"着数百亿元了,却似乎一向无人问津,其实是畏其强势背景,一向无人敢问津。那么,几百亿元岂不是形同"小金库"了吗?这不是危言耸听,后来由小组会上的发言而通过为全体大会发言,并引起强烈反应。会后又怎样,我就不得而知了。

二是我访问日本时,晚间曾从电视新闻中看到这样一幕——警车呼啸至某处,荷枪实弹的法警包围了一座豪宅;警犬吠叫,细致地搜查,严肃地讯问——皆因宅主被怀疑巨额逃税。

在氏族公社时期,倘一名成员有所猎获而不公开,藏匿独享,重则被处死刑。今天,在很多国家,坐实了的逃税是大罪,是和强奸一样可耻的罪。

国企对国家经济命脉的贡献甚大。但是中国,某些戴着"国企"红顶子的企业,因其"老板"们之背景非同寻常,便似乎"老子天下第一"睥睨一切,包括税务单位往往也对他们的高门坎望而怯步。这是极不正常的现象。往往,会使国有企业变质为权力集团所有,甚而变质为家族集团所有。

我很欣赏孟德斯鸠就税及税法所写过的一段话:"国家的收入是每个公民所付出的财产的一部分,以确保他们所余财产的安全和快乐地享受那些财产,同时因对社会他人尽到了帮助而可以心安理得……"

国家必须在"财富"方面有所储备,以应对灾难,以图进一步发展。这的确是关系到国家每一个成员切身利益的问题,也是关系到子孙后代切身利益的问题。然而国家财富之积累是有前提的,那就是——必须充分考虑到全体公民人人负有积累并增长财富的积愿诉求。考虑到这一种积愿诉求,即国家理念的人性化体现。否则,便会导至国富民穷,而那时的国家不仅不是稳定的,而且是危险的。

"放水养鱼"不仅是对扶持中小企业而言,也是对全体公民而言。全体公民都是"鱼"。民富之国才是真正的富强之国,国富才有了首要意义。

故税及税法乃法中大法,乃调解社会财富相对公平分配的最直接措施,也是维护社会稳定的最直接措施。

就此点而言,税及税法是由钞票来体现的政法;它是与刑法和宪法,共同构成其他一切政治的"三角架"。

《圣径》中似乎有这么一句话——上帝说:"给出自己多余的面包,使正在挨饿的人不再挨饿吧!"

这听起来像施舍。

为了使受助济的群体不觉得仿佛在接受慈善,国家以税法的名义来做同样的事,以区别于一般慈善,对于国家,这样做正是公平,而且是责任。

税收是符合"上帝"意志的。

这个"上帝"不是万能之神,而是人类对同胞的仁爱之心……

第三章

民　间

网络自然有百般千种方便于人、服务于人、娱乐于人、满足于人的功用,但若偏偏没将提升我们中国人的国民权利意识和国民素质这一功用发挥好,据我看来,则便枉为"大众话筒"、"自媒体"了。

社会黑洞

我也许会站在今天写明年和后年我预测可能发生的事,却绝不会,永远也不会,铺开稿纸,吸着烟,潜心地去编织一个很久以前的故事。

即使我下了天大的决心,写下第一行字以后,我也肯定会跳将起来反问我自己——我这是怎么了?我为什么要这样?意义何在?虽然,我十分明白,写"从前"是多么稳妥的选择。因为这样,差不多只有那样,一个中国的当代作家,才能既当着作家,又不至于和时代,尤其是和当代的现实,发生在所难免的矛盾、抵牾和冲撞。

像我这样一个自讨苦吃,而又没法改变自己创作意向的作家,既然对现实的关注完全地成为了我进行创作的驱动力,我当然希望自己,也要求自己,对于我所关注到的、感受到的、触及到的现实,能够认识得越客观越全面越好,能够从总体上把握得越全面越好。

我既然愿意写"老百姓",我怎能不最大面积地接近他们? 我所言"老百姓"其实几乎包括中国的绝大多数人——工人、农民、小商贩、小干部、小知识分子。

但——我的问题,从根本讲,恰恰出在我和"老百姓"的接近、接触,以及对他们的了解和理解方面。

毛泽东曾经将老百姓,尤其中国的老百姓,比做"汪洋大海"。他的语录中那段原话的意思是——不管来自任何国家的军队,如若敢冒天下之大不韪,对中国进行冒险性的侵略的话,那么他们必将被淹没在中国老百姓的"汪洋大海"之中……

我的切身感受是:在 1993 年,在朱镕基湍流逆舸,切实整肃中国金融界混乱状况之前,在江泽民以党中央的名义提出反腐败之前,在公安部发出"从严治警"的条令之前,在中国农民手中的"白条"得兑现之前,在"整肃房地产开发热"、"股票热"、"特区开发热"之前。如果你真的到老百姓中去走一走,尤其是到北方的而不是南方的老百姓中去走一走,如果他们将你视为可以信赖的人,如果他们不怀疑你是被权贵们豢养或被金钱所收买的人,如果他们直言不讳地对你说他们憋在心里想说出甚至想喊出的话,那么,不管你是官员也罢、作家也罢、记者也罢,不管你曾自以为站得多高、看得多远,对中国之现实看得多客观、多全面,总体上的认识把握得多准确,你的看法、你的认识、你的观点、你的思想,片刻之间就会被冲击得支离破碎,稀里哗啦。哪怕你自认为是一个非常理性非常冷静不被任何外部情绪的重重包围所影响的人。

在改革和腐败之间有一个相当大的误区,也可以干脆说是一个相当大的社会"黑洞"。一个时期内,一些帮闲文人和一些帮闲理论家,写出过许多"帮闲式"的文章。这类文章一言以蔽之地总在唱一个调子——要改革,腐败总是难免的。只要老百姓一对腐败表示不满,这个调子总会唱起来。

难免的,那么老百姓可该怎么着好呢?

帮闲文章告诉老百姓——别无他法,只有承受。只有增强心理承受能力。

老百姓要是不愿意呢?——那么便是老百姓不对,老百姓不好,老百姓不可爱,老百姓太娇气了。

那一类帮闲文章似乎推导出了一个天经地义的逻辑——如果人们连腐败都不能或不愿承受,拥护改革不是成了一句假话空话么?

使你没法不怀疑,他们是和腐败有着千丝万缕的直接或间接的联系,拿了雇笔钱替腐败辩护的专门写手。

"文革"中,江青对文艺工作者该如何"正确"地反映现实生活说过一段话。她说——我们不否认社会主义也有一些阴暗面。如果你真的看到了感觉到了,那么你就去更自觉地更热忱地大写特写光明吧。按照这位"旗手"的逻辑,光明鼓舞了人们,人们也就不再会注意阴暗了,阴暗不是就等于不存在了么?

这一次由党中央提出开展反腐败,于是从中央到地方,从共产党内到民主党内,似乎才敢言腐败。因为这叫"落实中央任务",不至于因此而被划到"改革派"的对立面去,不至于被疑心是故意大煞改革大好形势的风景。

我们有那么多人大代表,我们有那么多政协委员,此前,我们老百姓却很少在电视里、电台里和报纸上,看到或听到哪一位人大代表,哪一位政协委员,替老百姓直陈勇进反腐败之言。我们能够听到或看到的,几乎总是他们多么拥护改革的表态式的言论。他们的使命，似乎只是在这一点上才代表老百姓。现在似乎开禁了，允许讲，于是才似乎确有腐败存在着……

我记得有一次开人代会期间，我去某省代表驻地看望一位代表朋友，在他的房间里，不知怎么一谈，就谈到了腐败现象。房间里没别人，就我们两个。我没觉得我的声音有多高，可他的脸却吓得变了色，惶惶然坐立不安，连连请求于我："小声点儿，小声点儿，你小声点儿行不行呀！"我说我的声音也不大啊。他说："还不大？咱们别谈这些，别谈这些了！"并向我使眼色，仿佛门外正有人窃听似的……

我们当然不能否认"人大"和"政协"对于国家现状和前途所发挥的积极的、重要的、巨大的作用。但是呼吁惩办腐败的声音，应该承认首先是由新闻界中那些勇于为民请命的可敬人士们发出的。不管老百姓以为新闻界亦同样存在着的种种弊端如何忧怨久矣。

"权钱交易"这句话最先就是无可争议地来自民间，其后逐渐诉诸报章，再其后从我们的总书记口中向全党谈了出来。于是今天才有可能成为一个公开的话题，否则它也只不过永远是老百姓的愤言罢了……

一个时期内，老百姓的直接感觉是——分明的，有人是极不爱倾听关于腐败的话题的，听了是不高兴的，是要以为存心大煞改革的风景的。于是后来老百姓也不屑于议论了，表现出了极大的令人困惑的沉默。沉默地承受着。承受着物价的近乎荒唐的上涨，承受着腐败的得寸进尺、肆无忌惮。不就是要求老百姓一概地承受么？那就表现出一点儿心理承受能力给你们看。

大众的情绪

时下,民间和网上流行着一句话——羡慕嫉妒恨,也往往能从电视中听到这句话。

依我想来,此言只是半句话。大约因那后半句有些恐怖,顾及形象之人不愿由自己的嘴说出来。倘竟在电视里说了,若非直播,必定是会删去的。

后半句话应是——憎恨产生杀人的意念。

确实是令人身上发冷的话吧?

我也断不至于在电视里说的。

不吉祥!不和谐!

写在纸上,印在书里,传播方式局限,恐怖打了折扣,故自以为无妨掰开了揉碎了与读者讨论。

羡慕、嫉妒、恨——在我看来,这三者的关系,犹如水汽、积雨云、雷电的关系。

人的羡慕心理,像水在日晒下蒸发水汽一样自然。从未羡慕别人的人是极少极少的:或者是高僧大德及圣贤;或者是不自然不正常的人,如傻子,傻子即使未傻到家,每每也还是会有羡慕的表现的。

羡慕到嫉妒的异变,是人大脑里发生了不良的化学反应。说不良,首先是指对他者开始心生嫉妒的人。由羡慕而嫉妒,一个人往往是经历了心理痛苦的。那是一种折磨,文学作品中常形容为"像耗子啃心",同时也是指被嫉妒的他者处境堪忧。倘被暗暗嫉妒却浑然不知,其处境大不妙也。此时嫉妒者的意识宇宙仿佛形成浓厚的积雨云了,而积雨云是带强大电荷的云,它随时可能产生闪电,接着霹雳骤响,下起倾盆大雨,夹着冰雹。想想吧,如果闪电、霹雳、大雨、冰雹全都是对着一个人发威的,而那人措手不及,下场将会多么的悲惨!

但羡慕并不必然升级为嫉妒。

正如水汽上升并不必然形成积雨云。水汽如果在上升的过程中遇到了风,风会将水汽吹散,使它聚不成积雨云。接连的好天气晴空万里,阳光明媚,也会使水汽在上升的过程中蒸发掉,还是形不成积雨云。那么,当羡慕在人的意识宇宙中将要形成嫉妒的积雨云时,什么是使之终究没有形成的风或阳光呢?文化!除了文化,还能是别的吗?一个人的思想修养完全可以使自己对他者的羡慕止于羡慕,并消解于羡慕,而不在自己内心里变异为嫉妒。一个人的思想修养是文化现象。文化可以使一个人那样,也可以使一些人、许许多多的人那样。但文化之风不可能临时召之即来。文化之风不是鼓风机吹出的那种风,文化之风对人的意识的影响是逐渐的。当一个社会普遍视嫉妒为人性劣点,祛妒之文化便蔚然成风。蔚然成风即无处不在,自然亦在人心。

劝一个人放弃嫉妒,这种现象也是一种文化现象。劝一个人放弃嫉妒不是那么简单容易的事,没有点正面文化的储备难以成功。起码,得比嫉妒的人有些足以祛妒的文化。莫扎特常遭到前一位宫廷乐师的强烈嫉妒,劝那么有文化的嫉妒者须具有比其更高的文化修养,他无幸遇到那样一位善劝者,所以其心遭受嫉妒这只"耗子"的啃咬半生之久,直至莫扎特死了,他才获得了解脱,但没过几天也一命呜呼了。

文化确能祛除嫉妒。但文化不能祛除一切人的嫉妒,正如风和阳光,不能吹散天空的每堆积雨云。美国南北战争时期,一名北军将领由于嫉妒另一位将军的军中威望,三天两头地向林肯告对方的刁状。无奈的林肯终于想出了一个主意,某日对那名因妒而怒火中烧的将军说:"请你将那个使你如此愤怒的家伙的一切劣行都写给我看,丝毫也别放过,让我们来共同诅咒他。"

那家伙以为林肯成了自己同一战壕的战友,于是其后连续向总统呈交信件式檄文,每封信都满是攻讦和辱骂,而林肯看后,每请他到办公室,与他同骂。十几封信后,那名将军省悟了,不再写那样的信,羞愧地向总统认错,很快就动身到前线去了,并与自己的嫉妒对象配合得亲密无间。

省悟也罢,羞愧也罢,说到底还是人心里的文化现象。那名将军能省悟,且羞愧,证明他的心不是一块石,而是"心"字,所以才有文化之风和阳光。

否则,林肯的高招将完全等同于对牛弹琴,甚至以怀化铁。

但毕竟,林肯的做法,起到了一种智慧的文化方式的作用。

苏联曾有一位音乐家协会副主席,因嫉妒一位音乐家,不断向勃列日涅夫告刁状。勃氏了解那无非是些鸡毛蒜皮的积怨,也很反感那一种滋扰,于是召见他,不动声色地说:"你的痛苦理应得到同情,我决定将你调到作家协会去!"那人听罢,立即跪了下去,着急地说自己的痛苦还不算太大,完全能够克服痛苦继续留在音协工作……

因为,作家协会人际关系极为紧张复杂,帮派林立,似狼窝虎穴。

勃氏的方法,没什么文化成分,主要体现为权力解决法。而且,由于心有嫌恶,还体现为阴招。但也很奏效,那音协副主席,以后再也不用告状信骚扰他了。然效果却不甚理想,因为嫉妒仍存在于那位的心里,并没有获得一点点释放,更没有被"风"吹走,亦没被"阳光"蒸发掉。而嫉妒在此种情况之下,通常总是注定会变为恨的——那位音协副主席同志,不久疯了,成了精神病院的长住患者,他的疯语之一是:"我非杀了他不可!"

一个人的嫉妒一旦在心里形成了"积雨云",那也还是有可能通过文化的"风"和"阳光"使之化为乌有的。只不过,善劝者定要对那人有足够的了解,制定显示大智慧的方法。而且,在嫉妒者心目中,善劝者也须是被信任受尊敬的。

那么,嫉妒业已在一些人心里形成了"积雨云"将又如何呢?

文化之"风"和"阳光"仍能证明自己潜移默化的作用,但既曰潜移默化,当然便要假以时日了。

若嫉妒在许许多多成千上万的人心里形成了"积雨云"呢?

果而如此,文化即使再自觉,恐怕也力有不逮了。

成堆成堆的积雨云凝聚于天空,自然的风已无法将之吹散,只能将之吹走。但积雨云未散,电闪雷鸣注定要发生的,滂沱大雨和冰雹也总之是要下的。只不过不在此时此地,而在彼时彼地罢了。但也不是毫无办法了——最后的办法乃是向积雨云层发射驱云弹。而足够庞大的积雨云层即使被驱云弹炸散了,那也是一时的。往往上午炸开,下午又聚拢了,复遮天复蔽日了。

将以上自然界律吕、调阳、云腾、至雨之现象比喻人类的社会,那么发射驱云弹便已不是什么文化的化解方法,而是非常手段了,如同是催泪弹、高压水龙或真枪实弹……

将"嫉妒"二字换成"郁闷"一词,以上每一行字之间的逻辑是成立的。

郁闷、愤懑、愤怒、怒火中烧——郁闷在人心中形成情绪"积雨云"的过程,无非尔尔。

郁闷是完全可以靠了文化的"风"和"阳光"来将之化解的,不论对于一个人的郁闷,还是成千上万人的郁闷。

但要看那造成人心郁闷的主因是什么。倘属自然灾难造成的,文化之"风"和"阳光"的作用一向是万应灵丹,并且一向无可取代。但若由于显然得社会不公、官吏腐败、政府无能造成的,则文化之"风"便须是劲吹的罡风,先对起因予以扫荡。而文化之"阳光",也须是强烈的光,将一切阴暗角落一切丑恶行径暴露在光天化日之下。文化须有此种勇气,若无,以为仅靠提供了娱乐和营造了暖意便足以化解民间成堆的郁闷,那是一种文化幻想。文化一旦开始这样自欺地进行幻想,便是异化的开始。异化了的文化,只能使事情变得更糟——因为它靠了粉饰太平而遮蔽真相,遮蔽真相便等于制造假象,也不能不制造假象。

那么,郁闷开始在假象中自然而然变向愤懑。

当愤懑成为愤怒时——情绪"积雨云"形成了。如果是千千万万人心里的愤怒,那么便是大堆大堆的"积雨云"形成在社会上空。

此时,文化便只有望"怒"兴叹,徒唤奈何了。不论对于一个人一些人许许多多千千万万的人,由愤怒而怒不可遏而怒从心头起恶向胆边生,往往是迅变过程,使文化来不及发挥理性作为。那么,便只有政治来采取非常手段予以解决了——其时已不能用"化解"一词,唯有用"解决"二字了。众所周知,那方式,无非是向社会上空的"积雨云"发射"驱云弹"……

相对于社会情绪,文化有时体现为体恤、同情及抚慰,有时体现为批评和谴责,有时体现为闪耀理性之光的疏导,有时甚至也体现为振聋发聩的当头棒喝⋯⋯

但就是不能起到威慑作用。

正派的文化,也是从不对人民大众凶相毕露的。因为它洞察并明了,民众之所以由郁闷而愤懑而终于怒不可遏,那一定是社会本身积弊不改所导致。

集体的怒不可遏是郁闷的转折点。

而愤怒爆发之时,亦正是愤怒开始衰减之刻。正如电闪雷鸣一旦显现,狂风暴雨冰雹洪灾一旦发作,便意味着积雨云的能量终于释放了。于是,一切都将过去,都必然过去,只是时间长短罢了。

在大众情绪转折之前,文化一向发挥其守望社会稳定的自觉性。这一种自觉性是有前提的,即文化感觉到社会本身是在尽量匡正着种种积弊和陋制的——政治是在注意地倾听文化之预警的。反之,文化的希望也会随大众的希望一起破灭为失望,于是会一起郁闷,一起愤怒,更于是体现为推波助澜的能量。

在大众情绪转折之后,文化也一向发挥其抚平社会伤口,呼唤社会稳定的自觉性。但也有前提,便是全社会首先是政治亦在自觉地或较自觉地反省错误。文化往往先行反省,但文化的反省,从来没有能够代替过政治本身的反省。

文化却从不曾在民众的郁闷变异为愤怒而且怒不可遏的转折之际发生过什么遏止作用。

那是文化做不到的。

正如炸药的闪光业已显现,再神勇的拆弹部队也无法遏止其强大气浪的膨胀。

文化对社会伤痛的记忆远比一般人心要长久,这正是一般人心的缺点,文化的优点。文化靠了这种不一般的记忆向社会提供反思的思想力。阻止文化保留此种记忆,文化于是也郁闷。而郁闷的文化会渐限于自我麻醉、自我游戏、自我阉割、了无生气而又自适,最终完全彻底地放弃自身应有的一概自觉性,甘于一味在极端商业化的泥淖打滚……

反观 1949 年以后的中国,分明可以看到这样的情况——从前,哪怕仅仅几年没有什么政治的运动,文化都会抓住机遇,自觉而迫切地生长具有人文元素的枝叶,这是令后人起敬意的。

不能说当下的中国文化及文艺一团糟一无是处。

这不符合起码的事实。

但我认为,似乎也不能说当下的中国文化是最好的时期。

与从前相比,方方面面都今非昔比。倘论到文化自觉,恐怕理应发挥的人文影响作用与已然发挥了的作用是存在大差异的。

与从前相比,政治对文化的开明程度也应说今非昔比了。

但我认为,此种开朗,往往主要体现在对文化人本人的包容方面。

包容头脑中存在有"异质"文化思想的文化人固然是难能可贵的进步,但同样包容在某些人士看来有"异质"品相的文化本身也非常重要。我们当下某些文艺门类不要说人文元素少之又少,连当下人间的些微烟火也难以见到了,真烟火尤其难以见到。

倘最应该经常呈现人间烟火的艺术门类恰恰最稀有人间烟火,全然地不接地气,一味在社会天空的"积雨云"堆间放飞五彩缤纷的好看风筝,那么几乎就真的等于玩艺术了。

是以忧虑。

崇尚"曲晦"乃全社会的变态

一个国家封建历史漫长,必定拖住它向资本主义转型的后腿。比之于封建时期,资本主义当然是进步的。封建主义拖住向资本主义转型的后腿,也当然就是拖住一个国家进步的后腿。我们说中国历史悠久,其实也是在说中国的封建时期漫长。

不论对于全人类,还是对于一个国家,几千年封建社会的发展成就,怎么也抵不上资本主义社会短短一两百年的发展成就。在政治、经济、科技方面都是这样,唯在文化方面有些例外。封建历史时期,农业社会之形态,文化不可能形成产业链条,不可能带来巨大商业利益,不可能出现文化产业帝国以及文化经营寡头式的人物,故比之于资本主义及之后的文化,封建主义时期的文化反而显得从容、纯粹,情怀含量多于功利元素,艺术水准高于技术水准。

封建历史越久,封建体制对社会发展的控制力越强大。此种强大的控制力是一种强大的惰性力,不但企图拖住历史的发展,也必然异化了封建时期的文化。

而被异化了的文化的特征之一,便是"不逾矩",不逾封建主义之"矩"。但文化的本质是自由的,它是不甘于被限制的。在限制手段严厉乃至严酷的情况下,它便不得不以"曲晦"的面孔来证明自身非同一般的存在价值,这也是全人类封建时期的文化共性。

翻开世界文化史一瞥,在每一个国家的封建时期,文化无不表现出以上两种特征——"不逾矩"与"曲晦"。越禁止文化"逾矩",文化的某种面孔越"曲晦"。中国封建历史时期的文化面孔,这种"曲晦"的现象尤其明显。

"曲晦"就是不直接表达,就是正话反说,反话正说。以此种方式间接表达,暗讽之意味遂属必然。"文字狱"就是专门"法办"此种文化现象及文人的,有些古代文人也正是因此而被砍头甚至株连九族的,其中不乏冤案。

于是,在中国,关于诗、歌、文、戏之文化的要义,有一条便是"曲晦"之经验。仿佛不"曲晦"即不深刻,就是不文化。唯"曲晦",才有深刻可言,才算得上文化。

《狂人日记》是"曲晦"的,所以被认为深刻、文化。《阿Q正传》中关于阿Q之"精神胜利法"的描写,讽锋也是"曲晦"的,当然也是深刻的、文化的。

确实深刻,确实文化。

但是若在人类已迈入21世纪的当下,一国的文化理念一如既往地崇尚"曲晦",则其文化现象便很耐人寻味了。

而中国目前依然是这样。

在大学里,在中文课堂上,文学作品的"曲晦"片段,几乎无一例外地成为重点分析和欣赏的内容。若教师忽视了,简直会被怀疑为人师的资格;若学子不能共鸣之,又简直证明朽木不可雕也。

"曲晦"差不多又可言为"曲笔"。倘"曲笔"甚"曲",表意绕来绕去,于是令人寻思来寻思去,颇费猜心方能明白,或终究还是没明白,甚或蛮扭。

《春秋》《史记》皆不乏"益笔"。但古人修史,不计正野,皇家的鹰犬都在盯视,腐败无能岂敢直截了当地记载和评论?故"曲笔"是策略,完全应该理解。

可以直截了当地表达,却偏要"曲晦",这属文风的个性化,也可以叫追求。

不能够直截了当地表达,但也还是要表达,不表达如鲠在喉,块垒堵胸,那么只有"曲晦",是谓无奈。

今日之中国,对某些人、事、现象,其实是可以直截了当旗帜鲜明地表明立场的。全部是奢望,"某些"却已是权利,起码是网上权利。

我虽从不上网,却也每能间接地感受到网上言论的品质和成色。据我所知,网上"曲晦"渐多。先是,"曲晦"乍现,博得一片喝彩,于是"顶"者众,传播迅而广。"曲晦"大受追捧,于是又引发效尤,催生一茬茬的"曲晦"高手,蔚然成风。不计值得"曲晦"或并不值得,都来热衷于那"曲晦"的高妙。一味热衷,自然便由"曲晦"而延伸出幽默。幽默倘不泛滥,且"黑",乃是我所欣赏,并起敬意的。但一般的幽默,其实往往流于俏皮。语言的俏皮,也是足以享受的。如四川连降暴雨,成都处处积水,有微博曰:"白娘子,许仙真的不在成都啊!"——便俏皮得很,令人忍俊不禁。

然俏皮甚多,便往往会流于油腔滑调,流于嘻哈。语言的嘻哈,也每是悦己悦人的,但有代价,便是态度和立场的郑重庄肃,于是大打折扣。

故我这个不上网的人,便有了一种忧虑——担心中国人在网上的表态,不久从方式到内容到风格,渐被嘻哈自我解构,流于娱乐;而态度和立场之声,被此泡沫所淹没,形同乌有了。

我们都知道的,一个人在表态时一味嘻哈,别人便往往不将他的表态当一回事。而自己嘻哈惯了,对别人不将自己的嘻哈式表态当成一回事,也会习惯于自己不怎么当成一回子事的。

日前听邱震海在凤凰卫视读报,调侃了几句后,话锋一转,遂正色曰:"刚才是开玩笑,现在我要严肃地谈谈我对以下几件事的观点……"我认为,中国网民都要学学邱震海——有时郁闷之极,调侃、玩笑,往往也是某些事某些人只配获得的态度,而且是绅士态度。

但对另外一些事一些人,则需以极郑重极严肃之态度表达立场。这种时候,郑重和严肃是力量。既是每一个人的力量,也是集体的力量、自媒体的力量、大众话筒的力量。

语言还有另一种表态方式,即明白、确定、掷地有声、毫不"曲晦"的那一种表态方式。

网络自然有百般千种方便于人、服务于人、娱乐于人、满足于人的功用,但若偏偏没将提升我们中国人的国民权利意识和国民素质这一功用发挥好,据我看来,则便枉为"大众话筒"、"自媒体"了。

是谓中国人的遗憾。

也是中国的遗憾。

贴官贴商

很久以前的一天,我正在办公室写作,父亲来叫我,说家中来了一位个子高高的外国人。我到北京后,素少交际,更从未结识过外国人,心中不免十分疑惑。回到家中,果见一外国人静坐以待——申·麦克,他是我大学时的外国留学生朋友。自从他离开复旦后,我从未见过他,以为他再也不会到中国来了。想不到他竟从天而降,我们彼此的高兴心情,不必赘述。我向父亲介绍道:"这是我的朋友,瑞典人。"麦克站起身,头触到了吊灯罩子,噼里啪啦掉下无数塑料饰穗。他脸倏地红了,立刻弯腰去捡。他那高个子,弯下去就很困难。

只好曲一膝,跪一膝,像一个高挑儿的外国小姐,正行着曲膝礼时一条腿抽筋了。我忍住笑帮他捡。父亲冷冷地瞧着他,又冷冷地瞧着我,不知我什么时候,在什么情况下认识了这个外国人,而且称他为"朋友"。父亲是怕我出了点名,忘乎所以,犯什么"国际错误"。父亲习惯于将"里通外国"说成"国际错误"。对与外国人交往这种事,父亲的思想认识仍停滞在"文革"时期,半点也没"开放"。

他常说:"别看那些与外国人交往的中国人今天洋洋得意的样,保不准哪一天又会倒霉,到时候哭都来不及。"麦克将那些被碰掉的塑料穗全部接过去,从容不迫地往吊灯罩上安装。我见父亲那种表情,怕麦克敏感到什么,又补充介绍道:"在复旦时,我俩一个宿舍住过呢!"麦克安装完毕,对父亲笑笑,落座,也说:"我和晓声是非常好的朋友,我在中国交往的第一个朋友。那时还是'文革'时期呢,我们的友谊是经过了一些考验的。"说着转脸瞧我,意思是问我——对吗?"正是这样。"我对他说,也是对父亲说。父亲哦哦应着,退出屋去,再未进来。如今,一个中国人能称一位外国人为自己的朋友,倘若这外国人又是来自所谓西方世界,诸如瑞典这样一个"富庶国家",并且还是一位年轻的博士,那么仿佛便是某些中国人的不寻常的荣耀了。

我称麦克为自己的朋友,不觉得在名份上沾了他什么光。他视我为朋友，也肯定不会自认为是对我的一种抬举。他的博士头衔，在我看来也并不光芒四射。他获得这学位的论文——《中国古代民歌研究》，还是在大学时我帮他搜集资料，抄写卡片，互相探讨之下完成的。

他这次是到驻中国的一个办事机构工作的。他从《青年报》上看到介绍我的小文章，才询问到我的住址的。

以后，他几乎每星期六晚上都到我家中来做客。他喜欢喝大米枣粥，喜欢吃炸糕、黄瓜罐头，还喜欢吃饺子。我们就每个月让他吃上两顿饺子，更多的日子只以粥相待。

榆树上有一种令人触目惊心的肉虫，我们北方人叫它"贴树皮"，又叫"洋瘌子"。寸余，黑色，有毛，腹沟两侧尽蜇足。落人衣上，便死死贴住，抖而不掉。落人皮肤上，非揪之拽之不能去；虽去，则皮肤红肿，似被蜂刺，二三日方可消肿止疼。这一点类同水蛭，样子却比水蛭更令人讨厌。而且它还会变色，在榆树上为黑色，在杨树上为白色，在槐树上为绿色。

有些中国人，真像"贴树皮"。其所"贴"之目标，随时代进展而变化，而转移。研究其"贴"的层次，颇耐人寻思。先是贴"官"。"某某局长啊？我认识！""某某司令员啊？他儿子和我是哥儿们！""某某领导啊？他女儿的同学的妹妹是我爱人的弟弟的小姨子！"七拐八绕，十竿子搭不上的，也总能搭上。搭上了，便"贴"。此真"贴"者。还有假"贴"者，虽也想"贴"，却毫无机遇，难以接近目标，在人前做出"贴"者语而已，为表明自己是"贴"着什么的。

我们在生活中，不是经常能看到一些人，为了巴结上某某首长，或某某首长的儿子女儿，极尽阿谀奉承，钻营谄媚，讨好卖乖之能事么？图的什么呢？其中不乏确有所图者。也有些人，诘之却并无所图，仅获得某种心理安慰而已。仿佛"贴"上了谁谁，自己也便非等闲之辈，身份抬高了似的。

继而"贴"港客。港客本也黄皮肤黑头发黑眼睛，炎黄子孙，龙的传人，我们同胞。相"贴"何太急？盖因港客在"贴"者们眼中都挺有钱。有钱，现今便仿佛是"高等华人"一类了。其实，他们除了比一般大陆人有些许钱，究竟"高"在哪儿呢？就钱而论，香港也绝非金银遍地，香港人也绝非个个都腰缠万贯。"港客"中冒牌的"经理"、伪装的"富翁"、心怀叵测到大陆来行诈的骗子，近几年仅披露报端的还少吗？

然而"贴"者们为了捞到点好处，明知对方是骗子，也还是要不顾一切地"贴"将上去的。骗子身上揩油水，更能显示其"贴"技之高超。

"贴"港客，比"贴"某某领导某某干部实惠。小则打火机、丝袜、化妆品、假首饰什么的，大则照相机、彩电、录像机等等。只要替他们在大陆效了劳，论功行赏，是不难得到的。港客还似乎比某某领导某某干部们大方。你要从某某领导某某干部家拎走一台彩电？休想！一般情况下，他们是习惯收受而不习惯给予的。"贴"领导干部者，实"贴""权势"二字也。古今中外，权势都并非可以白让人去"贴"的，得"上税"。以靠攀附上了某种权势而办成一般人们办不成的事的，统计一下，不付出什么的有几个？"贴"港客者，实"贴"钱"贴"物也。钱亦物，物亦钱，都是手可触目可见的东西，"贴"到了，实实在在。

港客照我看也分三六九等。

一等的正派地办事业和正派地经商。

二等的就难免投机牟利。

三等者，行诈行骗，不择手段，要从大陆捞两兜钱回去吃喝玩乐罢了。

某一时期大陆上穿港服者、留港发者、港腔港调者、港模港样者、"贴"港客者、假充港客者，着实使我们的社会和生活热闹了一阵子。

"贴"者为男性，不过令人讨厌；"贴"者为女性，那就简直愈发令人作呕。男性"贴"者凭的是无耻和技巧，女性"贴"者凭的是无耻和色相。凡"贴"，技巧也罢，色相也罢，总都是无耻一点。恰如馒头也罢，烧饼也罢，总都少不了要用点"面引子"。有一次我到北京饭店去访人，见一脂粉气十足的艳丽女郎，挽着一位矮而胖的五十余岁的丑陋港客，在前厅趋来复去。女郎本就比港客高半头，又足蹬一双特高的高跟鞋，犹如携着一个患肥胖症的孩子，实在令人"惨不忍睹"，那女郎还傲气凌人，脖子伸得像长颈鹿，"富强粉"面具以下就暴露出一段鹅黄色来。仿佛被她挽着的是拿破仑。真让你觉着大陆人的脸，被这等男女"贴"者们丢尽了。

还有一次，我在一家饭店与我一位中学语文老师的女儿吃饭，邻桌有二港仔，与几个大陆"摩登"女郎举杯调笑，做派放肆。

其中一个港仔，吐着烟圈，悠悠地说："我每分钟就要吸掉一元七角钱啦！"炫耀其有几个臭钱。那几个女"贴"者便口中啧啧有声，表示无限崇拜，一个个眼角荡出风骚来。

另一个港仔，不时地朝我们的桌上睃视。终于凑过来，没事找事地与我对火，然后盯着我的女伴，搭讪道："小姐，可以敬一杯酒啰？"

她红了脸，正色道："为什么？"

"因为你实实在在是太美丽了呀！我来到北京许多天啦，没见过您这么美丽的姑娘呀！"那种港腔港调，那种涎皮赖脸的样子，使我欲将菜盘子扣他脸上。

我冷冷地说："谢谢你的奉承，她是我妻子。"

对方一怔，旋即说："真羡慕死你啰，有这么美丽的一位妻子哟，一看就知道她是位电影演员啦！"

我女伴的脸，早已羞红得胜似桃花。她的确是位美丽的姑娘，那几个女"贴"者与之相比愈加显得俗不可耐。

"你的眼力不错。"我冷冷地说，决定今天扫扫这两个港仔的兴。

"咱们交个朋友好不好呢，我们是……"他摸出一张名片放在桌上，一股芬芳沁入我的鼻孔。名片我也有，200张，印制精美。我们编辑部为了工作需要，给大家印的，也是喷香的。我用手指轻轻一弹，将他那张名片弹到地上，说："你们可不配与我交朋友。"他打量了我一番，见我一身衣服旧而且土，问："您是什么人物哇？"口气中含着蔑视。

我从书包里翻出自己的作协会员证，放在桌上，说："我是中国作家协会会员。虽然是小人物，可这家餐厅的服务员中，就必定有知道我的姓名的。"

一位服务员小伙子来撤菜盘，我问："看过电视剧《今夜有暴风雪》么？"那几天正连续播放。他回答看过。我说："我就是原作者。"小伙子笑了，说："能认识你太高兴了，我也喜欢文学，就是写不好，以后可以去打扰你吗？"我说："当然可以。"就从记事本上扯下一面，写了我的住址给他。那港仔讷讷地不知再啰唆什么话好，识趣地退回到他们的桌旁去了。那一伙俗男荡女停止了调笑，用各种目光注视着我们。老师的女儿低声说："咱们走吧。"我说："不，饭还没吃完呢！你听着，我出一上联，看你能不能对——男'贴'者，女'贴'者，男女'贴'者'贴'男女。"她毫无准备，低下头去。我又说："听下联——红苍蝇，绿苍蝇，红绿苍蝇找苍蝇！"我说罢，站了起来，她也立刻站起来。我低声说："挽着我的手臂，咱们走！"她便顺从地挽着我的手臂，与我一块儿走了出去。

走到马路上，走了许久，我一句话未说。她欲抽回手臂，然而我紧紧握着她的手。她不安地问:"你怎么了?"我这才说:"听着,你知我将你当妹妹一样看待,你就要调到广州去工作了,那里这类港客也许更多,那类女孩子们也许更多,如果你变得像她们一样分文不值、一样下贱,你从此就别再见我了。见了我,我也会不认识你!"

她使劲儿握了一下我的手,低声说:"你看我是那种女孩子么。"我知她绝不会变成像她们那样,我完全相信这一点。我常想,中国人目前缺的到底是什么?难道就是金钱么?为什么近几年生活普遍提高了,中国人反而对金钱变得眼红到极点了呢?在十几亿中国人之中,究竟是哪一部分中国人首先被金钱所打倒了?社会,你来回答这个问题罢!

有一次,我在北太平庄碰到这样一件事:一个外地的司机向人询问到东单如何行驶路近?那人伸手毫不羞耻地说:"给我十元钱告诉你,否则不告诉。"

司机又去问一个小贩,小贩说:"先买我一条裤衩我再告诉你。"司机长叹,自言自语:"唉,这还是在首都啊……"那天我是推着自行车,带儿子到北太平庄商场去买东西。儿子要吃雪糕,尽数兜中零钱,买了四支。交存车费时,没了零钱,便用十元向那卖雪糕的老太婆兑换。她却问:"还买几支?"我说:"一支也不买了,骑车,还带孩子,拿不了啦。"她说:"没零钱。"将十元钱还我,不再理我。我说:"我可是刚刚从你这儿买了四支啊!"她只装做没听见,看也不看我一眼。倒是看自行车那老人,怪通情达理,说:"算啦,走吧,走吧。"又摇首道:"这年头,人都变成'钱串子'了……"所幸并非人人都变成了"钱串子"。否则,吾国吾民达到了小康生活水平,那社会光景也实实在在并不美好。看来,生活水平的提高与民族素质的提高,并不见得就成正比。

门户开放,各种各样的外国人来到中国。"贴"者们又大显身手,以更高的技巧去"贴"外国人。此乃"贴"风的第三层次。我看也就到此了,因为"火星人"三年五载内不会驾着飞碟什么的到中国来。据说"火星人"类似怪物——果真有的话,不论技巧多么高超的男女"贴"者,见之也必尖叫惊走。

"贴"风有层次,"贴"者则分等级。

一等"贴"者,"贴"美国人、英国人、法国人、日本人、加拿大人、意大利人、瑞典人……二等"贴"者,就"贴"黑人。

在这一点上,颇体现了中国人的国际态度——不搞种族歧视。

三等"贴"者,只有依旧去"贴"港客了。一边"贴"住不放,一边又不甘心永远沦为三等,有俗话说,骑着马找马。

有一次麦克对我说:"你们中国人在外国人面前怎么变得这么下贱了啊?和外国人认识没三天,就会提出这样那样的请求,想摆脱,却纠缠住你不放……"

我虎起脸,正色道:"请你别在我家里侮辱中国人!"

他没想到我会对他说出如此不客气的话,怔怔地望了我片刻,不悦而辞。其后旷日不至,我以为我把他得罪了。他终于还是来了,并诚恳地因那番说过的话向我道歉。

其实麦克的话,对某些中国人来说,是算不得什么侮辱的。他不过说出了一种"下贱"的现象。"贴"外国人者,已不仅是为了钱、为了物,还为了出国。

"廉者不受嗟来之食。"我们的老祖宗自尊若此,实乃可敬。

第四章

国 民

中国在中国人日益增强的权利意识和仍显缺失的公德意识两方面的挤压之间发展着。中国人的国民素质在经常从四面八方包围而来的郁闷中有希望地成长着。

勇于羞耻的现代公民

近几十年来,中国之实际情况差不多是这样——国民在郁闷中成长着,国家在困扰中发展着。

对于我们同胞国民性的变化,我不用"成熟"一词,而用"成长",意在说明,其变化之主要特征是正面的,但离成熟尚远。而我们的国家,也分明在困扰中令人欣慰地发展着,但其发展颇为不顺,国民所感受的林林总总的郁闷,其实也正是国家的困扰。

但一个事实却是——虽然普遍的国民几乎经常被令人愤懑的郁闷从四面八方所包围,社会经常弥漫着对各级政府的谴责之声,但总体上看,中国社会现状基本上是安定的。潜在的深层的矛盾衬出这种安定显然的表面性,但即使是表面的,肯定也为国家逐步解决深层矛盾争取到了可能的甚至也可以说是宝贵的前提。

"树欲静而风不止。"古今中外，没有一个国家一向如世外桃源尽呈美好，波澜不惊。

日本多年前发生过奥姆真理教地铁放毒事件。那事件甫一经过，我恰去日本访问。地铁站台荷枪实弹的武警壁垒森严，到处张贴着通缉要犯的布告，其中包括数名女大学生。2011年，日本又遭遇了海啸袭击，发生了核泄漏事件。其他的方面日本亦不能说太平无事，比如首相秘书贪污事件、校园少年犯杀害同学的事件……

韩国也如此，一前总统因家族受贿问题曝光跳岩自杀、因政府引进美国牛肉又一前总统曾几乎面临下台的局面、"天安舰"沉没事件……以上事件，曾使韩国人一次次冲动万分……

欧美各国也殊少宁日，一方面恐怖袭击使各国政府风声鹤唳，忐忑不安的国民们的神经时常处于高度紧张；另一方面，各国受金融危机冲击，失业率增长，国际金融信任率降低，时而曝出令全世界瞠目结舌的新闻，如《华尔街报》的窃听事件、国际货币基金组织总裁的性案风波……

如果放眼世界，将社会分为相当稳定、较为稳定、不稳定、极不稳定四个级别，那么中国处在哪一个级别呢？

我认为，首先中国不属于极不稳定的国家当无争议——阿富汗、伊拉克、叙利亚……那些国家才显然处于极不稳定之中。

中国也不属于社会极稳定的国家。我这样认为首先是从普遍之国民的综合素质而言的。这一种综合素质的水平，决定一个国家的公民在面对国家大环境恶化时的理性程度。其次也是从一个国家的公民与政府之间的长久关系而言的。欧美各国，其西方式的民主国体存在了一两百年不等，他们的国民早已适应了、习惯了、认可了那一种国家制度。虽然那一种制度的弊端也多有呈现,他们的国民对那一种制度也不无怨言甚至质疑,但是他们起码目前还不能设想出另一种更好的也更适合的制度取而代之。这一种国民与国家相互依赖的关系,使他们具有一种"万变不离其宗"的理性意识。基于此种理性意识,面对颓势,他们具有一种以不变应万变,相信一切都会过去的自信和镇定。

那么,在较为稳定和不稳定之间,中国属于哪一类国家呢?

社会不稳定的国家具有以下特征:

第一,其政府管理国家的意识、能力,不是与时俱进,而是意识偏执,固守不变,能力每况愈下。

第二,经济发展停滞不前,甚至发生倒退,致使人民的生活水平不是逐渐提高,而是一日不如一日,连好起来的希望也看不到。

第三,对于大众生活的艰难视而不见,对于大众怨言及正当诉求充耳不闻,甚至以专制手段压制之,摆出强硬对着干的态度。

这样的国家目前世界上还是有的,但实在已不多。进言之,处于社会不稳定状态的国家,要么它的大趋势毕竟还是与世界潮流逐渐合拍的,要么倒行逆施,直至彻底滑向世界潮流的反面。

目前之中国显然不是这类国家。所以我认为,目前之中国是一个社会较为稳定的国家。

政府管理国家的意识已由从前国家当然以政府为主体逐渐转变为以人民为主体。管理已不仅仅是一种权力意识,同时也是责任意识了。

政府管理国家的能力亦在提高。不是指压服能力在提高,而是指向"以人为本"的宗旨改进的觉悟在提高,方式在提高,经验在提高。

特别要加以肯定的是,中国人的国民意识显然在提高,并且还在以不停止的、较全面的精神风貌提高着。目前之中国人,已不再仅仅将自己低看成"老百姓"。嘴上往往也仍说"咱们老百姓",而实际上,此"老百姓"与历朝历代各个不同历史时期被叫做的彼"老百姓",身份内涵已大为不同。目前之中国人,也不再仅仅满足于被文字表意"人民",不再仅仅满足于文字表意上的"人民利益高于一切"、"为人民服务"等口号,而开始要求各级政府将"为人民服务"落实在具体行动上,而开始名正言顺地向政府提出各种"人民"诉求,主张各种"人民"权利,包括监督权。于是,现在的中国"人民",无可争辩地史无前例地接近现代公民。

故我对目前我们同胞的国民性方面令人欣慰的变化,持特别肯定的看法。这一种特别肯定的看法,包括我对八〇后的看法,也包括我对九〇后的看法。我还要进而这样说,包括我对八〇后、九〇后们的下一代的看法。

当然,这并不意味着我们中国人的国民性已很值得称赞了。依我看来,体现在我们某些中国人身上丑陋的、恶俗的、邪性的言行,在目前这个世界上每不多见的。比如大学生救人溺亡于江,而捞尸人挂尸船旁,只知索要捞尸费的现象;比如发生矿难,煤老板贿赂媒体,悄塞"封口费",而某些政府官吏暗中配合力图掩盖的现象;比如拜金主义、媚权世相等等。我们当下国民的文化素质,不是也每遭西方文明国家人士的鄙视和诟病吗?

所以我说正在"接近"现代公民。现代公民不仅具有不轻意让渡的公民权利意识,同时还应具有现代社会之公德自觉。在后一点上,某些中国人往往还表现得很不像样子,令大多数中国人感到羞耻。

中国在中国人日益增强的权利意识和仍显缺失的公德意识两方面的挤压之间发展着。中国人的国民素质在经常从四面八方包围而来的郁闷中有希望地成长着。

两方面自然是互相博弈的关系,却又并非在博弈中互相抵消,而是共同增减,共同提升。中国人的权利意识每有提升,政府的管理能力也便相应提升。政府的管理能力越人性化,中国人的公德体现也越接近公民素质。反之,政府的管理言行越滞后于中国人的希望、要求和期待,中国人的郁闷感觉越强烈。但这并不是什么中国之发展和中国人之变化的奥秘,而是全世界一切国家向现代化转型的规律。

中国和中国人在改革开放以后,只不过都被这规律所"转型"了而已。那么,对于中国和中国人,好光景之可盼的根据也正在于此……

被两种力量拉扯长大的中国人

倘言普遍之中国人的心情,那么吾认为,在相当长的时期内,普遍之中国人的心情几乎可以由"郁闷"二字来概括。新中国成立的喜悦、"中国人民从此站起来了"的自豪甫过,就不断"折腾",很快便使各阶层先后品咂到了"郁闷"的、欲说还休的滋味。有些郁闷是国家转型时期各阶层所必然遭遇必须渐适的心理过程,有些则是治理国家的经验不足导致的,更有些时候体现为"极左"政治的危害。

新中国成立是一次国家性质的根本改变,中国自此走上了社会主义道路。工商改造公私合营是必然的,触及的只是少数人的利益,郁闷也是少数人的感受。

互助组、高级公社当年在农村也起到过好作用,但所谓"人民公社化",迫使农民吃食堂则分明犯了主观主义、激进主义的错误。农民不情愿,也根本不习惯,很抵触,牛不喝水强按头,广大农民很郁闷。并且,不只是习惯不习惯的问题,而是大人孩子都饿肚子的苦楚。饿肚子不许说,还得强装出每天都撑着了的样子。

大炼钢铁虽然具有闹剧色彩,但当时清醒反对而又面对势不可挡的局面却无可奈何的某些党内领导人心中实感郁闷。知识分子亦是如此。看得分明却不能道出,而且批评有罪,于是郁闷之极。

"文革"自不必说,那不仅是清醒的、正直的、多少具有独立思想的人空前郁闷的十年,而且是命运险象环生、危机四伏的十年。独立思想稍有流露,必招致迫害,妻离子散、家破人亡。

许许多多过来人,当年感觉"四人帮"之被粉碎,"文革"之终结是"第二次解放",将这个大事件与建国相提并论。应该承认,即使放在全世界看,那也是最成功的一次正义行动,没有牺牲,没有流血,顺应民心党心军心,自然举国欢腾。当年那一种全国大喜悦,不但遍及从城市到农村的各个地方,而且持续了三四年之久。

接着是党中央批准知识青年可以返城。

"右派"获得平反。

纠正一切冤假错案。

思想理论界迎来了春天。

科技迎来了春天。

教育迎来了春天。

文艺、文化迎来了春天。

工农业生产迎来了春天。

仿佛是没有冬天的几年。

那是和新中国成立初期一样让中国人舒心的几年。但是，中国还没做好面临多方面思想解放的各种准备。不但准备不足，而且乏经验可循。文化思想界自我表达的激动，与"拨乱反正"后亟待走上某种正轨的具体国情发生了对冲矛盾。这使大多数中国知识分子再一次郁闷了。

当年政治家们有句话是——"一放就乱，一治就死"，说明有些政治人士还不是主观上完全不愿"放"，也不是完全看不明白"放"是大趋势，是改革潮流。但他们难以估计到后果，也不知该如何"放"，该"放"到什么程度，才既"放"了而又不至于"乱"了。故换位思考，当年的他们肯定也很郁闷。

接着是工业实行体制改革、优化组合，"甩包袱"、"结束大锅饭"、"砸掉铁饭碗"、工人"下岗"——于是，千千万万的"领导阶级"体味了空前郁闷。

再接着是"股份制"，绝大部分中国工人没钱入股，于是被"制"于股份利益之外了。现在看来，当初的股份制，"化公为私"的过程中"权钱交易"现象肯定不少，国有资产、集体资产流失到个人名下也是不争事实。中国工人不但郁闷，进而愤懑了。那是中国当年剧烈的阵疼。

刚刚"分田到户"，最大程度拥有土地使用权的农民们喜悦过后也再次郁闷。种子贵、化肥贵，不用种子、化肥就保证不了收成，用又用不起。而且粮价低，一年辛苦下来，得到的钱甚少。倘若遇到灾年，往往白辛苦一场。收了粮向农民打白条的现象屡禁难止。

全中国都在同情地呼吁——农民们压力太大了，救救农民！

那时的中国农民是厚道极了，也老成惯了。没人当面问，心中的郁闷是从不往外吐的。自然，被当面问的时候极少。偶被问，每有假农民替他们回答——不苦不苦，很幸福。

城市人面临房改了。

不少城市人郁闷了,因为凑不足钱买下本已分到自己名下的房产。现在看来,即使当年借钱买下的,也是买对了,买值了。因为毕竟从此有了大幅增值的一宗私产。

但是,刚参加工作的青年们郁闷了。按从前惯例,单位是要解决住房的,不过时间早晚而已,房屋大小、新旧而已。人们习惯了分房子,从没料到还得买房子。而且刚参加工作的他们也买不起商品房,尽管今天看来当年房价还极低,比现在房价的十分之一还低。

"教改"了——择校要交赞助费了,学校不包分配了,找工作也颇为不易,学子们大为郁闷。

"医改"了——虽然单位不是根本不负担医药费,却并不全面负责了。"医改"实行在前,"医保条例"出台滞后,这又使中国人郁闷了。一户人家,一旦有了重病之人、久病之人,医药费问题每使倾家荡产、家徒四壁……

入学托关系,住院托关系,找工作托关系,转单位托关系。托关系成了大多数中国人的生存之道。有关系解危救难,没关系寸步难行。关系不仅是交情,还是人情。几乎每个中国人都不得已地或热衷于花费大量时间和精力用于经营各种复杂而微妙的甚至蝇营狗苟的关系。更精明的一些人,根据局面,不断调整关系。民间的关系经营催生了一笔又一笔人情债,官场的关系经营酿成了一茬又一茬裙带及背景庇护之下的腐败。

矿难接二连三,瞒报也接二连三,被"给予"或索取高额"封口费"成为某些记者的"灰色"收入。

大型项目争先上马、竣工、剪彩,喜气的表情还未退去,"豆腐渣"工程让更多人郁闷。

比起饿肚子的年代,人们不愁吃喝了。但不知从何时起,苏丹红、牛肉膏、瘦肉精、染色馒头、硫黄姜出现了,甚至"爆炸西瓜""绝育黄瓜"等闻所未闻的食物也被"发明"出来。

解决了温饱的中国人,简直没法逃避郁闷了。

人们郁闷于这个时代,可又不得不郁闷地适应本时代五花八门的规则。被两种力量拉扯长大的中国人,像极了一张单薄的纸:心灵之扁平状态呈现于脸,而满脸写的只不过一种表情——失我之郁闷。

千年病灶:撼山易,撼奴性难

"国民劣根性"问题是"五四"知识分子们率先提出的。谈及此,人们首先想到的是鲁迅。其实不唯鲁迅,这是那时诸多知识分子共同关注的。叹息无奈者有之,痛心疾首者有之,热忱于启蒙者有之,而鲁迅是"哀其不幸、怒其不争"的。梁启超对"国民劣根性"的激抨绝不亚于鲁迅。陈独秀创办《新青年》伊始曾公开发表厉言:凡 1919 年以前出生者当死,唯 1919 年后出生者应生!何出此言?针对国民劣根性耳。当然,他指的不是肉体生命,而是思想生命、精神生命。蔡元培、胡适也是不否认国民劣根性之存在的。只不过他们是宅心仁厚的君子型知识分子,不忍对同胞批评过苛,一主张实行教育救国、教育强国,培养优秀的新国人种子;一主张默默地思想启蒙,加以改造。蔡元培就任北大校长的演说表达了他的希望:培养具有"自由之精神,独立之思想"的新国人。这一教育思想证明了他的希望。

就连闻一多也看到了国民劣根性,但他是矛盾的。好友潘光旦在国外修的是优生学,致信给他,言及中国人缺乏优生意识。闻一多复信曰:"倘你借了西方的理论,来证明我们中国人种上的劣,我将想办法买手枪。你甫一回国,我亲手打死你。"

但他也写过《死水》一诗:

> 这是一沟绝望的死水,
>
> 清风吹不起半点漪沦。
>
> 不如多扔些破铜烂铁,
>
> 爽性泼你的剩菜残羹。
>
> 也许铜的要绿成翡翠,
>
> 铁罐上锈出几瓣桃花;
>
> 再让油腻织一层罗绮,
>
> 霉菌给他蒸出些云霞。

这样的诗句,显然也是一种国状及国民劣根性的诗性呈现。闻一多从国外一回到上海,时逢"五卅惨案"发生不久,于是他又悲愤地写下了《发现》:

> 我来了,我喊一声,迸着血泪,
>
> "这不是我的中华"不对,不对!

为什么他又认为不是了呢?有了在国外的见识,对比中国,大约倍感国民精神状态的不振。"不是"者,首先是对国家形象及国民精神状态的不认可也。

那时中国人被外国人鄙视为"东亚病夫",而我们自喻是"东亚睡狮"。狮本该是威猛的,但那时的我们却仿佛被打了麻醉枪,永远睡将下去,于是类乎懒猫。

清末以前,中国思想先贤们是论过国民性的,但即使论到其劣,也是从普遍的人类弱点劣点去论,并不仅仅认为只有中国人身上才有表现的。那么,我们现在接触到了第一个问题——某些劣根性,仅仅是中国人天生固有的吗?

我的回答是:否。

人类不能像培育骏马和良犬那样去优配繁衍,某些人性的缺点和弱点是人类普遍固有的。而某些劣点又仅仅是人类才有的,连动物也没有,如贪婪、忘恩负义、陷害、虚荣、伪善等。故万不可就人类普遍的弱点、缺点、劣点来指摘中国人。但不同国家的历史、文化,又完全可以造成某一国家的人们较普遍地具有某一种劣性。比如欧美国家,由于资本主义持续时间长,便有一种列强劣性,这一种劣性的最丑恶记录是贩奴活动、种族歧视。当然,这是他们的历史表现。

于是我们接触到了第二个问题——中国人曾经的劣根性主要是什么?我强调曾经,是因为今天的中国已与"五四"以前大不一样,不可同日而语。

在当年,民族"劣根性"的主要表现是奴性,"五四"知识分子深恶痛绝的也是奴性。

那么,当年中国人的奴性是怎么形成的呢?

这要循中国的历史来追溯。

世界上没有人曾经撰文批判大唐时期中国人的劣根性,中国的史籍中也无记载。唐诗在精神上是豪迈的,气质上是浪漫的,格调上是庄重的,可供我们对唐人的国民性形成总印象。唐诗的以上品质,从宋朝早期的诗词中亦可见到继承,如苏轼、欧阳修、范仲淹等人的诗词。

但是到了宋中期,宋词开始出现颓废、无聊、无病呻吟似的自哀自怜。明明是大男人,写起词来,却偏如小媳妇。这一文学现象是很值得研究的。"伤心泪"、"相思情"、"无限愁"、"莫名苦"、"琐碎忧"这些词汇,是宋词中最常出现的。今天的中文学子们,如果爱诗词的,男生偏爱唐诗,女生偏爱宋词。唐诗吸引男生的是男人胸怀,女生则偏爱宋词的小女人味。大抵如此。

为什么唐诗之气质到了宋词后期变成那样了呢?

因为北宋不久便亡了,被金所灭。现在打开《宋词三百首》,第一篇便是宋徽宗的《宴山亭》:

> 裁剪冰绡,轻叠数重,淡着燕脂匀注。新样靓妆,艳溢香浓,羞杀蕊珠宫女。易得凋零,更多少、无情风雨。愁苦,问凄凉院落,几番春暮? 凭寄离恨重重,这双燕何曾,会人言语?天遥地远,万水千山,知他故宫何处?怎不思量,除梦里、有时曾去。无据,和梦也新来不做!

宋徽宗做梦都想回到大宋王宫,最终死于囚地,这很可怜。

"人事有代谢,往来成古今。"朝代兴旺更替,亦属历史常事。但一个朝代被另一种迥异的文化所灭,却是另外一回事。北宋又没被全灭,一部分朝臣子民逃往长江以南,建立了南宋,史称"小朝廷"。由大宋而小,而苟存,这不能不成为南宋人心口的疼。拿破仑被俘并死于海上荒岛,当时的法国人心口也疼。兹事对"那一国人"都是伤与耻。

故这一时期的宋词,没法豪迈得起来了,只有悲句与哀句了。南宋人从士到民,无不担忧一件事——亡的命运哪一天落在南宋?人们毫无安全感,怎么能豪迈得起来、浪漫得起来呢?故当年连李清照亦有词句曰:"至今思项羽,不肯过江东。"

后来南宋果然也亡了,这一次亡它的是元朝,建都大都(今北京)。

元朝将统治下的人分为四等——第一等,自然是蒙古人;第二等是色目人(西北少数民族);第三等是"汉人",特指那些早已长期在金统治之下的长江以北的汉族人;第四等是"南人",灭了南宋以后所统治的汉人。

并且,元朝取消了科举制,这就断了前朝遗民跻身官僚阶层的想头。我们都知道,服官政是古代知识分子的追求。同时又实行了"驱口制",即规定南宋俘虏及家属世代为元官吏之奴,可买卖,可互赠,可处死。还实行了匠户制,使几百万工匠成为"匠户",其实便是做技工的匠奴。对于南宋官员,实行"诛捕之法",抓到便杀,迫使他们逃入深山老林,隐姓埋名。南宋知识分子惧怕也遭"诛捕",大抵只有遁世。

于是汉民族的诗性全没了,想不为奴亦不可能。集体的奴性,由此开始。

枯藤老树昏鸦,小桥流水人家,古道西风瘦马。夕阳西下,断肠人在天涯。

我们今天读马致远的这一首小曲,以为其表达的仅仅是旅人思乡,而对他当时的内心悲情,实属缺乏理解。当年民间有唱:

说中华,道中华,
中华本是好地方,
自从来了元皇帝,
十年倒有九年荒。

元朝享国 92 年,以后是明朝。明朝 270 年,经历了由初定到中兴到衰亡的自然规律。"初定"要靠"专制",不专制不足以初定。明朝大兴"文字狱",一首诗倘看着不顺眼,是很可能被满门抄斩的。270 年后,明朝因腐败也亡了。

于是清朝建立,统治了中国 276 年。

世界上有此种经历的国家是不多的,我个人认为,正是这种历史经历,使国人形成了根深蒂固的奴性。唯奴性十足,方能存活,所谓顺生逆亡。旷日持久,奴成心性。谭嗣同不惜以死来震撼那奴性,然撼山易,撼奴性难。鲁迅正是哀怒于这一种难,郁闷中写出了《药》。

故清朝一崩,知识分子通力来批判国民劣根性,他们是看得准的,所开的医治国民劣根性的药方也是对的。只不过有人的药方温些,有人的药方猛些。

可以这样说,中国人艰苦卓绝、可歌可泣的八年抗战,与批判国民劣根性有一定关系。那批判无疑令中国人的灵魂疼过,那疼之后是抛了奴性的"勇"。

综上所述,我认为,今日之中国人,绝非是梁启超、鲁迅们当年所满眼望到的那类奴性成自然的、浑噩冷漠乃至于麻木的同胞了。我们中国人的国民性有了前所未有的变化。"国民"只不过是"民"。普遍之中国人正在增长着维权意识,由一般概念的"民"而转变为"公民"。民告官,告大官,告政府,这样的事在从前不能说没有。《杨三姐告状》,告的就是官,就是衙门。但是现在,从前被视为草民们的底层人、农民,告官告政府之事司空见惯,奴性分明已成为中国人过去时的印记。

但有一个现象值得深思,那就是近年来的青年工人跳楼事件。他们多是农家子女。他们的父母辈遇到想不开的事尚且并不轻易寻死,他们应比他们的父母更理性。但相反,他们却比他们的父母辈脆弱多了。这一方面是由于他们虽为农家儿女,其实自小也是娇生惯养。尤其是独生子女的他们,像城里人家的独生子女一样,也是"宝"。与从前的农家儿女相比,他们其实没怎么干过农活。他们的跳楼,也可说是"娇"的扭曲表现。还有一点那就是——若他们置身于一种循环往复的秩序中,而"秩序"对他们脆弱的心理承受又缺乏较周到的人文关怀的话,那么,他们或者渐渐地要求自己适应那秩序,全无要求改变那秩序的主动意识,于是身上又表现出类似奴性的秩序下的麻木,或者走向另一种极端,企图以死一了百了。

要使两三亿之多的打工的农家子女成为有诉求而又有理性,有个体权益意识而又有集体权益意识,必要时能够做出维权行动反应而又善于正当行动的青年公民,全社会任重而道远。

自从网络普及,中国人对社会事件的参与意识极大地表现了出来。尤其事关公平、道义、社会同情之时,中国人这方面的参与热忱、激情,绝对不亚于当今别国之人。但是也应看到,在网络表态中,嘻哈油滑的言论颇多。可以认为那是幽默。对于某些事,幽一大默有时也确实比明明白白的表达立场更高明,有时甚至更具有表达艺术性。而有些事,除了幽它一大默,或干脆"调戏"一番,几乎也不知再说什么好。

但我个人认为,网络作为公众表达社会诉求和意见的平台,就好比从前农村的乡场,既是开会的地方,也是娱乐的地方。从前的中国农民在这方面分得很清,娱乐时尽管在乡场搞笑,开会时便像开会的样子。倘开会时也搞笑,使严肃郑重之事亦接近着娱乐了,那么渐渐,乡场存在的意义,就会变得只不过是娱乐之所。

亲爱的诸位,最后我要强调时间是分母,历史是分子。时间离现实越远，历史影响现实的"值"越小，最终不再影响现实，只不过纯粹成了"记事"。此时人类对历史的要求也只不过是真实、公正的认知价值；若反过来，视历史为分母，人类就难免被历史异化，背上历史包袱，成为历史的心理奴隶。

中国是一个多民族国家。抗日战争不仅千锤百炼了汉民族，使我们这个民族浴火重生，凤凰涅槃，也千锤百炼了汉族与蒙、满、回、朝、维等多个民族之间的关系。这一种关系也凤凰涅槃了。可以这样说，中国经历了抗日战争，各民族之间空前团结了。古代的历史，使汉民族那样，也使汉民族与其他民族的关系那样。近代的历史，使汉民族这样，也使汉民族与其他民族的关系这样。

影响现实的，是离现实最近的"史"。

离中国现实最近的是中国的近代悲情惨状史，中国人心理上仍打着这一种史的深深烙印，每以极敏感极强烈的民族主义言行表现之。解读当代中国人的"国民性"更应从此点出发，而不能照搬鲁迅们那个时代总结的特征。

第五章

思 想

在人类那部分既"文化"了又执迷于思想的知识分子们的内心里,上苍先天地播下了孤独的种子。他们的理念路线,常诱导他们去思想这样一个亘古命题——人生的要义究竟在哪里?

中国"尼采综合征"批判

20世纪80年代之初,一个幽灵悄悄潜入中国。最先是学理的现象,后来是出版的现象,再后来是校园的现象,再再后来是食洋不化的盲目的思想追随乃至思想崇拜现象——并且,终于的,相互浸润混淆,推波助澜,呈现为实难分清归类的文化状态。

因而,从当时的中国学界,到大学校园,甚至,到某些高中生初中生们,言必谈尼采者众。似乎皆以不读尼采为耻。

是的,那一个幽灵,便是尼采的幽灵。"思想巨人"、"19世纪最伟大的哲学家"、"大师"、"悲剧哲学家"、"站在人类思想山峰上的思想家"、"存在主义之父"、"诗性哲学之父"……

中国人曾将一切能想得到的精神桂冠戴在尼采这个幽灵的头上。

刚刚与"造神"历史告别的中国人,几乎是那么习以为常地又恭迎着一位"洋神"了。

时至今日我也分不大清,哪些赞誉是源于真诚,而哪些推崇只不过是出版业的炒作惯伎。

然而我对中国学界在20世纪80年代之初"引进"尼采是持肯定态度的。因为在渴望思想解放的激情还没有彻底融化"个人迷信"的坚冰的情况下,尼采是一剂猛药。

尼采"哲学"的最锐利的部分,乃在于对几乎一切崇拜一切神圣的凶猛而痛快的颠覆。所以尼采的中国"思想之旅"又几乎可说是适逢其时的。

若干年过去了,我的眼睛看到了一个真相,那就是——当年的"尼采疟疾",在中国留下了几种思想方面的后遗症。如结核病在肺叶上形成黑斑,如肝炎使肝脏出现疤癞。

这是我忽然想说说尼采的动机。

在哲学方面,我连小学三年级的水平都达不到。但是我想,也许这并不妨碍我指出几点被中国的"尼采迷"们"疏忽"了的事实:

第一,尼采在西方从来不曾像在中国被推崇到"热发昏"的程度。

"存在主义的演讲过程中,尼采占着中心席位:如果没有尼采,那么雅斯培、海德格尔和隆特是不可思议的,并且,卡缪的《西西佛斯神话》的结论,听来也像是尼采的遥远的回音。"

这几乎是一切盛赞尼采的中国人写的书中,一而再,再而三地引用过的话——普林斯敦大学考夫曼教授的话。

然而有一点我们的知识者同胞们似乎成心地知而不谈——存在主义也不过就是哲学诸多主义中的一种主义而已,并非什么哲学的最伟大的思想成果。占着它的"中心席位",并不能顺理成章地遂成"思想天才"或"巨人"。

第二,尼采两次爱情均告失败,心灵受伤,终生未娶;英年早逝,逝前贫病交加,完全不被他所处的时代理解,尤其不被德国知识界理解。这种命运,使他如同思想者中的梵高。此点最能引起中国学界和知识者的同情,其同情有同病相怜的成分。每导致中国学界人士及知识分子群体,在学理讨论和对知识者思想者的评述方面,过分热忱地以太浓的情感色彩包装客观的评价。

这在目前仍是一种流行的通病。

"上帝"不是被尼采的思想子弹"击毙"的。在尼采所处的时代,"上帝"已然在普遍之人们的心里渐渐地寿终正寝了。

尼采只不过指出了这一事实。

在西方,没有任何一位可敬的哲学家认为是尼采"杀死"了人类的"上帝"。只不过尼采自己那样认为那样觉得罢了。

而指出上帝"死"了这一事实,与在上帝无比强大的时候宣告上帝并不存在,甚或以思想武器"行刺"上帝,是意义绝然不同的。尼采并没有遭到宗教法庭的任何敌视或判决,再清楚不过地说明了二者的截然不同。

上帝是在人类文明的进程中自然"老"死的。

(一)

好在尼采的著述并非多么的浩瀚。任何人只要想读,几天就可以读完。十天内细读两遍也不成问题。他的理论也不是多么晦涩玄奥的那一种。与他以前的一般哲学家们的哲学著述相比,理解起来绝不吃力。对于他深恶痛绝些什么,主张什么,一读之下,便不难明了七八分的。

我还是比较地能接受"尼采是近代世界哲学史上的一位哲学家"这一说法的。但——他对"哲学"二字并无什么切实的贡献,这样的哲学家全世界很多。名字聒耳的不是最好的。

尼采自诩是一位"悲剧哲学家"。

他在他的自传《看,这个人》中,声称"我是第一个悲剧哲学家",大有前无古人的意思。

这我也一并接受,尽管我对"悲剧哲学家"百思不得其解。好比已承认一个人是演员,至于他声称自己是本色演员还是性格演员,对我则不怎么重要。

在中国知识界第一次提到尼采之名的是梁启超,而且是与马克思之名同时第一次提到的。这是1902年,尼采死后第二年的事。

梁氏认为,马克思的社会主义和尼采的个人主义,是当时德国"最占势力的两大思想"。

再二年后,王国维在《叔本华和尼采》一文中,亦对尼采倍加推崇,所予颂词,令人肃然。如:"以强烈之意见而辅之以极伟大之智力,高瞻远瞩于精神界。"并讴歌尼采的"工作"在于"破坏旧文化而创造新文化"。

又三年后鲁迅也撰文推崇尼采。

"向旧有之文明,而加之抨击扫荡焉";"然其为将来新思想之朕兆,亦新生活之先驱"。一向以文化批判社会批判为己任的鲁迅,对尼采所予的推崇,在其一生的文字中几乎是独一无二的。可谓"英雄所见略同",一东一西,各自为战却不谋而合。

到1915年,陈独秀在《新青年》创刊号上发表文章,再次向中国青年知识分子"引荐"尼采,那正是中国新文化运动兴起之时,需要从西方借来一面思想解放的旗帜。比之于马克思的社会主义,尼采的个人主义更合那时中国青年知识分子的胃口,也更见容于当局。倘若中国的知识分子特别喜欢鼓吹文化的运动,而又能自觉谨慎地将文化运动限定在文化的半径内进行,中国的一概当局,向来是颇愿表现出宽谅的开明的。因为文化的运动,不过是新旧文化势力,这种那种文化帮派之间的混战和厮杀。即使"人仰马翻",对于统治却是安全的。对于文化人,也不至于有真的凶险。

而一个事实是,无论尼采在世的时候,还是从他死后的 1900 年到 1915 年中国新文化运动兴起之时,其在德国、法国,扩而论之在整个欧洲所获的评价,远不及在中国所获的评价那么神圣和光荣。事实上从他的《查拉图斯特拉如是说》问世到他病逝,其在西方哲学史上一直是一个争议不休的人物。只有在中国,才由最优秀的大知识分子们一次次交口称赞并隆重推出。这是为什么呢?

(二)

中国之封建统治的历史,比大日尔曼帝国之形成并延续其统治的历史要悠久得多。在"五四"前,中国是没有"知识分子"一词的。有的只不过是类似的译词,"智识分子"便是。正如马克思曾被译为"麦喀士"、尼采曾被译为"尼至埃"。

早期中国文人即早期中国知识分子。

早期中国文人对自身作为的最高愿望是服官政。而服官政的顶尖级别是"相",位如一国之总理。倘官运不通,于是沦为"布衣"。倘虽已沦为"布衣",而仍偏要追求作为,那么只有充当"士"这一社会角色了。反之,曰"隐士"。"士"与"隐士",在中国,一向是相互大不以为然的两类文人。至近代,亦然。至当代,亦亦然。"士"们批评"隐士"们的全无时代使命感,以"隐"做消极逃遁的体面的盾。或"假隐",其实巴望着张显的时机到来。"隐士"们嘲讽"士"们的担当责任是唐·吉诃德式的自我表演。用时下流行的说法是"作秀"。或那句适用于任何人的话——"你以为你是谁?"无论"士"或"隐士"中,都曾涌现过最优秀的中国文人,也都有伪隐者和冒牌的"士"。

在当今,中国的文人型知识分子,依然喜欢两件事——或在客厅里悬挂一幅古代的"士"们的词联;或给自己的书房起一个"隐"的意味十足的名。但是当今之中国,其实已没有像那么回事的"隐士",正如已缺少真正意义上的"士"。

然而,毕竟的,我认为,新文化运动是中国近代的"士"们的时代,不是"隐士"们获尊的时代。

中国的知识分子们,准确地说,中国的文人知识分子们,确乎被封建王权、被封建王权所支持的封建文化压抑得太久也太苦闷了。他们深感靠一己们的思想的"锐"和"力",实难一举划开几千年封建文化形成的质地绵紧的厚度。正如小鸡封在恐龙的坚硬蛋壳里,只从内部啄,是难以出生的。何况,那是一次中国的门户开放时代,普遍的中国知识分子,尤其中青年知识分子,急切希望思想的借鉴和精神的依傍。马克思的社会主义学说有煽动造反的嫌疑,何况当时以暴力推翻旧世界为己任的中国共产党还没成立。于是尼采著述中"否定一切"的文化批判主张,成为当时中国社会思想者们借来的一把利刃。由于他们是文化人,他们首先要推翻的,必然只能是文化压迫的"大山"。马克思与尼采的不同在于,马克思主义认为,更新了一种政权的性质,人类的新文化才有前提。马克思主义否定其以前的一切政权模式,但对文化却持尊重历史遗产的态度;尼采则认为,创造了一种新文化,则解决了人类的一切问题。

尼采的哲学,其成分一言以蔽之,不过是"文化至上"的哲学,或曰"唯文化论"的哲学。再进一步说,是"唯哲学论"的哲学,也是"唯尼采的哲学论"的哲学。

"借着这一本书(指他的《查拉图斯特拉如是说》),我给予我的同类人一种为他们所获得的最大赠予。"

"这本书不但是世界上最傲慢的书,是真正属于高山空气的书——一切现象,人类都是躺在他足下一个难以估计的遥远地方——而且也是最深刻的书,是从真理的最深处诞生出来的;像一个取之不尽的源泉,任何盛器放下去无不满载而归的。"

语句的不连贯难道不像一名妄想症患者的嘟哝么?"我用十句话说出别人用一本书说出的东西,说出别人用一本书没说出的东西。""这种东西(指他的书)只是给那些经过严格挑选的人的。能在这里作一个听者乃是无上的特权……""我觉得,接受我著作中的一本书,那是一个人所能给予他自己的最高荣誉。"

"能够了解那本书中的六句话——也就是说,在生命中体验了它们,会把一个人提升到比'现代'人类中的优智者所到达的更高的境界。"

以上是尼采对他的哲学的自我评价。在他一生的文字中,类似的,或比以上话语还令人瞠目结舌的强烈自恋式的自我评价比比皆是。而对于他自己,尼采是这么宣言的:"我允诺去完成的最后一件事是'改良'人类。""这个事实将我事业的伟大性和我同时代人的渺小性之间的悬殊,明显地表现出来了。"当我得以完整地阅读尼采,我不禁为那些我非常敬仰的、中国现代史中极为优秀的知识分子感到难堪。因为,我无论如何不能得出这样的结论——他们之所以优秀和值得后人敬仰,乃由于读懂了尼采的一本散文诗体的小册子中的六句话。我只能这么理解——中国历史上那一场新文化运动,需要一位外国的"战友";正如中国后来的革命,需要一位外国的导师。于是自恋到极点的尼采,名字一次次出现在中国新文化运动的文章中。这其实是尼采的殊荣。尼采死前绝对想不到这一点。如果他生前便获知了这一点,那么他也许不会是45岁才住进耶拿大学的精神病院,而一定会因为与中国"战友"们的精神的"交近"更早地住进去……

在中国,我以为,一位当代知识分子,无论其学问渊博到什么程度,无论其思想高深到什么境界,无论其精神的世界自以为纯洁超俗到多高的高处,一旦自恋起来,紧接着便会矮小。

(三)

排除别人不提,鲁迅确乎是将尼采视为果敢无畏地向旧文化冲锋陷阵的战士(或用鲁迅习惯的说法,称为"斗士"、"猛士")才推崇他的。

对比鲁迅的文字和尼采的文字中相似的某些话语,给人以很有意思的印象。尼采:"我根本上就是一个战士,攻击是我的本能。""我的事业不是压服一般的对抗者,而是压服那些必须集中力量、才智和豪气以对抗的人——也就是可以成为敌手的那些对抗者……成为敌人的对手,这是一个光荣决斗的第一条件。""我只攻击那些胜利的东西——如果必要的话,我会等它们变成这样时才攻击它们。""我只攻击那些我在攻击时找不到盟友的东西。""我不是一个普通的人,我是炸药。"总而言之,尼采认为自己的"攻击",是这个世界上唯一一种"超人"式的"攻击"。因而是他的"敌人"的自豪。鲁迅："要有这样的一种战士——已不是蒙昧如非洲人而背着雪亮的毛瑟枪的,也并不疲惫如中国绿营兵而佩着盒子炮。他毫不乞灵于牛皮和铁的甲胄;他只有自己,拿着蛮人所用的,脱手一掷的投枪。"这样的战士将谁们视为"敌人"呢？"那些头上有各种旗帜,绣出各样好名称:慈善家,学者,文士,长者,青年,雅人,君子……头下有各样外套,绣出各式好花样:学问,道德,国粹,民意,逻辑,公义,东方文明……""但他举起了投枪。"即使"敌人"们发誓其实自己有益无害或并无大害也不行。"他微笑着,偏侧一掷,却正中了他们的心窝。"纵使"敌人"们友好点头也不行。因为那战士"知道这点头就是敌人的武器,是杀人不见血的武器,许多战士都在此灭亡,正如炮弹一般,使猛士无所用其力"。于是战士一次次举起投枪,战士是一定要挑战那虚假的"太平"的。"但他举起了投枪!"那样的战士,他是"真的猛士,敢于直面惨淡的人生,敢于正视淋漓的鲜血"。鲁迅一生都在呼唤"这样的一种战士",然而于他似乎终不可得。事实上"这样的一种战士"是要求太过苛刻的战士,因为几乎等于要求他视其以前的所有文化如粪土。因而鲁迅只有孤独而悲怆地,自己始终充当着这样的战士。他"于浩歌狂热之际中寒;于天上看见深渊。于一切眼中看见无所有;于无所希望中得救"。他想到自己的死并确信:"待我成尘时,你将见我的微笑。"这都由于鲁迅对他所处的时代深恶痛绝。而那一个时代,也确乎腐朽到了如是田地。然而尼采真的是鲁迅所期望诞生的那一种战士么？今天倘我们细细研读尼采,便会发现,写过一篇杂文提醒世人不要"看错了人"的鲁迅,自己也难免有看错了人的时候。鲁迅认为他以前的中国文化只不过是"瞒和骗"的文化,认为他所处的那个时代的文化,只不过是"瞒和骗"的继续,认为中国五千年文化的真相,只不过是"吃人"二字。鲁迅要从精神上唤醒的是自己的同胞。尼采要从人性上"改良"的是全人类。尼采认为在他以前,地球上的人类除少数智者,其余一概虚伪而又卑鄙,根本无可救药地活着。

因而慈悲者、说教者、道德家、知名的智者、学者、诗人,乃至贱氓(即穷愁而麻木的芸芸众生),一概都是不获尼采的"改良",便该从地球上彻底消灭干净的东西。纵然少数他认为还算配活在地球上的人,也应接受一番他的思想(或曰哲学)的洗礼。

他唯一抱好感的是士兵。真正参与战争的士兵。他鼓励一切士兵都要成为他理想之中的战士:"你们当得这样,你们的眼睛永远追求一个仇敌——你们的仇敌。你们中有许多人且要一见面就起憎恨。""你们要寻找你们的仇敌,你们要挑动你们的战争。""你们当爱和平,以和平为对于新的战争的手段——并爱短期的和平甚于爱长期的和平。"这句话的另一种说法是——为了发动更大的战争你们需有短暂的和平时期储备你们再战的锐气。"战争和勇敢比博爱做着更伟大的事情。""你们问:'什么是善?'——能勇敢便是善。""你们必须骄傲你们能有仇敌。""所以你们这样过着你们的服从和战斗的生活吧!长生算什么呢?战士谁愿受人怜惜?"所以,希特勒向墨索里尼祝寿时,以《尼采文集》之精装本作为礼物相赠也就毫不奇怪。

所以,第二次世界大战中,德军向士兵分发尼采那本《查拉图斯特拉如是说》的小册子,命他们的士兵满怀着"比博爱做着更伟大的事情"的冷酷意志去征服别的国家和人民,也就毫不奇怪。

所以,当德国士兵那么灭绝人性地屠杀别国人尤其犹太人时,可以像进行日常工作一样不受良知的谴责。因为"查拉图斯特拉"说:"仇恨就是你们的工作。你们永远不要停止工作。"当然,法西斯主义的罪恶不能归于尼采。但一种自称旨在"改良"人类的思想,或一种所谓哲学,竟被世界上最反动最恐怖的行为所利用,其本身的价值显然便是大打折扣了。鲁迅却又终究是与尼采不同的。鲁迅并不自视为中国人,更不自视为全人类的思想的"上帝"。

鲁迅固然无怨无悔地做着与中国旧文化孤身奋战的战士,但他也不过就视自己是那样的一个战士而已。并且,在很多时候,很多情况之下,他十分清醒地知道,自己却连那样的战士也不是的,只不过是这俗世间的一分子。鲁迅自己曾在一篇文字中这样形容自己:"我有一种自害的脾气,是有时不免呐喊几声,想给人们去添点热闹。譬如一匹疲牛罢,明知不堪大用了,但废物何妨利用呢?所以张家要我耕一亩地,可以的;李家要我翻一弓田,可以的;赵家要我在他店前站一刻,在我背上贴出广告道:敝店备有肥牛,出售上等消毒牛乳。我虽深知自己是怎样瘦,又是公的,并没有乳;然而想到他们为张罗生意起见,情有可原。只要出售的不是毒药,也就不说什么了。但倘若用得我太苦,是不行的,我还要自己觅草吃,要喘气的工夫;要专指我为某家的牛,将我关在他的牛牢内,也是不行的,我有时也许还要给别家挨几转磨。如果连肉都要出卖,那自然更不行。理由自明,无须细说……"

鲁迅这一种自知之明,与尼采的病态的狂妄自大,截然相反。鲁迅有很自谦的一面。尼采则完全没有。非但没有,尼采甚而认为自谦是被异化了的道德——奴性的德道。他那一种狂妄自大才是人性真和美的体现。鲁迅是时常自省的。尼采则认为自省之于人也是虚伪丑陋的。仿佛,因为他拒绝自省,所以他才成为世界上独一无二的精神完人。并且一再地声明自己的身体也是健康强壮的。所以他,只有他,才有资格这样写书:《我为什么这样智慧》《我为什么这样聪明》《我为什么会写出如此优越的书》,我的书是——"一部给一切人看而无人能看懂的书……"

鲁迅是悲悯大众的。尼采不但蔑视大众,并简直可以说仇视大众。他叫他们为"贱氓",他说:"生命是一派快乐之源泉;但贱氓所饮的地方,一切泉水都中毒了。"他说:"许多人逃避开某地即是要逃避了贱氓;他憎恨和他们分享泉水,火焰和果实。"他说:"许多人走到了沙漠而宁愿与猛兽一同感到干渴,只是因为不愿同污脏的赶骆驼的人坐在水槽的旁边。"他甚至无法容忍"贱氓"也有精神。"当我看出了贱氓也有精神,我即常常倦怠了精神。""我的弟兄们,我觅到它了!这里在最高迈的高处,快乐之泉为我而迸涌!这里生命之杯没有一个贱氓和我共饮!""真的,我们这里没有预备不净者的住处!我们的快乐当是他们的肉体与精神的冰窖!"即使今天,读着这样的文字,如果谁是"贱氓"中的一员,或仅仅是体恤他们的人,都不禁会内心战栗的吧?我感到这仿佛是以日尔曼民族的血统为世界上最高贵的血统的纳粹军官在大喊大叫。

尼采若是中国人,尼采若活在鲁迅的时代;或反过来说,鲁迅若能像我们今人一样得以全面地"拜读"尼采,那么,我想——尼采将是鲁迅的一个死敌吧?怎么可能不是!鲁迅对尼采的推崇——一个由于不全面的了解而"看错了人"的历史误会。一位深刻的中国思想者对一个思想花里胡哨虚张声势的"德国病人"的过分的抬举。

鲁迅是一次中国严重的时代危机的报警者。而尼采则不过是一种德国的精神危机暴发之后形成的新型病毒。

（四）

在尼采杂乱无章的、以热病般的亢奋状况所进行的思想或曰他的哲学妄语中,"超人"乃是他彻底否定一切前提之下创造出来的一种"东西"。用尼采自己的话说——他们是"高迈的人"、"最高的高人"。尼采自己则似乎是他们的"精神之父"。

"超人"究竟是怎样的人？

迄今为止,一切研究尼采的人,都不能得出结论。

因为尼采一切关于他的"超人"的文字,都未提供得出任何较为明晰的结论的根据。

他不无愤怒地反对人们将他的"超人"与迄今为止世界上存在过的这一种人或那一种人相提并论。哪怕那是些堪称伟大的人,尼采也还是感到倘与他的"超人"混为一论,是对他可爱而高贵的"超人"孩子们的侮辱。

故我们只能认为那是迄今为止在地球上不曾出现过的人,是仅仅受精在尼采思想子宫里的人。既然业已受精成胎了,那么尼采自己是否能说明白他们的形态呢？尼采自己也从没说明白过。他只强调"超人"非是这种人,非是那种人；他似乎极清楚他的"超人"们究竟是什么样的一种人类,但就是不告诉世人。因为世人不是卑鄙虚伪的人,便是该被咒死光光的贱氓。"超人就是大地的意义。"尼采如是说。"他就是大海。"尼采如是说。"诚然。人类是条污秽的湍流。一个人必须成为一个大海,可以容纳污秽的湍流而不失其洁净。"这话也说得极好。"人是要超越自身的某种东西……一切生存者都能从他们自身的种类中创造出较优越的来。"这个道理也是极对的道理,但并非尼采发现的道理,几千年以前的稍有思想的人便懂得这个道理了。"上帝死了!——现在,是该由高人来支配世界的时候了!"然而这一句话却是令人惊悸的了。原来否定了一个"上帝"只为制造另一个"上帝"。这"上帝"如是呐喊:"你们更渺小了,你们渺小了的人民哟!你们破碎吧,你们舒服的人们!时候到了,你们将毁灭了!""毁灭于你们的渺小的道德,毁灭于你们的渺小的怠慢(对尼采的哲学及尼采的'超人'孩子们的怠慢),毁灭于你们的乐天安命!"

这个"上帝"比"死了"的"上帝"更加严厉,"他"连渺小的人民乐天安命的渺小的权利都将予以毁灭予以剥夺。"不久他们将变成干草和枯枝!""那一时刻就要到了,它已逼近了,那伟大的日午!"读来不禁使人毛骨悚然。尼采赋予他的"超人"们两种"性格"——优种的傲慢和征服者的勇猛。这两种性格也是尼采极其自我欣赏的"性格"。后来它们成为从将军到士兵的一切纳粹军人的集体精神。体现于纳粹军队的军旗、军服、军礼、军规、军犬乃至作战方式……

尼采生前,所谓尼采哲学在德国并不曾被认真对待;尼采死后的三十年间,他的思想渐在德国弥漫;又十年后,希特勒发动第二次世界大战,人们从纳粹军国主义分子们不可一世的"精神气质"中,能很容易地发现尼采"超人"哲学的附魂。

细分析之,"超人"哲学是反众生反人类的哲学,是比任何一种反动宗教还反动的哲学。因为宗教只不过从德行上驯化世人,而"超人"哲学咒一切非是"超人"的众生该下地狱。它直接所咒的是众生普遍又普通的生存权。

太将尼采当成一回事的中国人(而且在这个世界上几乎只有中国人

才这样),定会以尼采所谓"超人"哲学中那些用特别亢奋的散文诗句所表述的"精神"上"纯洁"自身的炽愿,当成某种正面的思想境界来肯定和颂扬。但是此种代之辩解的立场是极不牢靠的。

因为一个问题是——如果某人不能成为那种精神上"高迈"的"最高的高人"将如何?那么他还配是一个人么?答案是肯定的——不配!那么他便是虚伪卑鄙之徒,是贱氓,或有知识的行为文明的贱氓。甚而,简直是禽兽不如的虫豸!倘他们竟敢与"最高的高人"们共享某一食物,那么那食物"便会烧焦了他们的嘴",仿佛"他们吞食了火"。更甚而,"最高的高人"于是便有权"将自己的脚踏入他们的嘴里"。

但"最高的高人"们的"精神"所达到的"纯洁"的高度又是怎样的一种高度呢?

"在最高迈的高峰的夏天,在清冷的流泉和可祝福的宁静之中——这是我们的高处,是我们的家——在将来的树枝之上,我们建筑我们的巢;鹰们的利喙当为我们孤独的人们带来食物!"

"如同罡风一样,我们生活在他们上面!""并以我们的精神夺去了他们精神的呼吸!"总之是坚决地不食人间烟火,亦不近人间烟火。而且,坚决地仇视人间烟火。"最高的高人"们的居处已是如此的"高迈",食物又是那样的稀异,他们的"精神"上的"纯洁"程度高到何种境界,也就难以想象了。自从有人类以来,有几个人能修成为那样的人?替尼采辩解的人们难道是么?若并不是,便先已是虫豸了!便先已该被"最高的高人"们"将脚踏入他们嘴里"了!尼采自己难道就是么?其实也断断不是。因为他活着的时候,几乎没有停止过的一种怨恨就是——世人首先是他的国人对他的哲学的不重视。足见他又是多么地在乎凡人和贱氓们对他的感觉。尼采在这个世界上一生只找到了一个知音,便是丹麦人莱德斯博士——因为后者在自己国家的大学里开讲"尼采哲学"……"超人"哲学——一种源于主宰人类精神的野心,通常每在知识者中形成瘟疫的思想疾病。疗药——对症大力倡导"普通人"的哲学。

（五）

将尼采与中国"文革"中的红卫兵联系起来,表面看似乎太牵强附会。然而这一种联系起来的思考,对中国是有意义也是有必要的。

事实上,抗日战争爆发以后,亦即 1937 年到 1945 年间,中国文化界便无人再鼓吹尼采。

国家将亡,民族将沦为奴族,谁还来谈怎样成为"最高的高人"呢？当"华人与狗不准入内"的牌子竖在自己国家的城市里,华人集体的人格尊严和个性解放,又能张显到哪里去呢？

事实上,1949 年以后,在中国就几乎听不到尼采的名字了。"文革"中的红卫兵,无论是中学的还是大学的,大约百分之九十九以上不知尼采其人。但是,红卫兵的理念、意志、表述思想的语言以及口号,与尼采是多么的相似啊！首先在"彻底否定一切"这一点上,两者是空前一致的。尼采认为——他以前的世界已经彻底朽烂了,而且"散发着难闻的恶臭"——这又很容易使人联想到列宁评说资产阶级"僵尸"的话,但列宁显然是不屑于"利用"尼采的吧？红卫兵认为——在自己们以前的中国,刚刚变成了"红色"的,却又由"红色"完全变成了"黑色"的。尼采要从文化上对他以前的世界进行彻底的清算。红卫兵也要对中国那样。尼采蔑视他以前的一概道德标准——文化遗产和价值判断的原则。红卫兵亦如此。尼采要由自己"改良"人类。红卫兵也同样"允诺"进行如此"伟大的事业",虽然不曾有人拜托。尼采认为自己是精神上的"最洁"者。红卫兵认为自己们是政治上的"最纯"者。尼采在精神上"唯我独尊"。红卫兵在阶级立场上也"唯我独革"。尼采极为骄傲于他血液里的一种元素——勇猛!"勇猛就是击杀!每一次击杀伴随着一次凯旋!"红卫兵也是勇猛的。每一次勇猛的行动都伴随着破坏和鲜血。"我总是想要将一只脚踏进他们(指贱氓)的嘴里!"尼采这么说。红卫兵几乎这么做,倘谁真的能将脚踏入别人们的嘴里的话。

"我的热烈的意志,重新迫使我走向人类;如铁锤之于石块。""同胞们,石块中卧着一个影像,我意象中的影像!呀!它卧在最坚固,最丑陋的石块中!""于是我的铁锤猛烈地敲击他的囚牢,石块中飞起碎片。""我要完成它,因为一个影像向我移来了!""美丽的超人向我移来了,呀!同胞们……"尼采如是说。"红卫兵战友们,让我们高举起红色的铁锤,将旧世界砸它个落花流水!让我们砸出的火星汇成一片片新世界的曙光!让我们彻底砸烂旧世界,砸出一个红彤彤的新世界!"红卫兵在"文革"中每振臂做如此大呼。尼采强烈反对说教,但是他一再说教世人要不断地"超越自我",他所授的方法是"自我刷洗"。红卫兵"超越自我"之方法是"灵魂深处爆发革命"、"狠斗私字一闪念"。两者之间惊人的相似是那么多,那么多。而最相似的一点是:尼采说"现在,这个世界当由我们来支配的时候到了";红卫兵们说"我们来掌握中国命运的时候开始了"。尼采的话印在尼采的书中;红卫兵们的话,记载在当年的红卫兵小报中。尼采有精神"红卫兵"情结,红卫兵有"后尼采意志"。这一种相似证明了一种真相,即——在某些人类的本性中,潜伏着强烈的欲念,总是企图居于主宰、统治或用尼采的较温和的话来说是"支配"的欲念,它有时体现为反抗压迫的行动;有时驱使着的仅仅是取而代之的野心。

尼采以他著书立说的方式,淋漓尽致地调动和张显了他本性中的这一欲念。"文革"以它号召"造反有理"的方式,轰轰烈烈地调动和张显了红卫兵们本性中的这一欲念。

用尼采一篇文章的标题来说,即《人性的,太人性的》——之真相。

尼采哲学的一种真相。

(六)

凡尼采思想的熔岩在中国流淌到的地方,无不形成一股股混杂着精神硫磺气味的"尼采热"。

"生长"于中国本土的几乎一切古典思想,以及后来支撑中国人国家信仰的社会主义思想,对于20世纪80年代初的中国大小知识分子们而言,已不再能真实地成为他们头脑所需的食粮。

中国人提出了一个渴望提高物质生存水平的口号——"将面包摆在中国人的餐桌上!"

面包者,洋主食也。在中国人看来,当时乃高级主食。

但中国知识分子们,在头脑所需之方面,表露同样的渴望,提出同样的口号。故一边按照从前所配给的精神食谱进行心有不甘的咀嚼,并佯装品咂出了全新滋味的样子;一边将目光向西方大小知识分子丰富的思想菜单上羡慕地瞥将过去。

如鲁迅当年因不闻文坛之"战叫"而倍感岑寂;中国那时的大小知识分子,无不因头脑的营养不良而"低血糖"。

正是在此种背景下,尼采"面包"来了,弗罗伊德"面包"来了。在大小中国知识分子眼里,它们是"精白粉面包",似乎,还是夹了"奶油"的。

与水往低处流相反,"弗尼熔岩"是往中国知识结构高处流去的。

撇开弗氏不论,单说尼采——倘一名当时的大学生,居然不知尼采,那么他或她便枉为大学生了;倘一名硕士生或博士生在别人热烈地谈论尼采时自己不能发表一两点见解以证明自己是读过一些尼采的,那么简直等于承认自己落伍了。如果一位大学里的讲师、副教授、教授乃至导师,关于尼采和学生之间毫无交流,哪怕是非共同语言的交流,那么仿佛他的知识结构在学生和弟子心目中肯定大成问题了。

这乃是一种中国特色的、知识分子们的知识"追星"现象,或曰"赶时髦"现象。虽不见得是怎么普遍的现象,却委实是相当特别的现象。此现象在文科类大学里,在文化型大小知识分子之间,遂成景观。在哲学、文学、文化艺术、社会学乃至人的价值取向和道德观诸方面,尼采的思想水银珠子,闪烁着迷人的光而无孔不入。

但是尼采的思想或曰尼采的哲学,真的那么包罗万象吗?

台湾有位诗人叫羊令野。他写过一首很凄美的咏落叶的诗,首句是:

> 我是裸着脉络来的,
> 唱着最后一首秋歌的,
> 捧着一掌血的落叶啊,
> 我将归向我最初萌芽的土地……

普遍的中国大小知识分子,其思想貌状,如诗所咏之落叶。好比剥去了皮肤,裸露着全部的神经;或裸露着全部的神经出国去感受世界,或裸露着全部的神经在本土拥抱外来的"圣哲"。每一次感受,每一次拥抱,都引起剧烈的抽搐般的亢奋——"痛并快乐着"。

当时,对于中国大小知识分子影响之久、之广、之深,我以为无有在尼采之上者。而细分析起来,其影响又分为四个阶段。或反过来说,不少中国知识分子,借尼采这张"西方皮",进行了四次精神的或曰灵魂的蜕变。

第一阶段:能动性膨胀时期。主要从尼采那里,"拿来"一厢情愿的"改良"者的野心。区别只不过是,尼采要"改良"的是全世界的人类;而中国的知识分子们,尤其文人型知识分子们,恰恰由于文化方面的自卑心理,已惭愧于面对世界发言,而只企图"改良"同胞了。这其实不能不说乃是一种积极向上的愿望和姿态,但又注定了是力有不逮之事。因为连鲁迅想完成都未能完成的,连新文化运动和"五四"都未能达到之目的,当代知识分子们也是难以接近那大志的。一国之民众是怎样的,首先取决于一国之国家性质是怎样的。所谓"道"不变,人亦不变。所以,在这一时期,"尼采"之"改良"的冲动体现于中国知识分子们身上,是比尼采那一堆堆散文诗体的呓语式的激情,更富浪漫色彩的。

尼采的浪漫式激情是"个人主义"的,而当时中国知识分子的浪漫式激情却有着"集体主义"的性质……

第二阶段:能动性退缩时期。由于"改良"民众力有不逮,"改良"国家又如纸上空谈,甚至进而变为清谈,最后仅仅变为一种连自己们也相互厌烦的习气。于是明智地退缩回对自己们具有"根据地"性质的领域,亦即"生长"于来自于的领域。

这当然只能退缩到文学、文化或所谓"学界"的领域。他们(某些知识分子)于是又恢复了如鱼得水的自信。

那时他们的口头禅是"话语权"。它并不是一种法律所要赋予人并保证于人的"话语"的正当权利。对于社会大众是否享有这样的权利他们其实是漠不关心的,他们所要争夺到的是以他们的话语为神圣话语的特权"制高点"。这使他们对于自己的同类某时缺少连当局亦有的宽容,经常显得粗暴,心理阴暗而又刁又痞。并且每每对同类使用"诛心战术"的伎俩,欲置于死地而后快。

尼采想象自己是一位新神,要用"锤"砸出一个由自己的意志"支配"的新世界。

红卫兵认为自己们是仅次于"最高统帅"的新权威,声称要"千钧霹雳开新宇"。

尼采想象自己是一股"罡风",要将他以前的人类思想吹个一干二净。

红卫兵形容自己们是"东风",要"万里东风扫残云"。

是的,他们既像尼采般自大,也像红卫兵般狂傲。甚而,有点儿像盖世太保。他们取代的野心退缩了一下,立刻又在如鱼得水的良好感觉之下膨胀起来。

他们的一个特征是,几乎从不进行原创文本的实践。因为以此方式争夺到他们的"话语权"未免太辛苦,而且缓慢。他们也根本不愿潜心于任何理论的钻研,因为他们所要的并非是什么理论的成果。他们看去似乎是批评家,但是他们的所谓批评一向充满攻击性的恶意。他们有时也为了需要"大树特树"他们眼里的"样板"。但是被他们所"树"者或已经死了,或已经沉寂。这时他们的姿态就如"最高的高人"指认出某些仅次于他们但高于众人的"高人"。对死者他们显出活着的沾沾自喜的优胜,对沉寂者他们显出"拯救"的意味。

他们的无论什么体裁的文本中,字里行间跳跃着尼采文本的自恋自赏式的主观妄想,有些文字,简直令人觉得就是从尼采文体中"偷"来的。"偷"来的自高自大,"偷"来的浮躁激情,"偷"来的浅薄"深刻"以及"偷"

来的极为表演的"孤独"……

那是饱食了"尼采面包"而从他们精神的"胃"里嗝出的消化不良的思想嗳气。

其时他们的另一口头禅便是"精英"。这一词在报刊上的出现率,与后来的"浮躁"等量齐观。它在他们的文章和语感中,浸足了"我们精英"的意识汤汁。其方式每以圈点"精英"而自成"精英"。既然已是圈点"精英"之"精英",其"话语特权"当然天经地义至高无尚。于是文化思想界的"精英",似乎与商企界的"经理"一样多起来了。如是"精英"们中的某些,一方面表演着思想的"独立",一方面目瞟着官场。在他们那儿,其实"最高的高人",便是最高的高官。一受青睐,其"独立"的思想,随即官化。他们有一种相当杰出的能力,哪怕仅仅揣摸透了官思想的只言片语,便如领悟了"真传",于是附应,且仍能特别"精英"的模样……

然而后来有一种比他们所自我想象的那一种作用更巨大的作用,便是商业时代本身的能动性。后者以同样粗暴甚至以同样刁和痞的方式,在他们还没来得及取代什么的时候,就没商量地取代了他们,连同他们所梦想的话语特权……

于是他们再也无处可以退缩,在最后的"根据地"萎缩了。

第三阶段——能动性萎缩时期。这一时期中国的"尼采弟子"们分化为两个极端相反的方面。他们中一部分人竟令人刮目相看地赶快去恭迎商业时代这一位"查拉图斯特拉",并双膝齐跪捧吻"他"的袍裾,判若两人地做出他们曾一度所不耻的最最商业的勾当,从而证明了他们与尼采精神的本质的区别。因为尼采虽是狂妄自大的,但在精神上确乎是远离"商业游戏"的。

他们中的另一部分,却真的开始"回归"自我,在自己们的一隅精神世界里打坐修行。这一点足以证明他们原本就是具有某种精神追求标准的人。也足以证明他们先前的尼采式的社会角色,是发自内心的力图积极作为的一种知识分子的良好愿望,而非哗众取宠装腔作势的虚假姿态。他们和前一类人从来就没一样过,尽管都曾聚在尼采思想的麾下。对于前一类人,尼采是一张"洋老虎"皮,披上了可使他们的狂妄自大和野心"看上去很美";而对于他们,尼采是当时从西方飘来的唯一一团新思想的"积雨云",他们希望能与之摩擦,产生中国上空的"雷电",下一场对中国有益的思想的"大雨"。只不过尼采这一团"云",并不真的具有他们所以为的那么强大的电荷……

他们无奈的精神的自我架篱自我幽禁,分明乃是中国当代某一类思想型知识分子心理的失落、失望和悲观。

尼采那种仿佛具有无边无际的自我扩张力的思想,在中国进行了一番贵宾式的巡礼之后,吸收了中国思想天空的潮度,湿嗒嗒地坠于中国当代某一类思想型知识分子的精神山头,在那儿凝成了与尼采思想恰恰相反的东西———一种中国特色的可称之为"后道家思想"的东西。一种"出世"选择与不甘心态相混杂的东西……

以上三个阶段,即从自我能动性的膨胀到退缩到自我幽禁的过程,也是许多根本不曾亲和过尼采的中国当代大小知识分子的精神录像。

尼采思想乃是在特定的历史时期,知识分子头脑中随时会自行"生长"出来的一种思想。有时它是相对于社会的一剂猛药;有时它是相对于知识分子自身的一种遗传病。

（七）

在1844年，在德国，尼采相当幸运地诞生于一个较为富裕的家庭。这个家庭远离欧洲大陆的一切灾难、愁苦和贫困。他的生日恰巧是德国的国庆日。这个家庭使他从幼年至青年一直过着无忧无虑的幸福生活。

用尼采的话说："那就是我根本无须特别打算，只要有耐心，便可以自然而然地进入一个拥有更高尚和更优美事物的世界。在这个世界里，我可以自由自在地活着……"

尼采五岁丧父。

尼采感激并崇拜他的父亲——其父曾是四位公主的教师：汉诺威皇后、康斯坦丁女大公爵、奥登堡女大公爵、泰莱莎公主。她们都是德国最显贵的女人，当然的，他的父亲是一个极其忠于王朝的人。

尼采的"哲学"几乎嘲讽了从"贱氓"到学者到诗人的世上的一切人们，包括"上帝"，而唯独对于世上的皇族和王权现象讳莫如深。

尼采的祖先是波兰贵族。

但他对此出身并不完全满意。

尼采如是说："当我想到在旅行中，甚至波兰人自己也会常把我当做波兰人时，当我想到很少有人把我看做德国人时，我就感到好像我是属于那些只有一点点德国人味道的人。"

但他强调："一方面，我毫不费力地做一个'优良的欧洲人'；在另一方面，也许我比现代德国人——即帝国时代的德国人，更为像德国人。"

但他强调："不过，我的母亲在任何一方面，都是一个典型的德国人。我的祖母也是一样，她曾与歌德周围的人有过亲密的接触，经常出现在青年歌德日记里的'爱莫琴'即是她。"

毫无疑问,尼采纵然不是一个血统论者,却也是极其看重出身、门第和血统的人。

故尼采认为:"我可以第一眼就看出那些隐秘在许多人性深处看不见的污秽,这种看不见的污秽可能是卑劣血统的结果。"

故尼采的"哲学",充满了对有着"卑劣血统"的人,即"贱氓"们的鄙视。"贱氓"在尼采的"哲学"里,正是按"成分论"划分的人群,而非从其他意义上划分的人群。

尼采的成长备受呵护与关爱——他身旁一直围绕着唯恐他受了委屈的女人:母亲、祖母、两个姑姑和妹妹,在那样一个家庭里,对于一个丧父的男孩,那些女人们的呵护和关爱是多么无微不至多么甜腻可想而知。

这是尼采成年后反感女性的第一个心理原因。

一种厌足后的反感。

尼采有过两次恋情,失败后终生未婚。

第二位女性"外表看起来可爱又有教养"。

没有结成婚姻的原因,从尼采这方面讲是"她企图将一位思想天才玩弄于股掌之上"。

后来婚姻对尼采遂成为不太可能之事——因为他已开始多少被人认为"精神有问题"。而这基本上是一个事实。

尼采的反宗教,确切地说反"上帝"心理,乃因他曾在大学修习过神学。不少与他同时代的青年知识分子,恰恰是在真正系统化地接受过神学教诲而后来成为宗教文化的批判者的,比如曾是神学院学生的俄国的别林斯基。过分赞扬尼采否定"上帝"的勇气是夸大其词的。因为"上帝"于此之前差不多已经在世人心中"死了",因为人类的历史已演进到了"上帝"该寿终正寝的时候了。

尼采是有教养的。他几乎能与周围任何人彬彬有礼地相处。当然,他周围的任何一个人都不会是一个"贱氓"。尼采是有才华的,他在古典语言学和文学见解方面的水平堪称一流。尼采的爱好是绝对优雅的——音乐和诗,而且品位极高,而且几乎成为他的头脑进行思想之余的精神依赖的爱好。

尼采是一个天生的思想者,是一个迷恋思想活动的人,甚至,可以说是一个"思想狂"。没有人能够说得清楚,究竟是"思想强迫症"使尼采后来精神分裂,还是潜伏期的精神病使尼采无法摆脱"思想强迫症"。

他的思想中最有价值的方面在我看来有两点:第一,一切道德应该尊重并建立在承认人首先是自私的这一前提之下,而不是建立在想象人应该是多么无私的基础之上。第二,这个世界发展的真相与其说是由争取平等驱动着的,毋宁说更是因为竞争——确乎,尼采以前的人类历史证明了这一点。但即使关于以上两点,也绝非尼采思想的"专利"。在他之前,东西方的哲学家们几乎无不论及此两点。比如罗素关于道德曾一语中的:"道德不应使对人快乐之事成为不快乐。"——言简意赅,说出了尼采絮絮叨叨说不清的人性真相。尼采的生活方式,是纯洁的——远避声色犬马。类似康德的那一种禁欲的生活方式,只不过比康德在乎对美食的享受。"我甚至在音乐和诗歌方面也早已显示出伟大的天才。""我对自己有一种严厉清洁的态度是我生存的第一个条件。""恐怕他们(指他的国人)很少会评断过关于我的事情……""然后事实上很多年以来,我差不多把每一封我所接到的信,都看做一种嘲弄。"

"在一种善意待我的态度中,比任何怨恨的态度中有更多的嘲弄意味。""周围一片伪装……"以上文字,比比皆是地出现在尼采的自传《瞧,这个人》中。"尼采迷"们却便认为正是他狂得可爱和敏感得恨不能将其搂抱于怀大加抚慰的"鲜明的个性"之自我写照,然而世界上任何一位有责任心的精神病医生,都不会不从精神病学经验方面加以重视。

自恋、妄想、猜疑、神经质般的敏感——在今天,这些其实已成为早期诊断精神病的一种经验。因而有才华的尼采首先是不幸的,其次是值得悲悯的,再其次才是怎样看待他的"哲学"的问题……尼采又是孤独的。执迷地爱好思想的人,内心里是超常地孤独着的。头脑被妄想型精神病所侵害着的人,内心也都是超常地孤独着的。尼采的心不幸承受此两种孤独。诗人的气质,思想的睿智,思辨的才华,令人扼腕叹息地被精神病的侵害降低了它们结合起来所应达到的高质量。

在他那优美散文诗体的思想絮片之下,在他那些亢奋的、激情灼人的、浪漫四溢的"哲学"礼花的绚丽后面,我们分明看到的是人类一颗最傲慢的心怎样被孤独所蚀损。

在这一点上尼采使我们联想到梵高。尼采在无忧无虑的体面生活中,被"思想强迫症"逼向精神分裂;梵高在朝不保夕的落魄的生活中,被"艺术强迫症"逼向同样的命运。他们反而在那过程中证明了各自毕竟具有的才华,此乃人类的一种奇迹。

尼采的孤独又体现着一部分人类之人性的典型性——即在人类那部分既"文化"了又执迷于思想的知识分子们的内心里,上苍先天地播下了孤独的种子。他们的理念路线,常诱导他们去思想这样一个亘古命题——人生的要义究竟在哪里?

第六章

人 文

人文就在我们的寻常生活中,就在我们人和人的关系中,就在我们人性的质地中,就在我们心灵的细胞中,这些都是文化教养的结果,这也是我们学文化的原动力,而且是我们传播文化的一种使命。

中国人文文化的现状

我先引用一首台湾诗人羊令野的《红叶赋》:
>我是裸着脉络来的,
>唱着最后一首秋歌的,
>捧出一掌血的落叶啊。
>我将归向我第一次萌芽的土。
>风为什么萧萧瑟瑟,
>雨为什么淅淅沥沥,
>如此深沉的漂泊的夜啊,
>欧阳修你怎么还没有赋个完呢?
>我还是喜欢那位宫女写的诗,

御沟的水啊缓缓地流,

小小的一叶载满爱情的船,

一路低吟到你跟前。

现在是一个多元化的时代,对文学的理解也以多元为好,一个人过分强调自己所理解的文学理念的话,有时可能会显得迂腐,有时会显得过于理想主义,甚至有时会显得偏激。而且最主要的是我并不能判断我的文学理念,或者说我对文学现象的认识是否接近正确。人不是越老越自信,而是越老越不自信了。这让我想起数学家华罗庚举的一个例子,他说人对社会、对事物的认识,好比伸手到袋中,当摸出一只红色玻璃球的时候,你判断这只袋子里装有红色玻璃球,这是对的,然后你第二次、第三次连续摸出的都是红色玻璃球,你会下意识地产生一个结论:这袋子里装满了红色玻璃球。但是也许正在你产生这个意识的时候,你第四次再摸,摸出一只白色玻璃球,那时你就会纠正自己:"啊,袋子里其实还有白色的玻璃球。"当你第五次摸时,你可能摸出的是木球。"这袋子里究竟装着什么?"你已经不敢轻易下结论了。

我们到大学里来主要是学知识的,其实"知识"这两个字是可以,而且应当分开来理解的。它包含对事物和以往知识的知性和识性。知性是什么意思呢?只不过是知道了而已,甚至还是只知其一,不知其二。同学们从小学到中学到高中,所必须练的其实不过是知性的能力,知性的能力体现为老师把一些得出结论的知识抄在黑板上,告诉你那是应该记住的,学生把它抄在笔记本上,对自己说那是必然要考的。但是理科和文科有区别,对理科来说,知道本身就是意义。比如说学医的,他知道人体是由多少骨骼、多少肌肉、多少神经束构成的,在临床上,知道肯定比不知道有用得多。

但是文科之所以复杂,是因为它不能仅仅停止在"知道"而已,尤其在今天这样一个资讯发达的时代。比如说我在讲电影、中外电影欣赏评论课时,就要捎带讲到中外电影史;但是在电影学院里,电影史本身已经构成一个专业,而且一部电影史可能要讲一学年。电影史就在网上,你按三个键,一部电影史就显现出来了,还需要老师拿着电影史画出重点,再抄在黑板上吗?

因此我讲了两章以后,就合上书了。我每星期只有两堂课,对同学来说,这两堂课是宝贵的,我恐怕更要强调识性。我们知道了一些,怎样认识它?又怎样通过我们的笔把我们的认识记录下来,而且这个记录的过程使别人在阅读的时候,传达了这种知识,并且产生阅读的快感?本学期开学以来,同学们都想让我讲创作,但是我用了三个星期六堂课的时间讲"人文"二字。大家非常惊讶,都举手说:"人文我懂啊,典型的一句话就够了——以人为本。"你能说他不知道吗?如果我问你们,你们也会说"以人为本";如果下面坐的是政府公务员,他们也知道"以人为本";若是满堂的民工,只要其中一些是有文化的,他也会知道人文就是"以人为本"。那么我们大学学子是不是真的比他们知道得更多一点呢?除了"以人为本",还能告诉别人什么呢?

如果我们看一下历史,三万五千年以前,人类还处在蒙昧时期,那时人类进化的成就无非就是认识了火,发明了最简单的工具武器;但是到五千年前的时候已经很不一样了,出现了城邦的雏形、农业的雏形,有一般的交换贸易,而这时只能叫文明史,不能叫文化史。

文化史,在西方至少可以追溯到公元前三千五百年,那时出现了楔形文字。有文字出现的时候才有文化史,然后就有了早期的文化现象。从公元前三千五百年再往前的一千年内,人类的文化都是神文化,在祭祀活动中,表达对神的崇拜;到下个一千年的时候,才有一点人文化的痕迹,也仅仅表现在人类处于童年想象时期的神和人类相结合生下的半人半神人物传说。那时的文化,整整用一千年时间才能得到一点点进步。

到公元前500年时,出现了伊索寓言。我们在读《农夫和蛇》的时候,会感觉不就是这么一个寓言吗?不就是说对蛇一样的恶人不要有恻隐吗?甚至我们会觉得这个寓言的智慧性还不如我们的"杯弓蛇影",不如我们的"掩耳盗铃"和"此地无银三百两"。我们之所以会有这种想法,是因为我们不能把寓言放在公元前500年的人类文化坐标上来看待。公元前500年出现了一个奴隶叫伊索,我个人认为这是人类第一次人文主义的体现。想一想,公元前500年的时候,有一个奴隶通过自己的思想力争取到了自己的自由,这是人类史上第一个通过思想力争取到自由的记录。伊索的主人在世的时候曾经问过他:"伊索,你需要什么?"伊索说:"主人,我需要自由。"他的主人那时不想给伊索自由。伊索内心也不知道自己能不能获得,他经常扮演的角色也只不过是主人有客人来时,给客人讲一个故事。伊索通过自己的思想力来创造故事,他知道若做不好这件事情,他绝然没有自由;做好了,可能有自由,也仅仅是可能。当伊索得到自由的时候,已经四十多岁了,他的主人也快死了,在临死前给了伊索自由。

当我们这样来看伊索、伊索寓言的时候,我们会对这件事,会对历史心生一种温情和感动。这就是后来为什么人文主义要把自由放在第一位的原因。在伊索之后才出现的苏格拉底、柏拉图、亚里士多德,师生三位都强调过阅读伊索的重要性。我个人把它确立为人类文明史中相当重要的人文主义事件。还有耶稣出现之前,人类是受上帝控制的,上帝主宰我们的灵魂,主宰我们死后到另一个世界的生存。但是到耶稣时就不一样了，从前人类对神文化的崇拜（这种崇拜最主要体现在宗教文化中），到耶稣这里成为人文化，这是一种很大的进步。即使耶稣这人是虚构出来的，也表明人类在思想中有一种要摆脱上帝与自己关系的本能。耶稣是人之子，是由人类母亲所生的，是宗教中的第一个非神之"神"。我们要为自己创造另一个神，才发生了宗教上的讨伐。最后在没有征服成功的情况下，说："好吧，我们也承认耶稣是耶和华的儿子。"因为流血已不能征讨人类需要一个平凡的神的思想力。

那时是人文主义的世界，我们在分析宗教的时候，发现基督教义中谈到了战争，提到如果战争不可避免，获胜的一方要善待俘虏。关于善待俘虏的话一直到今天都存在，这是全世界的共识，我们没有改变这一点，我们继承了这一点，我们认为这是人类的文明。还有，获胜的一方有义务保护失败方的妇女和儿童俘虏，不得杀害他们。这是什么？是早期的人道主义。还提到富人要对穷人慷慨一些，要关心他们孩子上学的问题，关心到他们之中麻风病人的问题。后来，萧伯纳也曾谈到过这样的问题，及对整个社会的认识，认为当贫穷存在时，富人不可能像自己想象中一样过上真正幸福的日子，请想象一下，无论你富到什么程度，只要城市中存在贫民窟，在贫民窟里有传染病，当富人不能用栅栏把这些给隔离开的时候，当你随时能看到失学儿童的时候，如果那个富人不是麻木的，他肯定会感到他的幸福是不安全的。

我今天突然想到一个问题：英国、法国都有这么长时间的历史了，但我似乎从来没有接触过欧洲的文化人所写的对于当时王权的歌颂。但在孔老夫子润色过的《诗经》里，包括《风》《雅》《颂》。《风》指民间的，《雅》是文化人的，而《颂》就是记录中国古代的文化人士对当时拥有王权者们的称颂。这给了我特别奇怪的想法，文化人士的前身，和王权发生过那样的关系，为什么会那样？古罗马在那么早的时期已经形成了三权分立、元老院。元老院的形式还是圆形桌子，每个人都可以就关系到国家命运的事物来阐述自己的观点，并展开讨论。在那样的时候，也没有出现对渥大维称颂的诗句，而《诗经》却存在着，因为我们那个时候的封建社会没有文明到这种程度。

被王权利用的宗教就会变质，变质后就会成为统治人们精神生活的方式，因此在14世纪时出现了贞洁锁、铁乳罩。当宗教走到这一步，从最初的人文愿望走到反人性，在这种情况下出现的《十日谈》就挑战了这一点，因此我们才能知道它的意义。再往后，出现了莎士比亚、达·芬奇，情况又不一样了，我们会困惑：今天讲西方古典文学的人都会知道，莎士比亚的戏剧中充满了人文主义的气息，按照我们现在的看法，莎士比亚的戏剧都是帝王和贵族，如果有普通人的话，只不过是仆人，而仆人在戏剧中又常常是可笑的配角，我们怎么说充满人文主义呢？要知道在莎士比亚之前，戏剧中演的是神，或是神之儿女的故事，而到这里，毕竟是人站在了舞台上。正因为这一点，它是人文的，就这么简单，针对神文化。

因此我们看到一个现象，在舞台上真正占据主角的必然是人上人，而最普通的人要进入文艺，需经过很漫长的争取，不经过这个争取，只能是配角。在同时代的一幅油画《罗马盛典》中，中间是苏格拉底，旁边是亚里士多德、阿基米德等，把所有罗马时期人类文化的精英都放在一个大的盛典里，而且是用最古典主义的画风把它画出来。在此之前人类画的都是神，神能那样的自信、那样的顶天立地，而现在人把自己的同类绘画在盛典中。这很重要，然后才能发展到16、17世纪的复兴和启蒙。我们今天看雨果作品的时候，看《巴黎圣母院》，感觉也不过是一部古典爱情小说而已,但有这样一个场面:卡西莫多被执行鞭笞的时候,巴黎的广场上围满了市民,以致警察要用他们的刀背和马臀去冲撞开人们。而雨果写到这一场面的时候是怀着嫌恶的,他很奇怪,为什么一个我们的同类在受鞭笞的时候,会有那么多同类围观,从中得到娱乐?这在动物界是没有的,在动物界不会发生这样的情景:一种动物在受虐待的时候,其他动物会感到欢快。动物不是这样的,但人类居然是这样的。人文主义就是嘲弄这一点。

新中国成立以后的十几年间,由外国翻译过来的文学作品不像现在这样多,是有限的一些。一个爱读书的人无论借或怎么样,总是会把这些书都读遍的。屠格涅夫的《木木》和托尔斯泰的《午夜舞会》给我以非常深的印象。

《木木》讲的是屠格涅夫出生于贵族家庭,他的祖母是女地主。有一次他跟着祖母到庄园,看到一个高大的又聋又哑又丑的看门人。看门人已经成为仆人中地位最低的一个,没有人跟他交往。他有一只小狗叫木木,当女地主出现的时候,小狗由于第一次看到她,冲着女地主吠了两声,并且咬破了她的裙边。屠格涅夫的祖母命令把小狗处死。可想而知,那个人没有亲情、没有感情、没有友情,只有与那只小狗的感情,但他并没有觉悟到也不可能觉悟到我要反抗我要争取等,他最后只能是含着眼泪在小狗的颈上拴了一块石头并抚摸着小狗,然后把小狗抱到河里,看着小狗沉下去。

还有托尔斯泰的《午夜舞会》,讲的是托尔斯泰那时是名军官,在要塞做中尉。他爱上了要塞司令美丽的女儿,两人已经谈婚论嫁。午夜要塞举行舞会,他和小姐在要塞的花园里散步,突然听到令人恐怖的喊叫声,原来在花园另一端,司令官在监督对一个士兵施行鞭笞。托尔斯泰对小姐说:"你能对你的父亲说停止吗?惩罚有时体现一下就够了。"但是小姐不以为然地说:"不,我为什么要那样做,我的父亲在工作,他在履行他的责任。"年轻的托尔斯泰请求了三次。小姐说:"如果你将来成为我的丈夫,对于这一切你应该习惯。你应该习惯听到这样的喊叫声,就跟没有听到一样。周围的人们不都是这样吗?"确实周围的人们就像没有听到一样,依旧在散步,男士挽着女士的手臂是那样的彬彬有礼。托尔斯泰吻了小姐的手说:"那我只有告辞了,祝你晚安!"背过身走的时候,他说:"上帝啊,怎么会做这样一个女人的丈夫,不管她有多么漂亮。"这影响了我的爱情观,我想以后无论我遇到多么漂亮的女人,如果她的心地像那位要塞司令官的女儿,或者她像包法利夫人那样虚荣,她都蛊惑不了我,那就是文学对我们的影响。

我从北京"大串联"回来的时候,走廊里挂满了大字报。我看到我的语文老师庞盈,从厕所出来,被剃了鬼头,脸已经浮肿,一手拿着水勺,一手拿着小桶。我不是她最喜欢的学生,但我那时的反应就是退后几步,深深地鞠个躬说:"庞盈老师,您好!"她愣了一下,我听到小桶掉在地上,她退到厕所里面哭了。多少年以后她在给我的信中说:"梁晓声,你还记得当年那件事吗?我可一直记在心里。"这也只能是我们在那个年代的情感表达而已。那时我中学的教导主任宋慧颖大冬天在操场里扫雪,没有戴手套,并且也被剃了鬼头。我跟她打招呼:"宋老师,我'大串联'回来了,也不能再上学了,谢谢你教过我们政治,我给你鞠个躬。"这是我们仅只能做到的吧,但在那个年代这对人很重要。可能有一点点是我母亲教过我的,但是书本给我的更多一些。

正因为这样,再来看那些我从前读过的名著时,我内心会有一种亲切感。大家读《悲惨世界》的时候,如果不能把它放在那个时代的文化背景里来思考,那么我们还为什么要纪念雨果?他通过《悲惨世界》那样一些书,使人类文化中立起人文主义的旗帜。他的这些书是在流亡的时候写的,连巴黎的洗衣女工都舍得掏钱来买。书里面写的冉·阿让,完全可以成为杀人犯的;里面最重要的话语就是当米里艾主教早晨醒来的时候,一切都不见了,唯一的财产也被偷走了。而米里艾主教说:"不是那样的,这些东西原本就是属于他们的。穷人只不过把原本属于他们的东西从我们这里拿走了。没有他们根本就没有这些。银盘子是经过矿工、银匠的手才产生的。"这思想就是讲给我们众多的公仆听的。正因为雨果把他的思想放在作品里面,一定会对法国的国家公仆产生影响,我们为此而纪念他。人道精神能使人变得高尚,这让我们今天读它的时候知道它的价值。

我们在看当下的写作的时候,会做出一种判断,那就是我们的作品中缺什么?也就是以我的眼来看中国的文化中缺什么?我们经常说,在经济方面落后于西方多少年,我们要补上这个课,要补上科技的一课,要补上法律意识的一课,也要补上全民文明素质的一课。但是你们听说过我们也要补上文化的一课吗?好像就文化不需要补课。这是多么奇怪,难道我们的文化真的不需要补课吗?

"五四"时期我们进行人文主义启蒙的时候,西方的人文主义已经完成了它的任务。也就是说我们的国家进行初期人文启蒙的时候,西方的文化正处于现代主义思潮的时期。他们现在可以为文学而文学,为艺术而艺术,为形式而形式,甚至可以说他们可以玩一下文学,玩一下文艺,因为文学已经达到了它的最高值。我们不会理解现代主义,因为我们从来没有完成过。尽管五千年中我们的古人也说过很多话,其中比较有名的如"民为贵,君为轻,社稷次之"。这时人文到了一种很高的境界,可它没有在现实中被实践过。当我们国家陷入深重灾难的时候,西方已经在思考后人文了,关于和平主义、关于进一步民主、关于环保主义、关于社会福利保障。

我和两位老作家去法国访问,当时下着雨,一辆法国车挡在我们的前面,我们怎么也超不过去。后来前面那辆车停下了,把车开到路边。他说一路上他们的车一直在我们前面,这不公平,车上有他的两个女儿,他不能让她们觉得这是理所当然的。我突然觉得修养在普通人的意识里能培养到什么程度。

前几年我认识了一个德国博士生古思亭,中文名字非常美。外国人能把汉语学成这样的程度是相当不易的。那天一位中国同学请她吃饭,当时在一个小餐馆里,那位同学说这个地方不安全,打算换个地方。走到半路,古思亭对她说:"要是面好了,而我们却走了,这是很不礼貌的。我得赶紧回去把钱交了。"从中我们可以看出人文到底在哪里。

人文在高层面关乎国家的公平、正义,在最朴素的层面,我个人觉得,人文不体现在学者的论文里,也不要把人文说得那么高级,不要让我没感觉到"你不说我还听得清楚,你一说我反而听不明白了"。其实人文就在我们的寻常生活中,就在我们人和人的关系中,就在我们人性的质地中,就在我们心灵的细胞中,这些都是文化教养的结果,这也是我们学文化的原动力,而且是我们传播文化的一种使命。

我再献给大家一首诗:

> 我是不会变心的
>
> 大理石
>
> 雕成塑像
>
> 铜

铸成钟

而我

是用真诚锻造的

假使

我破了

碎了

那一片片

也还是

忠诚

百年文化的表情

千年之交时,曾回眸凝睇,看中国百余年文化云涌星驰,时有新思想的闪电,撕裂旧意识的阴霾;亦有文人之呐喊,儒士之捐躯;有诗作檄文,有歌成战鼓;有鲁迅勇猛所掷的投枪,有闻一多喋血点燃的《红烛》;有《新青年》上下求索强国之道,有新文化运动势不两立的摧枯拉朽……

俱往矣!

历史的尘埃落定,前人的身影已远,在时代递进的褶皱里,百余年文化积淀下了怎样的质量?又向我们呈现着怎样的"表情"?

弱国文化的"表情",怎能不是愁郁的?怎能不是悲怆的?怎能不是凄楚的?

弱国文人的文化姿态,怎能不迷惘?怎能不《彷徨》?怎能不以其卓越的清醒,而求难得之"糊涂"?怎能不以习惯了的温声细语,而拼作斗士般的仰天长啸?

当忧国之心屡遭挫创,当同类的头被砍太多,文人的遁隐,也就是自然而然的了。

倘我们的目光透过百年,向历史的更深远处回望过去,那么遁隐的选择,几乎也是中国古代文人的"时尚"了。

那么我们就不能不谈《聊斋志异》了。蒲松龄作古已近三百年,《聊斋志异》成书面世二百四十余年。所以要越过百年先论此书,实在因为它是我最喜欢的文言名著之一。也因近百年中国文化的扉页上,分明染着蒲松龄那个朝代的种种混杂气息。

蒲公笔下的花精狐魅,鬼女仙姬,几乎皆我少年时梦中所恋。

《聊斋志异》是出世的。

蒲松龄的出世是由于文人对自己身处当世的嫌恶。他对当世的嫌恶又由于他仕途的失意。倘他仕途顺遂,富贵命达,我们今人也许——就无《聊斋》可读了。

《聊斋》又是入世的,而且入得很深。

蒲松龄背对他所嫌恶的当世,用四百九十余篇小说,为自己营造了一个较适合他那一类文人之心灵得以归宿的"拟幻现世"。美而善的妖女们所爱者,几乎无一不是他那一类文人。自从他开始写《聊斋》,他几乎一生浸在他的精怪故事里,几乎一生都在与他笔下那些美而善的妖女眷爱着。

但毕竟的,他背后便是他们嫌恶的当世,所以那当世的污浊,漫过他的肩头,淹向着他的写案——故《聊斋》中除了那些男人们梦萦魂绕的花精狐魅,还有《促织》《梦狼》《席方平》中的当世丑类。

《聊斋》乃中国古代文化"表情"中亦冷亦温的"表情"。蒲松龄以冷漠对待他所处的当世,他将温爱给予他笔下那些花狐鬼魅……

《水浒》乃中国百年文化前页中最为激烈的"表情"。由于它的激烈,自然被朝廷所不容,列为禁书。它虽产生于元末明初,所写虽是宋代的反民英雄,但其影响似乎在清末更大,预示着"山雨欲来风满楼"……

而《红楼梦》,撇开缠绵悱恻的爱情故事的主线,读后确给人一种盛极至衰的挽亡感。

此外还有《儒林外史》《官场现形记》《二十年目睹之怪现状》《老残游记》《孽海花》——构成着百年文化前页的谴责"表情"。

《金瓶梅》是中国百年文化前页中最难一言评定的一种"表情"。如果说它毕竟还有着反映当世现实的重要意义,那么其后所产生的不计其数的所谓"艳情小说",散布于百年文化的前页中,给人——具体说给我一种文化在沦落中麻木媚笑的"表情"印象……

百年文化扉页的"表情"是极其严肃的。

那是一个中国近代史上出政治思想家的历史时期。在这扉页上最后一个伟大的名字是孙中山。这个名字虽然写在那扉页的最后一行,但比之前列的那些政治思想家们都值得纪念。因为他不仅思想,而且实践,而且几乎成功。

于是中国百年文化之"表情",其后不但保持着严肃,并在相当一个时期内是凝重的。

于是才会有"五四",才会有新文化运动。

新文化运动是中国百年文化"表情"中相当激动相当振奋相当自信的一种"表情"。

鲁迅的作家"表情"在那一种文化"表情"中是个性最为突出的。《狂人日记》振聋发聩;"彷徨"的精神苦闷跃然纸上;《阿Q正传》和《坟》,乃是长啸般的"呐喊"之后,冷眼所见的深刻……

白话文的主张,当然该算是新文化运动中的一个事件。倘我生逢那一时代,我也会为白话文推波助澜的。但我不太会是特别激烈的一分子,因为我也那么地欣赏文言文的魅力。

"国防文学"和"大众文学"之争论,无疑是近代文学史上没有结论的话题。倘我生逢斯年,定大迷惘,不知该支持鲁迅,还是该追随"四条汉子"。

这大约是近代文学史上最没什么必要也没什么实际意义的争论吧?"内耗"每每也发生在优秀的知识分子们之间。

但是于革命的文学、救国的文学、大众的文学而外,竟也确乎另有一批作家,孜孜于另一种文学,对大文化进行着另一种软性的影响——比如林语堂(他是我近年来开始喜欢的)、徐志摩、周作人、张爱玲……

他们的文学,仿佛中国现代文学"表情"中最超然的一种"表情"。

甚至,还可以算上朱自清。

从前我这一代人,具体说我,每以困惑不解的眼光看他们的文学。怎么在国家糟到那种地步的情况之下还会有心情写他们那一种闲情逸致的文学?

现在我终于有些明白——文学和文化,乃是有它们自己的"性情"的,当然也就会有它们自己自然而然的"表情"流露。表面看起来,作家和文化人,似乎是文学和文化的"主人",或曰"上帝"。其实,规律的真相也许恰恰相反。也许——作家们和文化人们,只不过是文学和文化的"打工仔",只不过有的是"临时工",有的是"合同工",有的是"终生聘用"

者。文学和文化的"天性"中，原有愉悦人心、仅供赏析消遣的一面。而且，是特别"本色"的一面。倘有一方平安，文学和文化的"天性"便在那里施展。

这么一想，也就不难理解林语堂在他们处的那个时代与鲁迅相反的超然了，也就不会非得将徐志摩清脆流利的诗与柔石《为奴隶的母亲》对立起来看而对徐氏不屑了，也就不必非在朱自清和闻一多之间确定哪一个更有资格入史了。当然，闻一多和他的《红烛》更令我感动，更令我肃然。

历史消弭着时代烟霭，剩下的仅是能够剩下的小说、诗、散文、随笔——都将聚拢在文学和文化的总"表情"中……

繁荣在延安的文学和文化，是中国自有史以来，气息最特别的文学和文化，也是百年文化"表情"中最纯真烂漫的"表情"——因为它当时和一个最新最新的大理想连在一起。它的天真烂漫是百年内前所未有的。说它天真，是由于它目的单一；说它烂漫，是由于它充满乐观……

新中国成立后，前17年的文学和文化"表情"是"好孩子式"的。偶有"调皮相"，但一遭眼色，顿时中规中矩。

"文革"中的文学和文化"表情"是面具式的，是百年文化中最做作最无真诚可言的最讨厌的一种"表情"。

新时期文学的"表情"是格外深沉的，那是一种真深沉。它在深沉中思考国家，还没开始自觉地思考关于自己的种种问题……

20世纪80年代后期的文学和文化"表情"是躁动的，因为中国处在躁动的阶段……

90年代前五年的文化"表情"是"问题少年式"的。它的"表情"意味着——"你"有千条妙计，"我"有一定之规……

90年代后五年的文化"表情"是一种"自我放纵"乐在其中的"表情"。"问题少年"已成独立性很强的"青年"。它不再信崇什么。它越来越不甘再被拘束,它渴望在"自我放纵"中走自己的路。这一种"自我放纵"有急功近利的"表情"特点,也每有急赤白脸的"表情"特点,还似乎越来越玩世不恭……

据我想来,在以后的中国当代文学和文化,将会在"自我放纵"的过程中渐渐"性情"稳定。归根结底,当代人不愿长期地接受喧嚣浮躁的文学和文化局面。

归根结底,文学和文化的主流品质,要由一定数量一定质量的创作来默默支撑,而非靠一阵阵的热闹及其他……

情形好比是这样的——百年文化如一支巨大的"礼花",它由于受潮气所侵而不能至空一喷,射出满天灿烂,花团似锦;但其断断续续喷出的光彩,毕竟辉辉烁烁照亮过历史,炫耀过我们今人的眼目。而我们今人是这"礼花"的最后的"内容"……

当文学和文化已经接近着自由的境况,相对自由了的文学和文化还会奉献什么?又该是怎样的一种"表情"?什么是我们自己该对自己要求的质量?

新千年中的新百年,正期待着回答……

第七章

教 育

中国当代大学生——他们是这样一些人群;甚至,可以说是这样一些孩子——智商较高,思想较浅;自视较高,实际生存的社会能力较弱;被成人社会看待他们的误区宠得太"自我",但他们的"自我"往往一遇具体的社会障碍就顿时粉碎……

大学生真小

对于中国当代大学生,多年以来,我头脑里始终存在着一个看待上的误区。这误区没被自己意识到以前,曾非常地使我困惑。不明白问题究竟出在我自己这儿,还是只出在大学生们那儿。

真的,实话实说,我曾多么惊讶于他们的浅薄啊!我是多次被请到大学里去与大学生们进行过"对话"的人。每次回家后,续想他们所提的问题,重看满衣兜的纸条,不禁奇怪——中国当代大学生们提问题的水平便是这样的么?与高中生有什么区别?甚至,与初中生有什么区别?

有次我在大学里谈到——在我的青年时代,也就是在"文革"中,坦言自己对于社会现实的真实思想和真实感受是相当危险的。倘公开坦言,就不但危险,有时简直等于自我毁灭了……

结果递到讲台上不少条子。而那些条子上写的疑问综合起来可以概括为这么一句话——为什么？不明白，难道坦诚不是优点么？自然，我可以耐心解释给他们听，半分钟内就可以解释得明明白白。但在大学里，面对当代中国大学生，这样的问题竟是需要解释的么？难道他们对"文革"真的一无所知？关于"文革"的书籍，以及登载于报刊的回忆文章，千般万种，他们竟一本都不曾翻过？一篇都不曾读过？他们的父母从不曾对他们讲起过"文革"？就连某些电视剧里也有"文革"社会形态的片断呀！

也许，有人会认为，那是大学生们明知故问，装傻。而当时给我的现场印象是他们绝非装傻。还曾有过这样两张条子——"中国当代知识分子英年早逝者多多，这是否与他们年轻时缺乏营养饮食的起码常识有关？"

"我讨厌我们学校那些穷困大学生。既然家里穷，明明上不起大学，干吗非不认命！非要在激烈的竞争中挤到大学里来！害得我这样家庭富裕的大学生不得不假惺惺地向他们表示爱心！他们在大学校园里的存在是合情合理的么？这种强加于人的爱心是社会道德的原则么？"

振振有词，但其理念是多么的冰冷啊！是的。我承认我在大学里曾很严厉地斥责过他们，甚至很粗鲁地辱骂过他们。……我终于明白，问题不出在他们那儿，而几乎完完全全地出在我自己这儿。完完全全地是我自己看待他们的一个早就该纠偏的误区，是我儿子使我明白了这一点。那年他已经高二了。有一天我问他："你能说出近半年内你认为的一件国际大事件么？"

他想了想回答道："周润发拍了一部被美国评为最差的影片。"

"你！……再回答一遍！"

"我又怎么了?"

"克隆羊的诞生知道不知道?"

"知道哇。"

"英特网知道不知道?"

"知道哇。"

"科索沃问题知道不知道?"

"知道哇。"

"那为什么不回答那些?"

"那些是你认为的,不是我认为的。你不是让我说出我认为的么?"

"但是你!……你你你怎么可以那样认为!"我真想扇他一耳光。

他也振振有词:"我怎么不可以那样认为?你不是也常常向人表白,你是多么地渴望思想的自由么?"

我压下怒火,苦口婆心:"但是儿子呀,如果是一道政治考题,你就一分也得不到了!"

"但是考试是一回事,平时是另一回事!"

我凝视着自己的儿子,一时无法得出正确的判断——他究竟是成心气我,还是真的另有一套古怪的却又自以为是的思想逻辑?我不禁暗想,如果他已然是一名大学一二年级学生了,我对他这样的大学生可该下什么结论好?

而我每次被请到大学生里去"对话",所面对的,其实主要都是大一大二的学生群体,大三大四的学生很少。大学生一到了大三大四,基本上不怎么热衷于与所谓名人"对话"了,而那正是他们渐渐开始成熟的表现呀!

大一大二的大学生,他们年龄真小!

他们昨天还叫我们叔叔,甚至伯伯,经历了某一年的一个7月,于是摇身一变成了大学生。的确,与是高中生时的他们相比,思想的空间又会一下子扩展到了多么大的程度呢?

大学并非一台思想成熟的加速机器呀!

大学的院墙内,并不见得一律形成着对时代对社会的真知灼见呀。长期自禁于大学校园内的人,无论教授们还是博士们硕士们本科生们,他们对社会对时代的认识,与社会和时代状态本身的复杂性芜杂性是多么严重地脱节着,难道不是一个不争的事实么?

当年我自己的儿子又看过几本课本以外的书籍?他有几多时间看电视?每天也就洗脚的时候看上那么十几分钟。他又有几多时间和我这个父亲主动交谈?如果我也不主动和他交谈,我几乎等于有的是一个哑巴儿子。家中哪儿哪儿都摆着的报刊,他又何尝翻过?

我曾问他"四人帮"指哪四个人?他除了答上一个江青,对另外三人的名字似乎闻所未闻。我何曾向他讲过我所经历的那些时代?他对那些时代几乎一无所知不是太正常了么?他的全部精力几乎每天都用在了学习上,用在了获得考分上,对于此外的许多社会时事无暇关注,不是也就不太奇怪了么?

每年的7月以后,在中国,不正是有许许多多这样的我们的孩子,经过一番昏天暗日的竞争之后,带着身体的和心理的疲惫摇身一变成了大学生么?

大一简直就相当于他们的休闲假。而大二是他们跃跃欲试证明自己组织能力的活动年。我在他们大一大二时"遭遇"到他们,我又有什么理由对他们产生过高的要求?

大学生毕竟不是大学士啊!

一名大一大二的学生,虽然足可以在他们所学的知识方面笑傲他们没有大学文凭的父母,但在其他方面,难道不仍是父母们单纯又不谙世事的小儿女么?

都是独生子女,他们的少年期在父母心目中往往被无形地后延了。

由我自己看待大学生们的误区,我想到了当代中国许许多多成年人,许许多多知识分子,乃至几乎整个社会看待大学生们的误区。

一本书是否有价值,往往要以在大学生们中反响如何来判断——他们的评说就那么权威?

须知不少大一大二的女生,床头摆的是琼瑶,甚至是《安徒生童话集》。在她成为大学生以前,在她们所学的字足可以自己阅读以后,她们几乎连一则世界著名的童话故事都未读过……

一部电影仅仅受大学生喜欢就特别值得编导演欣慰了?

须知他们中许许多多人在是大学生以前就没看过几场电影。使他们喜欢并非很高的标准。使他们感动的,也往往感动许许多多不是大学生的人。我们要提出的问题倒是——如果感动了许许多多的人,竟不能感动大学生们,那么,原因何在?是许许多多的人"心太软",还是大学生们已变得太冷?

一位成年人在大学演讲获得了阵阵掌声,就一定证明他的演讲很有思想很精彩?

须知有时候要获得大学生们的掌声是多么的容易!一句浅薄又偏激甚至一句油滑的调侃就行了——而那难道不是另一种媚俗!

而所有误区中最可怕的误区乃是——有时我们的成人社会,向当代中国大学生们做这样的不负责任的暗示——因为你们是大学生啊,所以请赶快推动这个国家的进步吧!除了指望你们,还能指望谁呢?

甚至,那暗示可能是这样的意思——拯救中国吧,你们当代大学生们!

倘接受了这样的暗示,倘大学生们果真激动起来热血沸腾起来义不容辞起来想当然起来,他们便以他们的方式反腐败,他们便以他们的方式要民主,他们便以他们的方式去一厢情愿地推动中国的时代车轮……

而这些伟大又艰巨的使命,即使一批又一批对国家有真责任感的成年人,实践起来也是多么的力难胜任?

成人社会凭什么将自己们力难胜任,需要时间,需要条件,需要耐心之事"委托"给中国当代大学生们去只争朝夕地完成?

反省我自己,何尝不也是那样的一个成年人?

我不是也在大学的讲台上激昂慷慨过么?仿佛中国之事只要大学生们一参与,解决起来就快速得多简单得多似的……羞耻啊,羞耻!虽然我并没有什么叵测之心,但每细思忖,不禁自责不已。中国当代大学生——他们是这样一些人群;甚至,可以说是这样一些孩子——智商较高,思想较浅;自视较高,实际生存的社会能力较弱;被成人社会看待他们的误区宠得太"自我",但他们的"自我"往往一遇具体的社会障碍就顿时粉碎……

说到底,我认为,我们成人社会应向他们传递的是这样的意识——学生还是应以学为主。不要分心,好好学习。至于谁该对国家更有责任感,结论是明确的,那就是中年人。责任,包括附带的那份误解和沉重……

也应传递这样的意识——思想的浅薄没什么,更不值得自卑。而且,也不一定非从贬意去理解。"浅",无非由于头脑简单;"薄",无非是人生阅历决定的。浅薄而故作高深,在大学时期是最可以原谅的毛病。

倘不过分,不失一种大学生的可爱。而且,包括忍受他们种种冰冷的理念,不妨姑且相信他们由于年龄小暂时那样认为。

说到底,我认为,成人社会应以父辈的和母辈的成熟资格去看待他们——而不是反过来,仿佛他们一旦一脚迈入大学,成人社会就该以小字辈三鞠其躬似的……

那会使他们丧失了正确的感觉,也会使我们成人社会丧失了正确的感觉。

而且,会使社会的正常意识形态交流怪怪的……

瞧,那些父亲们

有时候,父亲们对儿女们之宠爱、溺爱,竟远远超过于母亲们。将儿女们当做宠物一般来爱,是谓宠爱;将儿女们终日浸泡于这种过分的爱中,是为溺爱。宠爱也罢,溺爱也罢,都曰"惯",民间又说成"惯孩子"。"惯孩子"惯到无以复加,难免遭侧目,民间的批评语常是"惯孩子也没见过那么个惯法的"。此言之意有二:一是既为父母嘛,谁还没惯过自己的孩子呢? 二是超乎一般的惯法,却委实是不可取的,而且肯定是对孩子有害的。故民间有句诫言是:"惯子如杀子。"结果,必然是身为父母者自食苦果,甚而恶果。

人类早就总结过这方面的许多教训。在别国,最典型的也是比较早的一例,记载于古希腊神话中,体现于太阳神阿波罗身上。阿波罗是很受凡人崇拜的一位神,关于他的事迹,几乎都是正面的。他似乎具有种种良好的神之品德,连他为数不多的一两次绯闻,凡人也当成无伤大雅的逸事来传诵,并不多么地诟病之,不像对他的父亲宙斯那么加以大不敬的一些评论。口碑极佳的太阳神最主要的缺点,便是"惯孩子"这一条了。

太阳神的儿子叫法厄同。有一天,他向父亲提出了一个非分的请求,要驾父亲的神马神车在天穹兜风。那神马神车是太阳神的"公务车",除了他自己,任何人连碰也没碰过。并且,那是多么危险的事情不言而喻,但太阳神出于对儿子的"惯",居然答应了。神权乃神圣之特权,特权宠授,结果祸事发生——神车翻于空中,引起熊熊烈火。神马挣脱缰绳跑了,法厄同却被烧成一个火球,坠落一条河中,焦头烂额地惨死了。连大地也深受天火之害,据说沙漠便是因这一场天火形成的。河神大为怜悯,埋葬了那碳化的少年之尸体。不幸到此还不算完,法厄同的姐妹们痛不欲生,哭了四天四夜,哭得众神不忍看下去听下去,将她们变成了扎根在法厄同坟旁的杨树。阿波罗不但因自己铸成的大错使人间遭殃,失去了心爱的儿子,也失去了心爱的女儿们……

另一例惯子的教训,也同样记载于希腊神话中,便是特洛伊城的灭亡。帕里斯这个风流成性的特洛伊国小王子,本来是肩负着一国重任,率船队去往斯巴达国,商讨接回特洛伊国美女海伦的。海伦受着爱神的庇护,美貌不衰。她是在一次战役中作为"战利品"而归属于斯巴达王的,后来虽被封为王后,与斯巴达王之间却并无真爱。故帕里斯的使命,具有刷洗特洛伊国家耻辱的重大性质。这一使命之完成,需要爱国情怀和大智大勇。但帕里斯却根本不是一个以国家使命为重的人,他趁斯巴达王并不在国内,说服对他一见倾心的海伦乘他们的船逃离了斯巴达国。而这一做法,使一次理直气壮的使命,变成了卑劣行径。他自己以及特洛伊国,于是背上了拐走别国王后的罪名。这还不算,他又没有直接将海伦带回国去,而是先命船队驶往一个岛屿,与海伦在岛上同床共寝过起夫妻生活来。直至希腊人对特洛伊城大军压境,他才为了自己的安全携海伦偷偷潜回特洛伊。公平论之,海伦未尝不值得同情。但解救一个值得同情的女人的命运,须以光明正大的方式才算正义。如果说"木马计"证明了希腊人的狡狯;那么帕里斯的行径,毫无疑问地使全体特洛伊人大蒙蝇苟之羞。作为兄长的赫克托耳是意识到了这一点的,所以他怒斥弟弟自私而可耻。事情严峻到如此程度,化解的策略也还是有的。赔礼道歉,劝海伦为着特洛伊城众生免遭屠戮,谎辩自己实是被掠,暂且随斯巴达王回去,解救之事从长计议未尝不是明智之举。起码可以试一试。赫克托耳便是这么主张的,但更爱弟弟帕里斯的父王,又哪里听得进长子的话呢?他为了成全帕里斯与海伦的二人之欢,以"保护女人是男人的义务"做口号,激励全城军民众志成城,与希腊人决一死战。口号一经由国王提出,不是统一的意志也只能而且必须是统一之意志了。结果是人们都知道的,双方横尸遍野,美丽富裕的特洛伊城灰飞烟灭。希腊人攻入城内之后,大开杀戒,屠城报复,特洛伊城幸免此劫者寡。《希腊神话》中写着,特洛伊国王有包括赫克托尔和帕里斯在内的五十余个儿子,除了帕里斯携海伦逃之夭夭,其他王子皆战死沙场,特洛伊王普里阿莫斯也丧尽王的尊严,可悲地死于敌人剑下……

还有一位父亲对女儿的爱也很离谱,便是《圣经故事》中的希律王。他美丽的女儿莎乐美爱上了游走到希律国的先知圣·约翰。但是圣·约翰的心另有所属,他早将自己的爱全部奉献给了"上帝",他拒绝莎乐美诱惑时的语言冰冷以致嫌恶,使莎乐美恼羞成怒怀恨在心。她在父亲的生日为父亲献舞。希律王大为开心，对爱女说无论她要什么，只要是世上有的，都将实现她的愿望。

莎乐美的愿望令人不寒而栗，她要的东西是圣·约翰的头。

希律王并非不知圣·约翰是一位伟大的先知，却为了使女儿高兴，命人砍下了先知的头，用金盘子托给了莎乐美。

巴尔扎克的名著《高老头》中的高老头，对两个女儿的爱具有拷贝现实般的虚荣特征和强迫症特征。他曾是制粉业巨子，为了使两个女儿光荣地成为侯爵夫人，不惜以巨额财富作为她们的嫁妆，致使自己变得一无所有，不得不孑然一身住进巴黎的廉价公寓。而他的两个贪得无厌的女儿仍一再地向他索钱，并且相互猜忌，认为对方肯定从父亲那儿索要到了比自己多的钱或好东西，于是彼此憎恨。只要一见面，就仿佛变成了两只好斗的公鸡，恨不得一下子将对方的眼珠啄出来。高老头最后死于饥寒交迫与病痛的折磨之中，而那时，两个仇敌般的女儿一个都不愿再到他身边去……

在中国，千夫所指的父亲是《水浒传》中的高太尉。他对高衙内的宠惯，使他不惜以高官身份亲自在阴谋诡计中扮演重要角色，害得林冲家破妻亡，最终被逼上梁山……

20世纪80年代初，即刚刚粉碎"四人帮"不久，中国枪毙了几名"高衙内式"的干部子弟。他们的所作所为，实在是与高衙内差不了多少的，不杀不足以平民愤。

当下中国，贪官不少，可谓"层出不穷"。他们的贪，目的各异，或为供一己挥霍享乐，或因金屋藏娇，奉养"二奶"。但确乎有一些操权握柄的父亲，其贪主要是为了儿女。

想来，既为官，他们的儿女的工作、收入、生活，怎么也不会太差。但他们的父亲们,认为他们没有别墅,没有名车,没有巨额存款,便实在是自己的心病了。没有一定得有怎么办呢?于是便只能靠自己们利用职权替儿女们去贪。这一贪,往往便是收不住手的。几千万是贪,几个亿也是贪。索性,替儿女们,将儿女们的儿女们未来的那份儿,也由自己在位时一总的贪足了。这才是,"惯孩子也没有那么个惯法的"!

这样一些父亲,大抵是不知以上希腊神话故事或《圣经》故事的;告诉他们也是白告诉,他们根本不信那种因果报应的"邪"。而事实上,"法网恢恢,疏而不漏"这种话,恐怕只验证在他们中一部分人身上了。倘若真有人神通广大,竟搞出一份详实的"高官儿女富豪榜"来,那肯定会令全中国全世界目瞪口呆的。连我这种从不关注所谓"黑幕"之人,也是多少知道一些的啦。

所以一般的人们,根本不要指望靠了文化的浸淫帮助他们获得救赎。据我所知,他们是极端蔑视文化的。他们一向认为,文化的教育功能,那主要是针对老百姓而言的。

然而文化终究影响过人类的大多数。在我们人类还处在童年和少年时期,便通过种种的神话故事,试图一代代劝诫和教育我们的后人——怎样做人为对,怎样做人为错;包括怎样做父亲母亲,尤其怎样做有权势的父亲母亲。古人此种良苦用心,值得今人感恩戴德。

故我认为,贪官们不信的,我们当信。我们信起码对我们有一点保佑,那就是——将来某一天被他们所轻蔑的文化因了他们的叶公好龙而报复社会的时候,我们兴许会清醒地知道那报复的起源,因而便也能以文化的眼镜定视之,而不至于不知所措……

第八章

>>> 青　年

当代中国青年,他们是些令人失望的青年;当代中国青年,他们是些足以令中国寄托希望的青年。

当今中国青年阶层分析

(一)

报载,当下中国有一万余位资产在两亿以上的富豪们,"二世祖"是南方民间对他们儿女的叫法。关于他们的事情民间谈资颇多,人们常津津乐道。某些报刊亦热衷于兜售他们的种种事情,以财富带给他们的"潇洒"为主,羡慕意识流淌于字里行间。窃以为,1万多相对于13亿几千万人口,相对于4亿几千万中国当代青年,实在是少得并没什么普遍性,并不能因为他们是某家族财富的"二世祖",便必定具有值得传媒特别关注之意义。故应对他们本着这样一种报道原则——若他们做了对社会影响恶劣之事,谴责与批判;若他们做了对社会有益之事,予以表扬与支持。否则,可认为他们并不存在。在中国,值得给予关注的群体很多，不是不报道"二世祖"们开什么名车，养什么宠物，第几次谈对象便会闲得无事可做。传媒是社会的"复眼"，过分追捧明星已够讨嫌，倘再经常无端地盯向"二世祖"们，这样的"复眼"自身毛病就大了。

由于有了以上"二世祖"的存在，所谓"富二代"的界定难免模糊。倘不包括"二世祖"们，"富二代"通常被认为是这样一些青年——家境富有，意愿实现起来非常容易，比如出国留学，比如买车购房，比如谈婚论嫁。他们的消费现象，往往也倾向于高档甚至奢侈。和"二世祖"们一样，他们往往也拥有名车。他们的家庭资产分为有形和隐形的两部分，有形的已很可观，隐形的究竟多少，他们大抵并不清楚，甚至连他们的父母也不清楚。我的一名研究生曾幽幽地对我说："老师，人比人真是得死。我们这种学生，毕业后即使回省城谋生，房价也还是会让我们望洋兴叹。可我认识的另一类大学生，刚谈恋爱，双方父母就都出钱在北京给他们买下了三居室，而且各自一套。只要一结婚，就会给他们添辆好车。北京房价再高，人家也没有嫌高的感觉！"——那么，"另一类"或"人家"自然便是"富二代"了。

我还知道这样一件事——女孩在国外读书，忽生"明星梦"，非要当影视演员。于是母亲带女儿专程回国，到处托关系，终于认识了某一剧组的导演，声明只要让女儿在剧中饰一个小角色，一分钱不要，还愿意反过来给剧组几十万。导演说您女儿也不太具有成为演员的条件啊，当母亲的则说，那我也得成全我女儿，让她过把瘾啊！——那女儿，也当属"富二代"无疑了。

如此这般的"富二代"，他们的人生词典中，通常没有"差钱"二字。他们的家长尤其是父亲们，要么是中等私企老板，要么是国企高管，要么是操实权握财柄的官员。倘是官员，其家庭的隐形财富有多少，他们确乎难以了解。他们往往一边享受着"不差钱"的人生,一边将眼瞥向"二世祖"们,对后者比自己还"不差钱"的生活方式消费方式每不服气,故常在社会上弄出些与后者比赛"不差钱"的响动来。

我认为,对于父母是国企高管或实权派官员的他们,社会应予以必要的关注。因为这类父母中不乏现行弊端分明的体制的最大利益获得者及最本能的捍卫者。有些身为父母的人,对于推动社会民主、公平、正义是不安且反感的。有这样的父母的"富二代",当他们步入中年,具有优势甚至强势话语权后,是会站在一向依赖并倍觉亲密的利益集团一方,发挥本能的维护作用,还是会比较无私地超越那一利益集团,站在社会公平和正义的立场,发符合社会良知之声,就只有拭目以待了。如果期待他们成为后一种中年人,则必须从现在起,运用公平、正义之自觉的文化使他们受到人文影响。而谈到文化的人文思想影响力,依我看来,在中国,不仅对于他们是少之又少微乎其微,即使对最广大的青年而言,也是令人沮丧的。故我看未来的"富二代"的眼,总体上是忧郁的。不排除他们中会产生足以秉持社会良知的可敬人物,但估计不会太多。

在中国,如上之"富二代"的人数,大致不会少于一两千万。这还没有包括同样足以富及三代五代的文娱艺术界超级成功人士的子女。不过他们的子女人数毕竟有限,没有特别加以评说的意义。

(二)

世界上任何一个国家,中高级知识分子家庭几乎必然是该国中产阶层不可或缺的成分,少则占三分之一,多则占一半。中国国情特殊,20世纪80年代以前,除少数高级知识分子,一般大学教授的生活水平虽比城市平民阶层的生活水平高些,但其实高不到哪儿去。以后,这些人家生活水平提高的幅度不可谓不大,他们成为改革开放的直接受惠群体是无可争议的事实。不论从居住条件还是收入情况看,知识分子家庭的生活水平已普遍高于工薪阶层。另一批,正有希望跻身于中产阶层。最差的一批,生活水平也早已超过所谓"小康"。

然而 2009 年以来的房价大飙升,使中产阶层生活状态顿受威胁,他们的心理也受到重创,带有明显的挫败感。仅以我语言大学的同事为例,有人为了资助儿子结婚买房,耗尽二三十年的积蓄不说,儿子也还需贷款一百余万,沦为"房奴",所买却只不过八九十平方米面积的住房而已。还有人,夫妻双方都是五十来岁的大学教授,从教都已二十几年,手攥着百余万存款,儿子也到了结婚年龄,眼睁睁看着房价升势迅猛,不知如何是好,只有徒唤奈何。他们的儿女,皆是当下受过高等教育的青年,有大学学历甚至是硕士、博士学历。这些青年成家立业后,原本最有可能奋斗成为中产阶层人士,但现在看来,可能性大大降低,愿景极为遥远了。他们顺利地谋到"白领"职业是不成问题的,然"白领"终究不等于中产阶层。中产阶层也终究得有那么点儿"产"可言,起码人生到头来该有产权属于自己的一套房子。可即使婚后夫妻二人各自月薪万元,要买下一套两居室的房子,由父母代付部分购房款,也还得自己贷款一百几十万。按每年可偿还十万算,亦需十几年方能还清。他们从参加工作到实现月薪万元,即使工资隔年一升估计至少也需十年。那么,前后加起来可就是二十几年了,他们也奔五十了。人生到了五十多岁时,才终于拥有产权属于自己的两居室,尽管总算有份"物业"了,恐怕也还只是"小康人家",而非"中产"。何况,他们自己也总是要做父母的。一旦有了儿女,那一份支出就大为可观了,那一份操心也不可等闲视之。于是,拥有产权属于自己的一套房子的目标,便离他们比遥远更遥远了。倘若双方父母中有一位甚至有两位同时或先后患了难以治疗的疾病,他们小家庭的生活状况也就可想而知了。

好在,据我了解,这样一些青年,因为终究是知识分子家庭的后代,可以"知识出身"这一良好形象为心理的盾,抵挡住贫富差距巨大的社会现实的猛烈击打。所以,他们在精神状态方面一般还是比较乐观的。他们普遍的人生主张是活在当下,抓住当下,享受当下;更在乎的是于当下是否活出了好滋味,好感觉。这一种拒瞻将来,拒想将来,多少有点及时行乐的人生态度,虽然每令父母辈摇头叹息,对他们自己却未尝不是一种明智的行为。并且,他们大抵是当下青年中的晚婚主义者。内心潜持独身主义者,在他们中也为数不少。三分之一左右按正常年龄结婚的,打算做"丁克"一族者亦大有人在。

在中国当下青年中,他们是格外重视精神享受的。他们也青睐时尚,但追求比较精致的东西,每自标品位高雅。他们是都市文化消费的主力军,并且对文化标准的要求往往显得苛刻,有时近于尖刻。他们中一些人极有可能一生清贫,但大抵不至于潦倒,更不至于沦为"草根"或弱势。成为物质生活方面的富人对于他们既已不易,他们便似乎都想做中国之精神贵族。事实上,他们身上既有雅皮士的特征,也确乎同时具有精神贵族的特征。

一个国家是不可以没有一些精神贵族的;绝然没有,这个国家的文化也就不值一提了。即使在非洲的部落民族,也有以享受他们的文化精品为快事的"精神贵族"。

他们中有不少人将成为中国未来高品质文化的守望者。不是说这类守望者只能出在他们中间,而是说由他们之间产生更必然些,也会更多些。

（三）

出生于"城市平民"这个阶层的当下青年，尤其是受过高等教育的他们，相当一部分内心是很凄凉悲苦的。因为他们的父母，最是一些"望子成龙"、"望女成凤"的父母，此类父母的人生大抵历经坎坷，青年时过好生活的愿景强烈，但这愿景后来终于被社会和时代所粉碎。但愿景的碎片还保存在内心深处，并且时常也还是要发一下光的，所谓"未泯"。设身处地想一想确实令人心痛。中国城市平民人家的生活从前肯定比农村人家强，也是被农民所向往和羡慕的。但现在是否还比农民强，那则不一定了。现在不少的城市平民人家，往往会反过来羡慕农村富裕的农民，起码农村里那些别墅般的二三层小楼，便是他们每一看见便会自叹弗如的。但若有农民愿与他们换，他们又是肯定会摇头的。他们的根已扎在城市好几代了，不论对于植物还是人，移根是冒险的，会水土不服。对于人，水土不服却又再移不回去，那痛苦就大了。

"所谓日子，过的还不是儿女的日子！"这是城市平民父母们之间常说的一句话，意指儿女是唯一的精神寄托，也是唯一过上好日子的依赖，更是使整个家庭脱胎换骨的希望。故他们与儿女的关系，很像是体育教练与运动员的关系，甚至是拳击教练与拳手的关系。在他们看来，社会正是一个大赛场，而这也基本是事实，起码目前在中国是一个毫无疑问的事实。所以他们常心事重重、表情严肃地对儿女们说："孩子，咱家过上好生活可全靠你了。"出生于城市平民人家的青年，从小到大，有几个没听过父母那样的话呢？

可那样的话和"十字架"又有什么区别？话的弦外之音是——你必

须考上名牌大学,只有毕业于名牌大学才能找到好工作;只有找到好工作才有机会出人头地,只有出人头地父母才能沾你的光在人前骄傲,并过上幸福又有尊严的生活;只有那样,你才算对得起父母……即使嘴上不这么说,心里也是这么想的。

于是,儿女领会了——父母是要求自己在社会这个大赛场上过五关斩六将,夺取金牌金腰带的。于是对于他们,从小学到大学都成了赛场或拳台。然而除了北京、上海,在任何省份的任何一座城市,考上大学已需终日刻苦,考上名牌大学更是谈何容易!并且,通常规律是——若要考上名牌大学,先得挤入重点小学。对于平民人家的孩子,上重点小学简直和考入名牌大学同样难,甚至比考上名牌大学还难。名牌大学仅仅以高分为王,进入重点小学却是要交赞助费的,那非平民人家所能承受得起。往往即使借钱交,也找不到门路。故背负着改换门庭之沉重"十字架"的平民家庭的儿女们,只有从小就将灵魂交换给中国的教育制度,变自己为善于考试的机器。但即使进了重点初中、重点高中、重点大学,终于跃过了龙门,却发现在龙门那边,自己仍不过是一条小鱼。而一迈入社会,找工作虽比普通大学的毕业生容易点,工资却也高不到哪儿去。本科如此,硕士博士,情况差不多也是如此,于是倍感失落……

另外一些只考上普通大学的,高考一结束就觉得对不起父母了,大学一毕业就更觉得对不起父母了。那点工资,月月给父母,自己花起来更是拮据。不月月给父母,不但良心上过不去,连面子上也过不去。家在本市的,只有免谈婚事,一年又一年地赖家而居。天天吃着父母的,别人不说"啃老",实际上也等于"啃老"。家在外地的,当然不愿让父母了解到自己变成了"蜗居"的"蚁族"。和农村贫困人家的儿女们一样,他们是中国不幸的孩子——苦孩子!

我希望中国以后少争办些动辄"大手笔"地耗费几千亿的"国际形象工程",省下钱来,更多地花在"苦孩子们"身上——这才是正事!

他们中考上大学者,几乎都可视为坚卓毅忍之青年。

他们中有人最易出现心理问题,倘缺乏关爱与集体温暖,每酿自杀自残的悲剧,或伤害他人的惨案。然他们总体上绝非危险一族,而是内心最郁闷、最迷惘的一族,是纠结最多、痛苦最多,苦苦挣扎且最觉寡助的一族。

他们的心,敏感多于情感,故为人处世每显冷感。对于帮助他们的人,他们心里也是怀有感激的,却又往往倍觉自尊受伤的刺痛,结果常将感激封住不露,饰以淡漠的假象。而这又每使他们给人以不近人情的印象。这种时候,他们的内心就又多了一种纠结和痛苦。比之于同情,他们更需要公平;比之于和善相待,他们更需要真诚的友谊。

谁若果与他们结下了真诚的友谊,谁的心里也就拥有了一份大信赖,他们往往会像狗忠实于主人那般忠实于那份友谊。他们那样的朋友是最难交的,居然交下了,大抵是一辈子的朋友。一般情况下,他们不会轻易或首先背叛友谊。

他们像极了于连。与于连的区别仅仅是,他们不至于有于连那么大的野心。事实上他们的人生愿望极现实,极易满足,也极寻常。但对于他们,连那样的愿望实现起来也需不寻常的机会。"给我一次机会吧!"——这是他们默默在心里不知说了多少遍的心语。但又一个问题是——此话有时真的有必要对掌握机会的人大声地说出来,而他们往往比其他同代人更多了说之前的心理负担。

他们中之坚卓毅忍者,或可成将来靠百折不挠的个人奋斗而成功的世人偶像,或可成将来足以向社会贡献人文思想力的优秀人物。

人文思想力通常与锦衣玉食者无缘。托尔斯泰、雨果们是例外,并且考察他们的人生,虽出身贵族,却不曾以锦衣玉食为荣。

(四)

家在农村的大学生,或已经参加工作的他们,倘若家乡居然较富,如南方那种绿水青山、环境美好且又交通方便的农村,则他们身处大都市所感受的迷惘,反而要比城市平民的青年少一些。这是因为,他们的农民父母其实对他们并无太高的要求。倘他们能在大都市里站稳脚跟,安家落户,父母自然高兴;倘他们自己觉得在大都市里难过活,要回到省城工作,父母照样高兴,照样认为他们并没有白上大学,即使他们回到了就近的县城谋到了一份工作,父母虽会感到有点遗憾,但不久那点遗憾就会过去的。

很少有农民对他们考上大学的儿女们说:"咱家就指望你了,你一定要结束咱家祖祖辈辈都是农民的命运!"他们明白,那绝不是一个受过高等教育的儿女所必然能完成的家庭使命。他们供儿女读完大学,想法相对单纯:只要儿女们以后比他们生活得好,一切付出都是值得的。中国农民大多是些不求儿女回报什么的父母,他们对土地的指望和依赖甚至要比对儿女们还多一些。

故不少幸运地在较富裕的农村以及小镇小县城有家的、就读于大都市漂泊于大都市的学子和青年,心态比城市平民(或贫民)之家的学子、青年还要达观几分。因为他们的人生永远有一条退路——他们的家园。如果家庭和睦,家园的门便永远为他们敞开,家人永远欢迎他们回去。所以,即使他们在大都市里住的是集装箱——南方已有将空置的集装箱租给他们住的现象——他们往往也能咬紧牙关挺过去。他们留在大都市艰苦奋斗,甚至年复一年地漂泊在大都市,完全是他们个人心甘情愿的选择,与家庭寄托之压力没什么关系。如果他们实在打拼累了,往往会回到家园休养、调整一段时日。同样命运的城市平民或贫民人家的儿女,却断无一处"稚子就花拈蛱蝶,人家依树系秋千","罗汉松遮花里路,美人蕉错雨中榠"的家园可以回归。坐在那样的家门口,回忆儿时"争骑一竿竹,偷折四邻花"之往事,真的近于是在疗养。即使并没回去,想一想那样的家园,也是消累解乏的。故不论他们是就读学子、公司青年抑或打工青年,精神上总有一种达观在支撑着。是的,那只不过是种达观,算不上是乐观。但是能够达观,也已很值得为他们高兴了。

不论一个当下青年是大学校园里的学子、大都市里的临时就业者或季节性打工者,若他们的家不但在农村,还在偏僻之地的贫穷农村,则他们的心境比之于以上一类青年,肯定截然相反。

回到那样的家园,即使是年节假期探家一次,那也是忧愁的温情有,快乐的心情无。打工青年们最终却总是要回去的。

大学毕业生回去了毫无意义——不论对他们自己,还是对他们的家庭。他们连省城和县里也难以回去,因为省城也罢,县里也罢,适合于大学毕业生的工作,根本不会有他们的份儿。而农村,通常也不会直接招聘什么大学毕业生"村官"的。

所以,当他们用"不放弃!绝不放弃"之类的话语表达留在大都市的决心时,大都市应该予以理解,全社会也应该予以理解。

"这是一个最好的时代!"

"这是一个最坏的时代!"

以上两句话,是狄更斯小说《双城记》的开篇语。那究竟是一个怎样

的时代,此不赘述。狄氏将"好"写在前,将"坏"写在后,意味着他首先是在肯定那样一个时代。在此借用一下他的句式来说:

当代中国青年,他们是些令人失望的青年;当代中国青年,他们是些足以令中国寄托希望的青年。

说他们令人失望,乃因以中老年人的眼光看来,他们身上有太多毛病。诸毛病中,以独生子女的"娇""骄"二气、"自我中心"的坏习性、逐娱乐鄙修养的玩世不恭最为讨嫌。

说他们足以令中国寄托希望,乃因他们是自1949年以后最真实地表现为人的一代,也可以说是忠顺意识之基因最少,故而是真正意义上脱胎换骨的一代。在他们眼中,世界真的是平的;在他们的思想的底里,对民主、自由、人道主义、社会公平正义的尊重和诉求,也比1949年以后的任何一代人都更本能和更强烈……

只不过,现在还没轮到他们充分呈现影响力,而他们一旦整体发声,十之七八都会是进步思想的认同者和光大者。

第九章

环　境

一座城市也像一个人一样,乃是有气质的。而所谓城市的气质,归根到底是由它的文化成因所决定了的。正如一个人的气质,肯定与之所接受的先天的文化遗传和后天的文化教养关系密切。

中国城市建筑及规划扫描

(一)

任何一座城市都是它所属于的那一个国家的立体的说明书。

城市建筑和城市规划的背面,书写的是它的文化。

一座城市也像一个人一样,乃是有气质的。而所谓城市的气质,归根到底是由它的文化成因所决定了的。正如一个人的气质,肯定与之所接受的先天的文化遗传和后天的文化教养关系密切。城市文化作用于城市的各个方面,也必然作用于城市建筑和城市规划;城市建筑和城市规划怎样,是城市人居家有感,凭窗可望,出门面临,终日身在其中的事情。谁都承认环境对人的心理影响和生理影响,于是必须承认,城市建筑和城市规划的优劣,在一定的方面,往往也从正面或负面,决定着生活在一座城市里的普遍之人们的趋同心性，以及愉悦指数。而后一点，是在城市里构建和谐社会的一个重要前提。

既然由城市建筑和城市规划谈到了文化，那么我愿在此坦言我的当代中国文化观。

中国是世界上文化发展史源远流长的国家之一。而此点，每使我们的某些同胞，对于中国近当代文化状况，持有特别自以为是的心态。

我们承认在经济实力方面我们仍属于发展中国家，我们承认我们在科技方面显然落后于发达国家，我们承认我们在全民文明素质方面亟待提高……我们常言要缩短这样的差距，要缩短那样的差距；要补上这样的一课，要补上那样的一课。但是，一论及文化，我们又似乎很感到安慰了。仿佛我们唯独没有什么差距可言的便是文化；仿佛我们唯独没什么课应该补上的也是文化；仿佛我们在文化方面，决然有理由一如既往地优越着。

而我以为实际情况不是这样。

对西方文化史稍有常识的人都知道——从 18 世纪末起，贯穿整个 19 世纪，对 20 世纪的方方面面产生重要影响的那一种文化，史称"启蒙文化"。启蒙文化所要弘扬的，乃是人文主义。人文主义既是一种文化思想，又进而影响了人类方方面面的社会学思想。因而它是一种进步的思想、文明的思想，有益于人类的思想。没有每一个公民特别觉悟和能动的公民权利意识和实际获得，"以人为本"只不过是一句空话。

正是在此点上，中国近当代文化分明缺乏了宝贵的一课，基础性质的一课。西方人文主义文化的鼎盛时期，我们还处在晚清没落腐朽的朝代，人文思想是被视为大逆不道的。西方人文主义文化的历史使命已经基本完成的时期，我们刚刚开始人文主义文化的初级的"五四"启蒙。此后中国沦为一个灾难深重的国家,"五四"启蒙近乎夭折。1949年以后的文化,基本上是阶级斗争的文化。到了"文革"时期,连水杯和枕巾上,也体现着阶级斗争文化的强烈特征。"文革"结束,新中国的文化史,已然与它的政治史重叠在一起整整27年了。中国当代文化,曾经本能地试图进行第二次人文主义的初级启蒙,然而同样是功亏一篑。当数十年左右的时间过去了的时候,中国始终没能较成功地补上人文主义文化的初级一课。而斯时的西方文化,早已进入了后人文主义时期。而斯时距离人文主义文化的初级时期,将近二百年过去了。当中国文化准备抓住机遇实行第二次人文主义文化之启蒙时,先是文化的商业时代席卷而至,后是文化的娱乐时代轰然到来……

我并不是一个西方文化的盲目的崇拜者。在文化上我并没有过什么崇洋媚外的可鄙行径,我只不过以我的眼看到了中国当代文化的巨大黑洞。我认为应该有人指出它的客观存在,应该有更多的人正视它,应该有更多的人,齐心协力,来为我们中国的当代文化补上那宝贵的一课。

如若不以虔诚之心来热忱地补上,则我们必然总是会在政治、经济、科技、商业、教育、文化、全民公德等方面,看出先天素养不良的种种缺失。同样,在城市建筑和城市规划两方面,每见急功近利的种种现象,也实不足怪了。一座城市的最优良的气质,乃是人文主义的气质。它衬托在城市建筑和城市规划的背面,也必然体现在建筑和规划之中。

(二)

言说中国之一切事情、一切问题,往往都无法摆脱一个大前提的困扰,即中国是一个拥有13亿人口的国家,是全世界人口第一众多的国家。19世纪初,全世界的总人口也不过才16亿多一点点。这么一对比,我们所面临的人口压力,往往会使人不禁地倒吸一口凉气,中国改革开放所取得的巨大成就,往往又被巨大的"分母"除得微乎其微。

1949年以后直至20世纪70年代末的30年里,依我的眼看来,中国根本不曾有过什么城市建筑城市规划的总体性业绩可言。而只不过仅仅有过一些个别的,具有时代标志意味的城市建筑物罢了。它们矗立在极少数的大城市里,如北京早年的"十大建筑"。以我的家乡哈尔滨市为例,20世纪60年代初建起了一座北方大厦,高8层或12层,当年它是天津以北最高的建筑物。同时还在沿江路建了一座友谊宫,它是市里官员接待中央首长和会晤尊贵外宾的场所。以现今的星级标准来评定,当年它们大约勉强够得上是"三星级"。一个国家的普遍的城市30年间没有进行过城市建筑,这在欧洲某些国家司空见惯。因为他们的城市里的一幢幢或大或小的建筑物,几乎一律是坚固的砖石结构的;而且,他们的人口,往往可以在几十年内保持在一个不飚升的恒数上。但中国不同,从南到北,居民社区基本上是土木结构的。有些是"大跃进"时代的"突击成果"。1949年前遗留下来的触目皆是的危旧房,其后大部分根本不曾获得到任何改造和维修。每一座城市里,砖石结构的建筑物的十之七八,要么是1949年前大官僚大军阀的豪宅,要么是殖民主义和列强侵略的佐证。细分析起来,我们某些同胞崇洋心理的形成,实在也是情有所谅。想想吧,我们土木结构的,经得起百年以上风雨的东西其实是不多的,而某些殖民主义和列强侵略的佐证性建筑物,却在我们的城市里坚如磐石;想想吧,毛泽东1949年后仅到过哈尔滨市一次,仅住了一夜,而他的下塌处,却是沙俄时期驻哈铁路官员的俱乐部改成的中央首长招待所。哈尔滨市后来建起了北方大厦和友谊宫,我想与这一心理刺激肯定是分不开的。然而新中国的人口,却已由1949年的4.5亿,激增到了30年后的7.5亿。城市中三代同室四代同室甚至同床的现象比比皆是。某些老人们睡觉的地方,往往是厨房里锅台后,比公共浴池里的床塌还狭窄的几条木板拼搭的所谓床位。老人半夜掉在地上摔折了胳膊摔断了腿,被炉盖子烫伤了,煤气中毒身亡了……诸如此类的事我小时候真是听了一起又一起。每一座城市其实都是一个极为缩意的概念,它往往只意味着是市中心的一小片区域和周边几条主要的马路。我是中国第一代建筑工人的儿子,我少年时期经常做的一个梦是终于在哪儿偷到了一盆水泥。因为我多么想把自己家的窗台和锅台抹上薄薄一层光滑的水泥啊!可是一直到我30岁了,已经离开我下乡7年的北大荒了,已经从复旦大学毕业了,已经分配到北京电影制片厂两年了——我首次从北京回哈尔滨市探家时,那个梦想都没有实现。那时已经是1981年了。后来我写了一篇散文《关于水泥》,以祭我那"少年梦"。我的父亲在20世纪60年代曾是建筑业的群英会代表,他的一项发明就是——用西北的某种黏土再掺上煤灰掺上骨胶粉以替代水泥。在我上小学时,一位老师曾将一块砖带进教室,放在课桌上,兴奋地指着它告诉我们:"看,我们新中国也造出了耐火砖!"——而我和我的同学望着那一块砖,像望着一块金砖。1985年我又回到哈尔滨一次,那时我少年时的家已沉入地下两尺多了。26年来的所谓家,前接一点,后接一点,住着三个新婚的三口之家,再加上父母和一个生精神病的哥哥,总计十二口人。因为我回家了,我弟弟只能在单位借宿。我们全院一共九户,都是居住情况相差无几的城市人家。整条街都那样,前街后街也那样。全哈尔滨市有八九处少则数万人口多则近十万人口的居住状况令人潸然泪下的如此这般的居民区,占全市总人口的三分之一左右……

而情况不是这样的中国城市,当年又有几座呢?

我想指出的是——中国的城市建筑,正是在这样的大背景下悄然兴起的。从 20 世纪 80 年代初到 90 年代初,无论是国家建筑行为,还是民营企业的建筑行为,除了被列为重点工程重点要求的建筑物,仅就民居而言,标准都是不高的,有的可以说是很低的。但即使那样,住进 80 年代的楼房里的城市人家,却又都是多么的倍觉幸运啊!以北京为例,前门西大街邻马路的几排楼房,都是 80 年代中期的建筑。我们耳熟能详的许多文艺界、文化界先辈,当年都曾在那里住过,所分到的也只不过两室一厅三室一厅而已。现在看来,它们又是那么的寻常,寻常得没有任何建筑风格建筑美学可言。

由最初的建材业的兴起,牵拉了最初的建林业的热势,又由而造成过最初的行业污染,以及今天看来显然形成城市规划后遗症的不争事实。

然而作为我个人,却宁肯多一些宽厚的态度,不忍过于苛责。当年那情形用"雪中送炭"来形容毫不夸张。对于在寒冷中渴求温暖的人,只要是炭,不管用什么东西盛装着,那都是他们所感激的东西。

(三)

据我所知,民间房地产业之兴起,在长江以北,当是 20 世纪 90 年代前后的事情。它们中一半左右的前身是民间施工队伍;另一半,大抵是有这样那样权力背景的人士在操盘。国营单位实行股份制改造以后,也从国营建筑行业分化出一些人士,形成以民间股份资本进行运营的房地产公司。

最初,它们只不过行动在大城市的边缘,悄然进行,并不太引起社会关注。动作也都不是很大,对城市规划不构成直接的影响——无论可喜的还是可忧的。

到了90年代中期,它们开始深入城市腹地;而对城市规划形成凶猛影响,则是近十多年以来的事。

客观地说,这一时期的城市建筑,较之80年代,质量有了多方面的提高。城市本身的容貌,由于民间房地产业加盟建筑而迅速改观,受益匪浅。中国第一批有经济能力购置私人房产的人士,对民间房地产公司的涌现亦多持肯定和欢迎的态度。至两千年前后,民间房地产业便如雨后春笋,遂成为利润回报最为丰厚的民间行业。

我个人认为,倘论及建筑风格、建筑艺术、建筑美学,仅就商品住宅楼盘而言,既不可要求甚高,亦不可评估太低。要求甚高,其价格将更加使一般城市居民望而生畏;评估太低,将有矫情之嫌。中式风格也罢,欧式风格也罢,二者结合的风格也罢,归根结底,一分钱一分货,风格和艺术是要作价买卖的,当由市场供求关系来调节。依我的眼看来,某些极其高档的商品楼住宅,不是还不够怎样怎样,而是里里外外已经太过奢华了。在一个发展中国家,在一个贫困人口极多的国家,在一个贫富差距极大并且越来越大的国家,豪宅的不断推出而且当然都是隆重推出,显然具有超现实主义的意味。其品质无论多么的人性化,那也只不过是极少数人才配享受的人性化,与绝大多数的、一般的人没什么关系。北京的天通苑和回龙观两大社区,那里的楼房是没什么建筑风格、艺术和美学的特别处可谈的,离市区远,交通不便,生活配套服务设施不完善,但是巴望入住那里的楼房的北京人家,目前仍成千上万,而且要经过有关部门的资格审批。不是对富有程度的认定,而是对贫困程度的认定。

我们曾看到种种建筑设计和城市规划的不良现象,我当然也承认那些现象对于城市自身容貌和气质的破坏。

但是我认为,在设计和规划二者之间,以上现象的责任,当主要归于后者,即当主要归于负责城市规划的官员。没有权力的批准,任何房地产商决然不可能在城市的任何地方动土开工。只有权力的批准,没有权力的要求,获得批准的房地产商,在设计方面必然乐得自行其是。希望房地产商在考虑自己们商品设计的同时,也将其商品设计与整体城市规划的和谐与否来进行考虑,我以为这样的一种寄托是过于天真的。房地产商在设计方面,通常只为思想中所定位了的买方市场来考虑。有时他们很为自己们的设计得意。事实上,孤立地看待他们的某些设计,也许还确有值得一鸣得意的地方。但摆放在城市规划的全局来看,则可能是不和谐的,甚至可能是破坏和谐的。或者,暂时看来与城市整体规划没有冲突,但在以后却会障碍城市总体规划朝更美好的方面去拓展。是的,正是这种责任,我认为主要当由有权的官员来承担。

比如一位对家园极有责任感的成员,当他拥有出售家园占地的权力的时候,他一定会对买方有要求;甚至限制买方只允许盖成什么样式的房舍,不允许盖成什么样式的房舍。他一定不会表示这样的意思——"现在,我家园中的这片土地面积归你了,你想怎么盖就怎么盖吧,我一概不管了!"而且,究竟出售哪一片家园的土地,他一定是三思而后行的。他一定特别珍惜每一平方米家园的土地。他一定会每每这么想——这一块土地还要留一留,爷爷每天要在那儿锻炼身体;那一块也要留一留,可供小儿女在那儿荡秋千;还有另外一块,更要留一留,家园须有一块绿地啊……

我们的城市太缺少如此有责任感的总体的、具有长期考虑的规划者了。即使有,他们的责任感,他们的长期考虑,也往往是一厢情愿。因为事情往往也是这样——批售土地的是一些官员,负责城市规划的是另一些官员。前者是有实权的大官,后者是有虚权的小官。对于一座城市,建设规划局局长又究竟能有多大权力?通常只不过检查违章建筑和按照指示绘制蓝图而已。

一座城市,它的总体的、将来的、长远的规划究竟构思在什么人心里呢?它20年后会是怎样的?40年后会是怎样的?半个世纪后会是怎样的?——我们的城市,其实缺少如此为它鞠躬尽瘁的人,更缺少这样的固定的实权机构。

某些城市的大规划、大城建举措,即使造福一方,也往往是现任一二把手们极具个人拍板色彩的公仆行为。于是往往又引出了负面现象——即城市建筑方面劳民伤财、好大喜功的政绩工程。

最后我想说——我们的每一座城市,有必要产生某种固定的,规划水平很高的,由官员、专家、学者以及民众代表组成的规划权力机构。它所拥有的应是至高权力,超越于任何个人权力之上,正如司法部门应超越于任何个人权力之上。它将只对人民负责,为人民大众,珍惜城市里的每一块土地。它将替人民大众构思城市总体的,长远的蓝图。那种个人以特权批售城市土地的现象,早就应该被视为非法了。它将更有效地鼓励房地产商加盟城市建设的能动性,同时也更有效地限制他们的资本的无孔不入以及见缝插针的牟利行为……

而我们的城市公民,应提升起这样的一种正当意识——归根结底,城市乃是人民的城市。城市的土地面积是极为有限的,作为特种资源,是尤其值得宝贵的。每一个城市公民都有权睁大双眼,监督每一处城市土地的出售情况,要求那一过程的透明度。并且,每一个城市公民,都有权对自己认为不当的城市土地的出售和使用提出质疑和批评……

中国有句古话——"成也萧何,败也萧何。"此言用以形容中国房地产业和城市的关系,对双方面都包含警醒的意义。

不具备人文思想的头脑,作为公民难以产生自觉的公权要求;作为公仆,难以产生自觉的公权意识;作为城市,难以有理性的现在和更人性化的将来的对接。

城市化进程"化"什么?

中国之发展,看目前,忧虑在城市,机遇在城市,挑战亦在城市。看未来,忧虑在农村,机遇在农村,挑战亦在农村——我想,这便是促进农村城市化进程这一国家发展思路形成的初衷吧?

中国不但是世界上人口最多的国家,也是世界上农业人口最多的国家,而且是世界上农业人口比例最大的国家之一。5亿多城市人口和7亿多农村人口结构为人口中国的概念。这意味着,几乎可以说中国是由两个"国家"合并而成的一个人口超级大国——一个正在现代化轨道上高速发展的城市中国;一个还不能完全达到机械化生产水平,小农生产方式比比皆是的农村中国。

这使中国的发展变化呈现撕裂状态。

城市化进程正是要弥合撕裂状态;否则,相比于农村人口仅占百分之几的欧美发达国家,中国不可能真正成为世界强国。

世界的发展也是一个农业的世界向城市的世界发展的过程。这一点究竟对于人类为福兮祸兮,至今莫衷一是。有一点却已被事实证明了——哪一个国家的人口最大程度地城市化了,哪一个国家的综合强国指标就更高一些。只能这么认为"祸兮福所依,福兮祸所伏"。

而要使7亿多农村人口变为城市人口,"5年计划"这种计划是不适应的,"50年计划"还较为现实。即使"化"7亿多农村人口的一半,那也需要在中国又涌现出六百几十个50万人口的城市。而50万人口的城市,在欧美发达国家是中等城市——那将靠多少个"50年计划"才能实现呢?

故依我看来,"促进农村城市化进程",首先是促进中国之乡镇的县城化,以及促进中国之县城的规模化。中国之乡镇的数量可用多如牛毛来形容,中国之县城也是世界上最多的。事实上乡镇和县城都在本能地扩大范围,迅增人口。它们是二三亿进入到大城市打工的当代农村青壮人口改变命运,成为城市人口的更实际的选择。

"农村城市化"只不过是一种姑妄言之的说法。农村没有必要城市化,但却一定要使一部分又一部分的农村人口"化"为城市人口。这是一个要由几代人来"化"的过程,大多数当今一代农村人口,只能先"化"为镇县人口。"化"得成功,亦属幸运。

这种"化",首先要体现在两种人的思想方面——政府官员与向往成为城市人的青壮农民。

第一种人们,不要认为自己的使命仅仅是建设好省城;要替本省长远思考、规划,意识到将来省与省之间比的,肯定不仅仅是省城如何,而是县城面貌怎样?小镇风格怎样?对于本省甚至外省的农民,具有多大落户吸引力?

第二种人们,也就是当下犹如候鸟般的青壮农民,他们也有必要明了——与其自甘作为大城市的弱等市民生存在它的褶皱里,莫如带着在大都市辛辛苦苦挣的钱,赶快相中一个发展前景良好的小镇或县城,趁早置下一处房产,为打工人生未雨绸缪,妥备退路。别看某些小镇现在小,30年后也许就是一座美丽县城了;别看某些县城现在不起眼,30年后也许就出落得令人刮目相看了。

当然,以上是往好了说。这种发展造成什么样的局面状况,例如耕地的滥占,环境的污染,建设的任意性、粗劣性、急功近利性——凡此种,也是要在思想上"化"在前边的。

第十章

女 性

一个时代的进步,首先从男人们都开始做什么显示着,其次从女人都打算怎么活显示着。

时代的进步常常带着野性。这野性体现在男人们头脑中每每是思想的冲撞,体现在女人们头脑中每每是观念的自由。

扫描中国女性

你对当代女性有什么评价？
你对同代女性有什么评价？
你对你上一代的女性有什么评价？
你觉得这几代女性之间有什么不同？
你更亲近哪一代中国女性？

············

近年，诸如此类的女性话题，是我经常"遭遇"的话题之一。

用"遭遇"这词，意在表明，我非研究女性问题的专家或学者，也从未动过变成的念头。故几乎对一切与女性相关的话题，不管成了"焦点"还是"热点"，都不怎么去想的。所以常陷于窘境，怔怔然无从答起。不消说，发问的差不多皆女性，有青年，有中年。十之三四是读者，问题提出在信中；十之六七是记者，每每的，话锋陡转，冷不丁就当面掷过来。于是我渐渐形成了这样一种印象，当代女性，无论现代的还是传统的，其实仍比较在乎当代男人们究竟是如何看待自己们的。的确，大多数当代女性，自我意识早已不受男人们的好恶所主宰，但有时候却依然希望从男人们对女性的评说中获得某种好感觉。而这意味着，现代的其实并不像她们自我标榜的那么思想独立，传统的仍自甘地习惯于传统。

有意思的是，我觉得——当代中年女性，似乎很希望从当代男人口中听到比当代青年女性更高的评说，而当代青年女性也是。当代中年女性和当代青年女性，谁们更具风采，真的仍需由男人们来做结论吗？这现象不仅有意思，也有值得分析的意义。遭"考问"的次数既多，心静之时，难免就漫忆琐思，一忆一思，便产生了写的冲动。所写绝对地没有文学的价值，但会有那么一丁点儿认知价值。一丁点儿而已，一丁丁点儿而已。既有，也就不算无聊了……

（一）

我以少年的眼所识之女性，当然皆20世纪50年代的女性。

道里区是哈尔滨最有特点的市区。一条马蹄石路直铺至松花江畔，叫做"中央大街"。两侧鱼刺般排列十二条横街，叫做"外国"一至十二道街，因是早年俄人所建所居，故得"外国"之名。

少年时期的我，家在道里区。但不是在道里区的"中央大街"那一带，而是在距"中央大街"三四站路的"偏脸子"。

就是在如此这般的一条条街上、一座座院子里、一户户人家中，我的少年的眼和心,观察过亲近过老年的、中年的、青年的各式各样的女人。也领略过与我同龄的少女们的风情,有的是小知识分子之家,有的是工人之家,有的是小干部之家,有的是小贩之家,有的是被"共产"了的富人之家或被"合营"了的小业主之家。有的人家在街头开爿小小的杂货铺维持生活,有的人家在街尾开修鞋铺、理发亭,还有的人家靠男人收破烂儿,女人夏天卖冰棍儿,冬天卖糖葫芦养家糊口……总之,没上层人家,但有最底层人家;没太富的人家,但有很穷的人家……

我的少年的眼和心,观察过亲近过的,便是这些人家的母亲们和女儿们——20世纪50年代,中国平民和贫民人家的母亲们和女儿们。

先说那些是母亲的女性们。她们当是我母亲的同辈人,年龄在四十岁左右。年轻的三十七八岁,年龄大些的四十五六岁。她们不仅是那条街上,而且是"偏脸子"千家万户为数最多的母亲。看来,中年母亲,是任何一个时代"母亲群体"的主要成分。

她们大抵没工作,更没职业。那个年代不是女性走出家门竞相谋职的年代。她们大抵是比较典型的传统的家庭妇女,除了极少数知识分子之妻、小干部之妻、新中国成立前的富裕人家的妻子,百分之九十七八以上的她们是文盲。她们中一半以上又都是城市中的新一代居民,平均定居城市的时间大约二十余年。有的是在少女的时候进城投亲靠友谋生,如当代的"打工妹",赶上了"光复",于是索性嫁与城里的男人为妻。当年落城市户不容易,最简单的途径是嫁给一个有城市户口的男人。好比今天的出国女性,获得长期居住权的最简单的途径是嫁给外国人。

她们中后来有些人有了文化,是中国开展"扫除文盲"运动的成果。在那一运动中,她们每天晚上成群结队去夜校的身影,是当年城市里一道独特的具有轻松喜悦色彩的风景线。

家庭妇女的主要责任和使命当然是扮演好家务总管的角色,也是她们互比优劣的主要根据。

她们每天早早起床,尽量轻手轻脚地做饭。那晨光正是丈夫和儿女们睡"回笼觉"的时候,扰醒了儿女无妨,儿女白天尽可以补觉。扰醒了丈夫,丈夫是要生气的。丈夫不生气,她们自己也会觉得罪过。将去上班的丈夫白天无处补觉,这一点她们是知道的。所以,即使谈不上罪过感,也会内疚。夫妻感情好的,便会生出一份心疼。这一点和今天的妻子们是很不同的。今天的妻子们虽然也做早饭,但已非义务,而是觉悟,何况自己也要吃了早饭去上班。今天许多人家做早饭的义务已移交给丈夫们了。倘丈夫们弄出大的响动,扰醒了妻子们,她们也是要不满的。今天的丈夫们如果不主动承担做早饭的义务,久而久之,妻子们是要牢骚满腹甚至提出抗议的。但那个年代绝少丈夫们做早饭的现象。那样的丈夫将遭男人耻笑,同时那样的妻子也将遭女人耻笑。那个年代的妻子们,没有因做早饭而发牢骚的权利,更没有抗议的权利,这一种任劳任怨,乃由她们家庭妇女的角色所决定了的。

20世纪50年代以细粮为主的家庭不多。生活较优越的家庭每月三分之二吃细粮。生活一般的家庭一半吃细粮,生活贫穷的,每月仅吃三分之一或更少的细粮。那也就差不多仅够丈夫一个人吃和带饭了。倘家中有老人有小儿女,受优待跟丈夫们沾点儿吃细粮的光。于是,也就几乎只有妻子自己吃粗粮了。

虽然如此,她们也无怨言。甚至,会认为是自然而然天经地义之事。更甚至,不愿实情被外人所知。当然是不愿在这一点上被别人家的妻子们同情和怜悯,因为在这一点上来自别人家的妻子们的同情和怜悯,对于她们,似乎意味着自尊所受的伤害。

50年代也有羡人富笑人穷的现象。与现在比,不是什么咄咄逼人的现象,但也毕竟不是令穷人家愉快的现象。

"瞧她,哪儿像个妻子,像雇的个老妈子!做在前,吃在后,而且只能吃粗粮糙饭!"

这是当年左邻右舍口舌尖刻的女人们,对穷家妻的讥嘲之一种。话里包含着对穷家丈夫的谴责,实际上也包含了对穷家妻的女主人地位的贬损,因而使穷家妻的自尊最受不了。

于是,她们常常嘱咐儿女,对外人要讲全家都吃一样的饭菜。

经母亲告诫过的小儿女们就回答吃一样的饭菜。

于是维护了母亲家庭地位的尊严。

未经母亲告诫过,或忘了母亲告诫的小儿女们,往往"泄密"。

于是其母亲每每遭别家女人们背后的议论。

20世纪50年代的中国女性,尤其平民阶层以及底层人家的女性,在社会上完全无地位可言。其家庭地位如何,自然的,往往的,就成了暗比高低的唯一方面。这一种互比,又往往构成女性之间的伤害。但属于只要心理承受能力强些,完全可以不当一回事的小伤害。不涉及直接利益冲突,企图造成更大的伤害也没可能性。但也有一方心理承受能力薄弱,或另一方尖刻得放肆,于是引起争吵之事。争吵起来,也无非由是街道组长的女人出面两厢批评一通,各打五十大板了事。

丈夫们早饭吃得满意,对饭盒里的内容面呈悦色,则他们出门后,妻子们的心情那一天从早舒畅到晚,直保持到丈夫们下班回到家里,笑脸迎之。否则,妻子们一整天忐忑不安,并会一整天都在自责做妻子的最主要的义务之一没尽到,开门迎夫之际,表情和言语倍加小心。

对于那个年代的妻子们,侍奉好丈夫们似乎是第一位的责任,而抚育儿女反是第二位的责任了。

丈夫们上班后,家才是女人们的天下。她们的女主人的地位,才开始较充分地体现。丈夫们在家,就好比皇帝坐驾金銮宝殿。哪怕他是"明主",而她在他眼中的地位又颇高些,也不过就是近身侍臣的角色罢了。一言一行,免不了总是要察言观色的。更有卑顺者,唯夫之命是从。经济是基础,因她们的操劳并不直接体现于奠定家庭经济基础方面,故腰板怎么也挺不起来。实际家庭地位之低,虽新中国成立以后,并无本质的改善。一半是妻,一半是仆妇。由于家庭文化背景的先天欠缺,以及夫妻二人文明意识的长期蒙昧,这一种情况,在平民之家和贫民之家,反而尤普遍,尤甚。

当年我以少年的眼,在许许多多这样的家庭里,见惯了那些衣来伸手,饭来张口,凳子横于前一脚跨过去,油瓶倒了也不弯腰扶一下的丈夫们。不以为怪。渐渐觉得天下做丈夫的男人们,不但必定都是这样的,而且理所当然应该是这样的。

这样的丈夫们在家时,妻子们的真性情是很受束缚的,心理也很受压抑,甚至可以说,很受到心理的压迫。

当年我又以少年的眼,观察到过这样的生活现象——丈夫前脚出家门,妻子立刻获得了解放似的。她倏忽地变了,整个人的状态完全轻松了。她竟会一边干这干那,一边哼着唱着。她以熟练工的麻利里里外外同时兼顾,有条不紊,从容不迫,居然比丈夫在家时做得还有章法。此时家务之对于她仿佛已不再是义务,而简直是喜欢干的事,从中体会着别人不大体会得到的愉快……

接着,她唤醒儿女,安排大的吃了饭去上学,帮小的穿衣服给他们洗脸。

儿女们吃饭时,她在叠被子,整理床。

待儿女们也都吃罢了,她才坐到饭桌旁,结果是饭菜凉了。倘家中还有老人,那么她得像照料儿女们一样再照料一番老人。她得热一遍饭菜,服侍老人吃。无老人,则省了份儿心。

待她也吃罢了,上学的儿女上学去了,不上学的儿女或在家里待在一个角落玩着,或出去玩了。

此时,家里一般肃静了。于是她刷洗盘碗,扫地擦灰。忙了一通,9点来钟,家清洁了。

于是她摘下围裙,自己才开始洗脸梳头。随后,她出门了。如果是夏季,各家的女人们,都坐着小凳聚在院子里聊天。聊天是家庭妇女们传统的社交方式。她们嘴上聊着,手却不闲,或补袜子,或缝衣服,或纳鞋底,或绣花。

20世纪50年代,毛衣属高级衣物,毛线不是寻常人家舍得买的东西。所以那个年代的一般家庭妇女们,其实大多数并不会织毛活儿。她们中有些人是后来会的,是长大了的女儿们将毛线买回家,并将织毛活儿的针法带回家,她们首先向自己女儿们学的。

如果相互关系处得都很亲近,聊天是那个年代家庭妇女们最美好的时光。在那一种美好时光里,不仅愉快地完成了她们分内的事,而且增强了感情。家境好些的女人,尽量对家境艰难的女人表示怜悯,娓娓地劝说她们化解心中忧愁。她们往往会替后者们的命运一声声长叹一把把抹泪,也往往会放下自己手中的活,帮后者缝缝补补,拆拆洗洗。此时,她们因自己心中的善而自我感动,自我满足。后者们当然也会受感动,也会获得被怜悯的满足。

倘非夏季而是冬季,则家庭妇女们就彼此串门。串门是她们冬季里的社交方式,自然,往往也都带着针线活儿。常有这样的事——张家的女人,腋下夹着没做成的一卷棉袄片或棉裤片去到李家。如果李家的女人也正做着同样的活,就立刻让出一半炕面。于是两个女人相向而坐,一边各做各的,一边聊家常,聊她们少女时期的往事和家世。倘李家的女人没什么活可做,也会热情地腾出炕面,情愿帮着张家的女人做。

张家丈夫的鞋底是李家女人帮着纳完的,李家儿女的衣服是张家女人帮着做成的,乃不足为奇的寻常之事。

倘同院女人关系相处得不睦,或某一户的女人与别家的女人关系紧张,那么聊天和串门便由本院转移到别的院去了,可叫做交际的"外向型"发展。

于是,20世纪50年代男人们训斥自己的女人或私议别人家女人的一句话往往是——"就生了一张嘴两条腿,串遍了街!"

倘在同一条街上也知音难寻,那么她们便向别的街上去寻。

由这一条街到那一条街,每是极方便的事。往往从本院或邻院的什么地方,比如矮墙的豁口处,比如两间房子的夹隙,就可以穿行到前一条街或后一条街的某个院子里,哈尔滨叫"钻院儿"。

家庭妇女们喜欢聊天和串门,实在是人渴望彼此交流的基本心理需求之一项。除了这一项传统的交流方式,她们当年再没有另外的什么交流方式。她们的真性情,通过此方式呈现和舒展。如果连这一种方式也遭硬性的禁止,她们作为女人的生气也就迅速萎靡了。

11点左右,她们又都回到了各自家里。丈夫虽不在家,儿女们还要吃午饭呢。

下午,她们可小睡一会儿。下午的聊天和串门,时不时看表的,必得在4点半以前结束。6点钟左右,丈夫们下班回家了。他进门片刻,喝杯水,吸支烟,饭菜就上齐在桌上了。出色的妻子,无论做什么饭菜,时间是掐算得极准确的。如果饭桌上有馒头、白米粥,照例首先由丈夫、老人和小儿女分享。还剩,有她的份儿。不多,自然没她的份儿。

没她的份儿她也早就习惯了,因为她是妻子、是母亲、是儿媳。她自己的意识里,承认自己是家庭中最不重要的成员。吃穿方面,无论与谁比,她自己往后排永远是合情合理的。

7点钟左右,她开始为丈夫、儿女和老人烧洗脚水。如果家里有收音机,丈夫往往一边吸烟一边听什么,等着洗脚水端到脚前。而上学的长子长女,必在埋头写作业。无论夏天还是冬天,8点半后,一般人家准拉窗帘。夏天男人们吃罢晚饭也喜欢坐在院子里聊一会儿天,或下一盘棋,但绝不会聚到很晚。冬天,若非星期六晚上或星期日,男人们是不怎么串门的。9点,十之八九的人家皆熄灯。有的人家睡得更早,往往8点多就熄灯。没电视的年代有一个好处——那就是无论大人孩子,睡眠都较充足。那个年代,并非家家户户都有收音机,可以说大多数平民家庭并没有,谁家有,也是老旧的,只能听一两个台。记得我家住的那条街上,有人家买了一台八十几元的国产名牌收音机,几乎一时轰动整条街……

当丈夫和儿女们发出鼾声,家庭妇女的一天终于结束了。她们周而复始,一年又一年,过着内容完全相似的日子。直至发白了,脸皱了,在不知不觉中老了。

她们当然也是爱美的。她们往头上抹的叫头油,往脸上擦的叫雪花膏,润手的叫蛤蜊油——两片蛤蜊壳扣装的某种油脂,八分钱。而这三样,对她们而言是奢侈品,加起来一元钱左右。如此廉价的东西,有的女人一辈子也没用过几次。

平素她们洗发用碱水,洗脸用肥皂,手上的皮肤干裂了,涂点豆油。过春节了,才舍得预先买块香皂用。

她们也很少穿新衣服。新衣服毕竟是会有一两件的,比如结婚时穿过的,但婚后不久可能就叠起来压在箱底了。有人家的箱底,甚至压着她们当年穿过的旗袍。某个日子,往往是夏季的好天晒箱底的时候,她会一高兴心血来潮地穿上,在院子里招摇一番。那旗袍当然已瘦了,穿着不合体了。同院的女人们就围拢了观赏、赞叹、或遗憾。

除了结婚时拥有的新衣服,据我估计,她们中的大多数,婚后又为自己做过五六套新衣服,就算多了。说是五六套,其实不可能同时做,往往新衣服前年做的,新裤子去年做的,今年打算为自己做双新鞋。终于凑齐上下一套,留待特殊的日子特殊的心情下穿。

新的衣服,无非是用平纹布或斜纹布做成的。平纹布三角多一尺,斜纹布五角多一尺。她们中大多数,终生在衣着方面的消费,细算下来,也就二三百元罢了。她们中某人猝死,往往没一套新衣服入殓,现做一套平纹或斜纹的送终。

她们当然是爱名誉的。贤妻、良母、孝媳便是她们的至高无上的名誉追求。家庭妇女真的能在此三方面被公认为榜样,那么她会成为全院乃至整条街上极受尊敬的女人。倘三方面她做到了,那么她在邻里关系方面也肯定是能谦、善、忍的。即或刁蛮泼悍的女人,对她也不敢过分地冒犯,怕引起公愤。家庭妇女中也有侠肝义胆的女子,她们在一个院子里乃至整条街上主持民间正义,抑强扶弱,专替受欺辱的女人打抱不平。

家是她们每个人的展窗。一位家庭妇女究竟是怎样的女人,别人一迈入她的家门心中便有数了。持家有方的女人,无论她家的屋子大小,家具齐全或简陋,都是一眼就看得出的,是清贫抵消不了的。丈夫、儿女、老人是她们的广告。她们懂得这一点,所以尽一切能力,使家庭的每一成员都穿得体面些。如果说顾不上考虑到谁,那么顾不上的往往只能是她们自己。而要尽到以上义务,对于她们已实非易事。那时平民之家几乎是舍不得花钱买衣穿的,全靠她们一双手做。

一职业妇女如果嫉妒心强,人们就都会说她"像家庭妇女"。

然而我想说,20世纪50年代,在中国,嫉妒之心最有限的,也许恰恰是家庭妇女,更确切地说,恰恰是平民阶层的家庭妇女。这样说,并不意味着宣扬她们似乎天生地最接近着女性的美德,而是强调——她们并不能直接参与到社会中去进行名利的竞争,同时值得女人嫉妒的现象又几乎皆存在于她们短窄的视野以外。无论男人或女人,根本不可能由自己不知晓的现象生发出嫉妒之心。置身于她们那么一种群体封闭的生活形态,决定了她们对别的女人实在没什么可嫉妒的。

但毕竟也会有嫉妒的时候吧?

是的。

家庭妇女们最嫉妒、真嫉妒的是——谁家的丈夫对妻子比自己的丈夫对自己好。因为这不但是她们视野以内的事,而且是直接触动她们女人感想的事。毫无疑问,其实也是无论任何时代的女性都很在乎的事。只不过,因为她们是家庭妇女,仅能通过丈夫对自己的态度意识到几分自己存在的重要性。故比任何时代的女性尤其在乎这一点。

她们中有人常常公开展示一瓶雪花膏、一瓶头油、几尺布料,炫耀说是自己丈夫给自己买的。

也有人动辄便说:"在我们家里,我可是和他吃一样的饭菜!我不和他吃一样的他不高兴!"

言外之意是丈夫心疼她到了极点。

其实都未必真事。

大多数女人并不在乎自己和丈夫吃的是不是一样的饭菜,但是极其在乎自己的丈夫连一瓶头油一瓶雪花膏都不曾给自己买过。她们算算丈夫的收入和家庭的花费,暗自承认其要求虽属正当但未免铺张,心里却总是希望丈夫某一天给予她那一份惊喜。而丈夫们又似乎偏偏不予考虑……

于是,她某一天兴许会当众宣布:"俺家那口子,说要给俺买一双皮鞋呢!"

家庭妇女们的这一种虚荣,有时简直像比宠的小女孩。

那个年代的家庭妇女们,绝大多数是勤俭型的。许多人家床上或炕上,永远放着针线筐。几乎家家有袜底板,袜底板上往往套着没补完的袜子。几乎家家的面板另有一种功用,反过来贴袼褙,纳一双鞋底要贴十几层袼褙。解释起来实在啰唆,省略。至于带着针线没缝完补丁没做成的衣服,那便是一眼可见。她们没有八小时以外,她们总在不停地做这做那,永远也做不完,而且永远也做不烦似的。

家庭妇女没什么个人祈求。她们的祈求体现在丈夫、老人和孩子身上。老人宽厚而长寿,丈夫体贴而本分,孩子听话而健康——便几乎是她们的全部幸运和幸福。

她们最怕的是丈夫经常对自己吼而又经常被邻居们听到。

被丈夫打了是她们最觉丢脸之事。

那个年代的家庭妇女心中很少动离婚之念,她们能忍的程度令今人无话可说。

她们其实并不怎么地望子成龙,儿女长大后能有份工作她们就颇感欣慰,而那时正是城市青壮年劳动者短缺的时代。所以她们看着儿女一天天长大,对将来是较乐观的,而这乐观一进入20世纪60年代便被粉碎……

我亲近她们甚于亲近以后任何时代的女性,因为她们皆是我的同代人的母亲。我一向对她们怀有深厚的敬意,因为她们那一代女性的含辛茹苦任劳任怨。我也非常地同情她们,因为她们作为妻子和母亲,付出太多,享获太少——更因为她们没有生在今天女性也有机会大有作为大展宏图的时代。

那个年代的职业女性,其风貌与那个年代的家庭妇女们相比,仿佛根本不是同一时代的女性。这不仅是由"职业"二字所决定的,更是由"解放"二字所决定的。"职业"只能使女性发生经济独立的变化,以及由此影响的消费水平物质生活质量的变化。而全中国的"解放"这一改天换地的大事件,却使当年的职业女性以崭新的前所未有的姿态证明着自己不可轻视的社会作用。

(二)

20世纪50年代的女孩,一入中学,母亲们就会经常教诲她:"不小了啊,该有点儿大姑娘样了!"

当然,她们还根本不能算是"大姑娘",只不过不再被视为"小姑娘"了。

于是,母亲们的经常教诲,对那些比"小姑娘"大比"大姑娘"小的少女们的心理发生了重要的暗示作用。她们便开始要求自己像"大姑娘样"了。

少女们已不再跳格子跳皮筋,那被视为"小姑娘"玩儿的项目。她们尤其较少跳皮筋了,因为跳皮筋是夏季玩的项目。夏季她们多穿裙子,跳皮筋有时需撩起裙子。皮筋举多高,一条腿要踢到多高,她们已自觉不雅。而母亲们倘见她们仍玩着,就会训斥。自己的母亲不训斥,别人家的母亲也会议论:"那么大个姑娘了,还撩裙子高踢腿的,真没羞,也不知她妈管过没有!"

我一直认为,跳皮筋对于少女们,是极有益于健康和健美的玩法。她们当年跳皮筋时灵敏的身姿,至今仍印在我的脑海里。她们母亲当年训斥她们的情形,也一直是我回忆中有趣的片断。

倘她们不属于学习成绩优秀的学生,父母们自然也是遗憾的,但绝不至像今天的父母们一样着急上火,惶惶然不可终日起来。因为当年上学是为了识字。既已是中学生了,便一辈子不可能再是文盲了,父母们也就觉得对她们尽到了义务,满足于这一点了。大多数的她们,自己也满足于这一点。不就你是优等生,我不是吗?但你能读,我也一样能读;你能写,我也一样能写呀!中学毕业之后,不都是要参加工作的吗?不都是要学三年徒吗?学徒期间不都是只有18元的工资吗?以后不都是要凭工龄凭实际工作表现长级吗……

的确,20世纪50年代的她们中,只有极少极少数,非立志要升高中考大学不可。普遍的她们,自己并无很强烈的愿望。普遍的家长,也只打算供她们读到初中毕业。当年初中毕业生的就业机会较多,这使她们对自己前边的人生没有什么太严峻的忧虑。

50年代的少女的心怀,普遍如一盆清水般净静。说是一盆,而非一池,比喻的是她们心怀范围的有限。净静得令当代人既不能说多么好也不能说多么不好。

她们不寂寞,也许因为她们之间有足够装满心怀的友情。一名少女当年伤心了,暗暗哭泣了,往往由于她们之间的友情发生误解了,出现裂痕了。

我小时候,不止一次在别人家里见过这样的情形:

一个少女一回家就哭。

她母亲问她怎么了。

她说:"她妈(或她爸)打她了!"

那么那个"她",自然便是她的知心姐妹。

"她"在"她"家里挨打挨骂,她会难过得一回到自己家就哭起来,每一回忆,心为之感动。

不知今天的少女之间,是否还存在着那么样一种不是姐妹胜似姐妹的友情?那真是一种醇香如亲情的友情呢!

那个年代少女之间的此种友情,验证了一条人性的逻辑——对于心灵而言,有空旷,就有本能的填补,无好坏之分。

20世纪50年代的中国,社会现象过于单调,因而世风相随较为纯朴。

打扮一个50年代的少女是极其简单的——一尺红或绿的毛线头绳,一件"布拉吉"——连衣裙,一双黑布鞋,足够了。只要"布拉吉"和黑布鞋是洗过了才穿上的,即使旧,也还是能使她们变得清清爽爽,灵灵秀秀。有双白袜子穿更好,没有,也好。总之,当年那一种简朴到极点的少女的美,真是美极了美极了。

20世纪50年代,她们中学毕业以后,就被视为名副其实的"大姑娘"了。在早婚的年代,女性的少女期是短暂的,短暂得几乎可以说稍纵即逝。那个年代仍是早婚的年代。到了十八九岁,无论工作与否,如果自己不急于考虑婚事,父母们也会按捺不住地张张罗罗地为她们东找婆家西找婆家。倘23岁以后居然还没嫁出去,那么就将被视为"老姑娘"了。而一个家庭若有一个"老姑娘",那么父母愁死了,唯恐她被剩在家里。所以"大姑娘"也意味着是一段短暂的年华,从结婚那天起就是"小媳妇"了。从是"大姑娘"到是"小媳妇",短则三四年,长则五六载。二十来岁二十多岁的"小媳妇",即使在城市也比比皆是。

所幸她们对工作并不怎么挑拣,一般是份工作便高高兴兴去上班,工资是全国平等的。脑体之间基本无差别,机关与行业之间基本无差别,行业与行业之间基本无差别,男女之间基本无差别。在此种种基本无差别的前提之下,对工作条件工作环境工作性质不满意的她们,虽也羡慕这些方面比她们幸运的别人,但一般不至于羡慕到怨天尤人自暴自弃的程度。

上班的她们,普遍还买不起自行车。如果单位远,她们每天需6点多钟就离家。从居民区走到有马路的地方,才能挤坐上几站公共汽车。为了不迟到,她们常将工作服穿回家,第二天穿着工作服离家。那样就省下在厂里换工作服的时间了。

青年女性因有工作而自豪,所以穿行业服走在路上觉得挺神气。如果那行业体面,那厂是大厂,有名,则她们穿着工作服走在路上,不仅觉得神气,简直还往往觉得美气。她们穿那样的工作服,能吸引较高的"回头率"。向她们投以热烈目光的,当然都是小伙子。

她们中当护士的,无论冬夏,常喜欢将雪白的护士帽戴在头上。医院是被刮目相看的行业。戴了雪白护士帽的她们,自然也被刮目相看,那时她们就尤其显出大姑娘的矜持来。

餐饮行业也戴白帽子,与护士在医院里戴的白帽子区别不大开。故有在小饭馆工作的她们,也戴了白帽子招摇过市,内心里乐于被路人看待成大医院的护士。所谓"过把瘾",但不"死"。

当年有小伙子冲着一顶白帽子而苦苦追求小饭馆服务员的事,因而成了相声、小品和小说、戏剧中的喜剧情节。

她们上班时,邻家没有大儿女的母亲一出门碰上了她们,投在她们身上的目光是很复杂很微妙的。那一种目光告诉她们,对方们心里在想——盼到哪一天我自己的女儿才也开始上班挣钱呢?她们每月18元20多元的工资,对一个平民之家的经济补充非同小可。那时她们嘴上礼貌地问着好,内心里体会到极大的优越感。

如果是星期六,她们也会在厂里换下工作服回家。倘还是夏季,她们往往穿一件"布拉吉"。因为她们自己最清楚,"布拉吉"尤能显示出她们成熟又苗条的"大姑娘"的美好身段。也因为她们明白,一旦做了"小媳妇",再穿"布拉吉"的机会便少了。"小媳妇"们一般是不公开穿"布拉吉"的。

于是许多母亲的目光,都会追随她们的身影久望,互相询问她们是哪条街上、哪个院里、哪一户人家的"大姑娘"。如果她的容貌比较漂亮,那么她的家便出名了。

女人们每每会情不自禁地这么说:"瞧人家那大姑娘长得喜人劲儿的!"

那个年代的父母,尤其工人家庭的父母,一般认为自己的女婿年轻、健康、英俊、人品好就是女儿的福,当然也是自己的福。健康和人品好是首条,其次是英俊不英俊。至于是工人还是小干部,那倒无所谓。当然,如果前四条"达标",居然还是位小科长,父母会替女儿高兴得心花怒放。

"大姑娘"们下班一回到家里,放下饭盒就帮母亲们做这做那。她们一般不会因为自己也是挣工资的人了便在家里摆什么资格,要求什么特殊待遇。

她们明白,自己生活在家里的日子不会太久了。这使她们比从前更体恤她们永远操劳着的母亲们了。回想自己是小姑娘是少女时,竟不怎么懂得体恤母亲替家庭分忧,她们每每地心生愧疚,同时心生对她的家的眷眷依恋,虽然它可能很清贫、很拥挤、很杂乱。那一种眷眷依恋又每使她的心情特别惆怅。"大姑娘"们这时望着生出了白发的母亲的目光,是非常之温柔的。

"女儿是娘的贴心袄。"——这句话主要指的是"大姑娘"了的女儿们。

吃完饭,"大姑娘"和母亲争抢着洗碗。

"不用你,屋里歇着吧!"

"妈,您进屋歇着,就让我来吧!我还能替你几次呢?"

这每每是母女二人在厨房里悄悄的对话。

当母亲的听了,心里一阵热。她感动得想哭。她这时心里边觉得,她将女儿从一个小姑娘拉扯成一个"大姑娘",所付出的一切操劳都是值得的。她的心满足得快要化了。

"大姑娘"洗罢碗,收拾干净了厨房,进屋又拿起了毛线活或针线活。如果家是两间屋,"大姑娘"准和母亲待在同一间屋。或对坐,或并坐,或"大姑娘"手里运针走线,母亲陪着一递一接地说话,或母女俩手中各有各的活……

少年时期的我,常在别人家见到这样的母女亲情图。

"大姑娘"有工资了,她可以用自己的工资买毛线了。她心里有种筹划,那就是要在"出门"前,给父亲织件毛衣,给母亲也织件毛衣,再给弟弟织件毛背心,给妹妹织条毛围巾什么的。"出门"前的"大姑娘",心里装着每一个家庭成员。她要留下念想儿,延续她对这个生于斯长于斯的家的亲情。

"大姑娘"某一天终于是新娘了。男方家里会送她一套料子做的新衣,一般是"哔叽"的。那将是她以后二三十年内最好的一套衣服。

当然还少不了一双皮鞋,那几乎肯定是"大姑娘"生平穿的第一双皮鞋。手表、自行车、缝纫机是当年代表一个家庭物质水平的"硬件"。新婚夫妻极少有同时备齐"三大件"的,往往由"大姑娘"随自己的心愿任选其中的一件或两件。

"大姑娘"的娴静,还与较多地占有她们业余时间的编织与针线活有关。那些仿佛是她们的"书"。爱读书会使男人变得娴静,正如编织和针线活儿会使"大姑娘"变得娴静。

那个年代的"大姑娘",普遍而言,也都较腼腆。

腼腆包含有羞涩的意思在内,但又不仅是羞涩。羞涩形容的是内在的心态,腼腆形容的是外态。羞涩是一个发生性的、进行性的词,因为人不可能无缘无故地羞涩起来。

但那年代的"大姑娘"们,却往往会经常无缘无故地腼腆起来。

比如同院住了多年,邻居关系很好,她们到我家借东西,或春节拜年,也会显出非常腼腆的样子。而我父亲常年在外地工作,我哥哥是中学生,我是少年,我家简直没有能算得上"男人"的人,她们为什么也腼腆呢?

正由于我家只有小男人,我母亲又特别好客,对"大姑娘"们一向特别亲热,一向特别被她们所敬,故不但同院的,而且连邻院的,一条街上的,乃至前街后街的"大姑娘"们,相当一个时期内,都愿结伴往我家聚,有时会在窗前聚七八人之多。就着屋里的灯光,各自手里皆钩着织着,你一句我一句地聊天。悄悄地聊,偶尔发出一阵"哧哧"的轻笑。邻居们都说,我家简直成了"大姑娘之家"了。我母亲也常望着她们说:"我要有这么多'大姑娘'可美死了!"

正是那么一种情形,使我这个少年的眼,有机会观察很多"大姑娘"。

连我母亲和她们说话,她们也显出腼腆的样子。

同院有个比我大的男孩子心思不良。按今天说法,可叫做"问题少年"。

有次他问我:"你看她们中哪个漂亮?"

我就指着其中一个说:"她最漂亮。"

他怂恿我:"那你敢走到她跟前去对她说'我爱你'吗?你若敢,我给你两个玻璃球!"

于是,我逞强地走到那一个"大姑娘"跟前大声说:"我爱你!"

不唯那一个"大姑娘",所有的"大姑娘"们全都倏地一齐红了脸,全都瞪着我呆住了。片刻,这几个伏在那几个身上,一齐笑得前仰后合。

那是我生平第一次见"大姑娘"们笑开怀。她们一个个忍住笑,复一齐瞪着我,脸仍红着,都显出一种很美的腼腆。我母亲因那件事狠狠训了我一通,不许我以后再跟那"问题少年"接触……"大姑娘"们的娴静和腼腆,单就男性对女性的眼光而言,从我这儿讲,在我记忆里永远是优雅的、美的。姑娘大了,如果只"蹦迪"蹦得好,却从不知娴静何意;如果一味现代,从未羞涩过,从未腼腆过,细想想,也够俗得烦人了……

（三）

　　20 世纪 60 年代前三年，是中国的灾荒之年，也是中国人的饥饿之年，更是逢此三年的绝大多数中国女性每忆心悸的艰苦岁月。从母亲怀中的女婴到老妪，几乎盖难幸免。

　　我们这里既然说的是绝大多数，因而强调了例外者们的存在。某些成年人虽然在那三年里自己不曾挨过饿，但还是知道别人们在挨饿的情况的。只有极少数 60 年代的少男少女在那三年里并没挨过饿，以至于长大后，听许多同龄人或上一代人回忆起"三年自然灾害"时期的苦日子，自己们浑然不知，莫名其糊涂。仿佛非中国人，乃外国人。

　　他们是极少数的高干子女。当年的空军战士，曾节省下自己每月发的饼干和巧克力，送往他们曾读书的小学或中学。"难怪学校里当年发过饼干和巧克力！"他们往往是在这样的联想下，才能证明那三年在自己的年龄中也确曾是度过的。

　　所谓"三年自然灾害"，我们如今都知道的，并不仅仅是自然因素造成的，也是政治因素造成的。中、苏两国决裂了兄弟国家之间的友好关系，于是导致苏联板起面孔讨债，中国显示出强硬的志气偿还。

　　那三年内，司局级以上干部，每月发"优待券"，可凭券买到白糖、茶、烟、奶粉之类。老百姓在那三年里见不到奶粉，凭出生证明供应给婴儿的是"代乳粉"，一种接近奶粉的婴乳品。那证明不仅要证明婴儿的出生，还要证明母亲奶水的不足。倘不证明着后一点，也是不卖给的。春节前，每户人家供应几两茶叶。白糖每月每人二两，吸烟的男人每月供应一条劣质烟。

城市人口中,对男劳动力的最高定量是三十六斤半(搬运工、伐木工、煤矿工享此优待),一般工人三十二斤,脑力劳动者三十斤,家庭妇女们和中学生高中生们一样定量——二十八斤半。后来,在哈尔滨市,粮食不能保证定量供应了,每人每月减少三斤粮食,以霉质的地瓜干等量代之。连霉质的地瓜干都作为城市人的口粮供应了,足见已将农民的口粮收缴到了什么程度。许多学生腹中空空地上学,许多学校因而取消了课间操,学生和教师饿昏在课堂的事是经常发生的。"天府之国"的农民大批大批地逃亡外省寻求活路……陕甘宁的农民大批大批地"闯中原"或"走西口"……事实上,饥饿从1958年起,在有些省份就蔓延着了,也并未能全国齐刷刷地结束于1963年底。在有的省份,直至1965年1966年才略见缓机,而1966年中期就开始了"文化大革命"……

那些年,城市里的许多中年母亲们,迅速地白头了,明显地苍老了。

作为妻子,她们必得保障丈夫们不至于被饿倒。丈夫们一饿倒,家庭也就没了基本收入。作为母亲,她们必得保障儿女们维持在半饥半饱的状态,因这是她们的起码责任。如果还有公婆,如果她是个孝顺媳妇,岂忍看着老人挨饿?

但每一个家庭成员的口粮都是定量的。"巧妇难为无米之炊",她们往往也只有自己吃得比定量更少。

倘有丰富的副食,以上定量并不至使人挨饿。

但那些年里几乎没有任何意义上的副食品,连蔬菜也时常是限量供应的。

60年代的前几年,中国城市里的绝大多数母亲们亦即中年母亲们,总体值得评说之处是母性的坚忍和毫不顾惜自身的家庭责任感。如果她们自己不吃饭也能将就着活,她们中许多人肯定会根本一口饭都不吃；如果她们身上的肉割下一条来半个月就会长合，她们中许多人肯定会每隔半月从身上割下一条肉来给全家人炖汤。

除以上两点，实难再由她们评说出什么折射时代精神的风貌特征。

那么咄咄逼人的饥饿时代里，她们身上还能显示出别种的女性异彩吗？

那些年参加了工作的"大姑娘"，大多数比较自觉地推迟婚龄。一是由于结婚成了很不现实之事。大多数小伙子那些年没心思结婚，整天饿得心慌眼花的，哪儿有结婚的心思呢？念头一闪，便自行地打消了。而小伙子们的消极，正中"大姑娘"们下怀。其实她们都不愿在艰苦岁月里嫁出门去，一嫁出门，工资也就带走了。她们微薄的工资，对于她们的家越发显得重要了。毕竟，在黑市上，花高价还是有可能买到粮食或粮票的。若买粮票，她们的工资也等于十几斤粮食啊！一个家庭每月多十几斤粮食少十几斤粮食，区别是很大的。何况，因为她们参加了工作，每月口粮比母亲多三斤半，比小弟弟小妹妹多六七斤甚至十来斤，自己每顿少吃，家人不是可以多吃几口吗？

那些年，是中国城市结婚率最低的几年。二十四五岁了仍不考虑婚事的"大姑娘"多了，不足为奇。与20世纪50年代初期至中期相比，她们接近着是"老姑娘"了。

饥饿比宣传号召起了更大的晚婚作用。

但在农村里恰恰相反。

为了拯救家庭，"大姑娘"或者甘愿牺牲自卖自身，或被无奈的父母所暗卖。因为她们没有工资，土地荒芜，工分也没了意义，只有自身还能换点吃的。又加上中国农民传统的重男轻女的封建思想仍十分严重，卖了女儿，起码家里少了一口"白吃"。保命的重点，是倾斜于儿子的。当然，也有父母，愿望是好的。考虑的极为现实——女儿让一个男人领走，只要他能养活她一条命，总比饿死在家里强。"大姑娘"白白被人领走了，接着二姑娘三姑娘也眼睁睁地被人领走。只有儿子，要死，也得和自己死在一起。因为只要留住儿子，只要儿子不死，就有能传宗接代那一天……

城市里的少女们，半大姑娘们，亦即中学生们，比起农村的少女们半大姑娘们来，落不到那么悲惨的命运，似乎该算是苦难岁月中的幸运。

但她们中的许多，在身体正待发育着的年龄，由于极度的营养缺乏而中止了发育。如果将今天小学六年级的学生和60年代前三年的初一初二学生混编在一起，并且都来一个向后转，那么可能较难分出哪些是今天的小学六年级生，哪些是从前的初一初二生。如果将那时的高中生与今天的初中生混编在一起，那么会比较明显地看出，后者们发育的良好程度远胜前者们。良好中的忧虑，倒是营养过剩现象。

许多初中生高中生，身体发育在不该中止的年龄中止以后，就永远地矮小了。排除个别遗传因素，共同的原因是三年饥饿。

一进入60年代，中国城市女性人口的年龄比例发生了显而易见的变化。过去是家庭妇女多，后来是学生多。过去，街头巷尾发生件什么事，哪怕仅仅是出现了个卖彩线的小贩，满街急匆匆聚去的是中青年母亲们，后来，如果正巧是学生们放学的时候，被吸引的往往是许多女学生了。

过去，早晨7点多钟下午5点多钟，女人们的目光迎送的是上下班的丈夫们，而后来迎送的是上下学的儿女们。成群结队的中小学生从街上络绎经过，情形往往颇为壮观。

60年代的中学女生与50年代的中学女生们相比，头脑中对于上学的思想大为不同了。她们已不满足于将来的自己仅仅不是文盲,她们已开始明白,学历的高低,不但关系到自己将来的婚恋和人生的质量,而且足以直接扭转自己的命运。

绝大多数初中女生的志向是升高中。她们上中学不久,便开始了解市里有哪几所中学是重点中学,而自己就读的中学之教育水平大致属于几等。在课堂上,老师们每每倍感荣耀地告诉学生,本班本校的上一届上几届学生中,有多少考了重点高中。那些使老师谈起来很骄傲的学生中的女生,便渐渐成了她们心中的榜样。

绝大多数高中女生的志向当然是升大学或大专,那些重点高中的女生尤其如此,她们对于全国的名牌大学耳熟能详。"三六一十八,清华北大哈工大。"这是60年代初开始在哈尔滨初高中生们之间流行的话,代表着他们和她们的学习理想。"三六一十八"——当年指哈尔滨的四所重点中学三中六中一中十八中。中学生考入此四所中学的高中,意味着离踏进全国名牌大学只有一步之遥了。我的哥哥原在哈二十九中读初中,初中毕业后被保送到一中,前街和后街的"大姑娘"们都对他另眼相看起来。

1963年我升入中学,哥哥考入大学,前街后街为之轰动。连派出所所长和社区的干部都纷纷到家里祝贺。新中国成立以来,我们那一居民社区几千户人家中,还没出现过大学生。他到外地上大学前,预先定亲的媒人终日不断。许多"大姑娘"和她们的父母,认为我哥哥将来必是工程师无疑,都愿早结良缘,等上四五年也心甘情愿……

那年代的"大姑娘"们——她们已不怎么乐于被视为"大姑娘"了,人们已开始顺应她们自己的意识称她们为"女青年"了——无论是学生还是参加了工作的她们,依然是娴静的。

但与50年代相比，她们已外静内不静，态静心不静。是的，她们不再如50年代的"大姑娘"们一样娴静得头脑空旷心思简单了。1963年后，饥饿的黑翳从城市里渐退，人们又能吃饱肚子了。"女青年"们择婿的标准在吃饱了肚子以后开始悄悄形成。"蓝制服，白大褂，枪杆子，舵把子。"这是当年"女青年"们之间流行的顺口溜儿。如果嫁给有大学文化的男人无望，这是她们退而求其次的择婿标准。"蓝制服"指公安干警。社会的许多方面，都对"执行无产阶级专政"的男人们礼让三分，故他们在女青年们心目中的地位颇高。

"白大褂"指医生。中国百姓看病是件麻烦事，有时甚至是件叫天天不应，叫地地不灵的事。嫁给医生，或只不过是在医院工作的男人，全家人包括亲戚朋友都会受益匪浅。

"枪杆子"指排长以上现役军人。军官月薪高些，成了军人家属，不但生活有保障，不但光荣，还会受些优待。但嫁给军人有一点不中她们的心意，那就是将忍受婚后长久的分居生活的苦闷。而随军不但须经部队批准，又可能离开城市，离开城市是她们所不情愿的。故"枪杆子"在国家那儿虽然排在第一重要的位置，但在她们心目中却只能屈居第三。

"舵把子"指司机。无论开卡车的还是给官员开小车的，总之自己和自己的家人能沾点方便。

看来，归根结底，女性自我意识的觉醒，不是由任何其他的条件和因素所决定的，首先是由工业的发展所决定的。工业的发展带来了广泛的城市就业机会，广泛的就业机会增加了许多家庭的收入，收入提高了的家庭有能力承担儿女们的学费。而较普遍的文化教育，使普遍的男人和女人的意识受改变的过程和阶段是有区别的——它使男人开始关心自身以外的事情，它使女人开始思想与自身相联系的事情。好比展开一幅画在男人们眼前，使男人知道世界比自己所了解的广大得多；而展开一幅画在女人们的头脑中，使女人知道女人的命运比自己所以为的丰富得多。那幅画原先就存在于女人的头脑中，只不过它卷着，还捆着，非靠时代的咒语而不能展开。只有极特殊的女性，能凭自己的觉醒先于时代的默许而展开它。她们在任何时代都是具有叛逆精神的女性……

50年代中后期的许多"小媳妇"，在60年代的前几年，不但早已是母亲，而且可能已是两三个儿女的母亲了。

那时"计划生育"还没实行。

她们的某些母亲们，在十来年内，尤其在饥饿威胁每一个家庭的三年内，已被老年扯拽得趔趔趄趄，过早地随之而去了……

她们可算是共和国的第二代母亲，她们生下的是共和国的次子次女们。

由于她们本身已是有些文化的母亲，她们对女儿们的期盼，比她们的母亲在她们小时候对她们的期盼高得多。她们每每因还没上学的儿女居然也会写她们教过的某些字非常惊喜。而她们的母亲们，当年往往只因她们的脸蛋漂亮小嘴乖甜笑逐颜开……

尽管，共和国的许多次女幼小时吃过"代乳粉"，但智力却比第一代们开发得早，接受文化的年龄也比第一代们小。普遍的她们，学龄前就已经培养起了学习的兴趣。甚至，连她们的入学年龄，也比第一代们提前了一两岁……

然而，饥饿的黑翳刚刚敛去，中国人刚刚又能吃上两年饱饭，1966年"文革"爆发了。用"爆发"一词形容"文革"是并不夸张的，对于绝大多数中国人，它来得还是太突然了。尤其对于中国的初高中学生们，它突然得使他们一时懵懂。4月份"黑云压城城欲摧",5月份席卷全国,6月初宣布"停课闹革命",6月中旬公告各省市,"废除旧的教育制度",取消当年的中考、高考。

全中国初高中学生们的学业,都终结在那一个月份里。像许多他们和她们的身体发育,中止在三年饥饿的年代……

"文革"实际上在中国改变了世界一贯通用的年代划分的常识。我们简直无法不承认,1966年虽是60年代的中间一年,但同时又是另一个疯狂年代的开史元年。从1966年到"文革"结束的1976年10月的中国女性很有些与此前此后完全不同的表现……

(四)

在世界美术史上,通过女性和书的关系体现某种美感的名画是不多的。即使那些最伟大的大师们,创作的目光一专注向女性,也往往首先被她们的肉体的美所吸引。不唯画家们如此,连雕塑家们也如此。罗丹和毕加索,都对女性肉体的美说过许多情不自禁、如醉如痴的话,但却都没有为我们留下将女性和书统一在一起的雕塑或绘画。

而我一直觉得——一位静静地看着书的女性,如果她本身是美的,毫无疑问,那样子的她,则就更美了;如果她本身是欠美的,毫无疑问,那样子会使她增添美感。

我一直觉得有四类女性形象是动人的——托腮凝思着的少女,读着书的青年女性,哺育着孩童的成熟女性,编织着的老妇人。我想说的是——入画的托腮凝思的少女我见过,哺育着孩童的成熟的女性我见过,编织着的老妇人我也见过。但是——入画的读着书的青年女性,我只见过两幅。一幅画的是一位公爵夫人，在豪华的房间内静静地仿佛聚精会神地读一部《圣经》——如果《圣经》也算是书的一种的话。

另一幅是俄国画家画的——一位少妇坐在小窗前一把旧椅上，聚精会神地读一部差不多与《圣经》等厚的书。她一只细长的手指正打算抚过一页……

女性，尤其青年女性，与书一同入画、入摄影、"变为"雕塑——在我看来，其艺术的魅力，仿佛便具有了某种超凡脱俗的圣洁意味。我记得有这样一幅画——一位面容清秀的姑娘，身着白连衣裙，手捧一册刊物看得忘我。她的身后是街头报刊亭，那一册刊物似乎是《知识》，那一幅画的题似乎是《知识就是力量》。它一经问世，便被许多报刊转载。如果能够统计一下，我们将会更加确信不疑——它可能是当年转载量最高的一幅画，起码是之一。

当年，许多三十来岁三十多岁的中国男人和女人，一看到这幅画时竟泪光闪闪。尤其那些被时代蹉跎了岁月，永远再没有机会以正式大学生的身份跨入大学校门的男人和女人，面对《知识就是力量》无不百感交集。

"老青年"、"后知青"，当年的高中生们，从十七八岁到二十七八岁三十余岁的一切城市里的男女，凡求知若渴的无不参与到了同一种竞争中——那就是升学。

当年的升学竞争并不像今天的升学竞争这么激烈。或者反过来说，以今天比当年，今天的升学竞争不但显得尤为激烈，而且简直可以说达到了惨烈的程度。

当年的考题容易，分数线定得低，高考恢复后的前两届，分明带有体恤性和关怀性。

在大学的课堂上,在女大学生之间,当一名十八九岁的年龄最小的女大学生和她的二十八九岁的可能已经做了妻子的女同学坐在一起时,时代在尊重文化知识方面曾经一度发生的断裂就呈现出来了。

当年,女性要求和向往自身知识化的强烈冲动,远胜过今天时装、减肥、美容、出国旅游对她们的吸引。

这一方面是由于当年还没有那些,甚至可以说主要是由于当年还没有那些;另一方面,不能不承认,中国女性力图通过知识化完善自身的可贵意识开始觉醒。而这一点,对于全世界的女性来说,其实都是最不容易的选择。因为——孜孜苦读考上大学并以优秀的成绩毕业,远比埋头苦干挣上一大笔钱通过整容术将自己的脸整得端正些还需要执著的精神。而当年又恰恰是那些被耽误了十年的大龄大学生,尤其他们中的女性,其苦读之执著精神特别令人钦佩。四五年后曾有报纸做过调查,她们的毕业成绩是令她们的许多老师深为满意甚至深为叹服的。

不能以正式大学生的身份进入大学校门的她们,转而毫不气馁地成了夜大、电大、职工大学里学习态度最具自觉性的"女生"。

从恢复高考到20世纪80年代的最初二三年,中国当代女性,主要指中青年女性,给我留下的最深刻的印象,可用七个字来概括,那就是——学习、学习、再学习。

在城市里,你几乎可以到处看到她们捧读的身影和姿态。有的是在读刊物上发表的最新小说,这倒并不怎么特别值得喝彩。因为支撑文学延续至今的主要读者群,几乎一向是女性。如果某一天连女性也不看小说了,全世界十之八九的出版社就该倒闭了。好比如果某一天连男人也不看足球赛不看拳击赛了,那么足球运动和拳击运动就该寿终正寝了。但当年你也会不经意间发现她们手捧另外一些纯知识性书籍全神贯注地读着的身影和姿态,比如物理、化学、高等数学、历史、文学史以及哲学史等。或在公共汽车站,或在拥挤的公共汽车上,或在商店的采购队列中,她们惜时如金令人怦然心动。她们大抵是些上夜大、电大或职工大学的女性。若你发现她们是在公共汽车站或公共汽车上,那么往往是下班的时间。她们的小包里装着一个面包一罐头瓶水,往往直接赶去上课。若你发现她们是在商店的采购队列中,那么那一天往往是星期日,她们又往往是在"放学"回家的路上顺便买些东西。

当年我曾见到过一次这样的情形——那一天下着蒙蒙细雨,在前门 22 路公共汽车起点站,有一位 30 岁左右的女子没带伞而捧着一册几何书看。她怕雨淋湿了书,将书捧在前边一个人的伞底下,任凭自己被细雨淋着而又似乎浑然不觉。她的衣服分明已经快湿透了,头发上聚着一层非常细微的雨珠儿。我排在她身后,也没带伞。但我穿着风衣,并不在乎雨淋。我身后是一位老者,他撑着伞。他尽量将伞举过我头顶,撑向前边。那么一来,不但他自己被淋着,伞上淌下来的雨滴也落在了我肩上。我回头正欲开口提出"抗议",瞬间明白了,他是想用自己的伞替那位女子遮住雨。我立刻闪身将他让到了我前边。那样,他自己不会再被雨淋着,也能将那位女子罩在伞下了。他对我说谢谢时,我内心里却被他的善意感动着,不知该说什么好,只有笑笑。我很希望那位女子回转身,发现有一位老者在她背后为她撑伞遮雨,然而她没有。那老者一直默默将伞向她斜举着,仿佛是她的一位老仆,所做纯属义务。直至一辆公共汽车开来,我们都上了车。那女子站在车上,仍一手握栏杆,一手持书,全神贯注地看。车上,许多人的目光不时投向她,人们的目光中饱含着敬意——那是对于女性自强不息之精神的敬意。

车到师范大学那一站,乘务员提醒她:"那位女同志,别用功了,该下车了!"

虽然她不曾开过口,却连乘务员都猜到了,她一准该在那一站下车。

她这才想起还没买票,急将书夹在腋下,打算从小挎包里往外掏钱……

而乘务员说:"算啦算啦,快下去吧!别耽误你上课,也别耽误司机开车……"

在车上许多人善意的笑声中,她匆匆下了车,身影汇入涌进师范大学校门的人流中。

当年,晚6点半至7点之间,某些开设"业大"的大学的校门口,其人流匆匆涌入的情形如同上夜班的工人人群。他们和她们,9点半以后才能离开大学回家,第二天当然要照常上班。所以"业大"又简直可以叫做"夜大"。当年的许多中国城市,包括北京、上海、天津这样的大城市,9点半以后绝对地寂静下来了。斯时如果有许多骑着自行车的身影从马路上鱼贯而过,那么肯定是些早已不再年轻的"业大"生……

如果以为,当年的中国女性那一种求知若渴,纯粹是对知识的毫无功利心的追求,也非实事求是的看法。

人对于知识的追求,大致可归结为两类——一类由于兴趣,一类由于需要。

当年的中国女性,几乎皆是由于需要而追求知识。更确切地说,也是追求文凭。

文凭可以助她们较为顺利地谋到符合自己理想的职业。

这一点与现在是一样的,与以后也必是一样的。

但那职业的理想与否,于当年的她们而言,其实又只不过是由性质所决定的。在工资收入方面其实并不能体现出什么差异来。当年中国仍处在工资无差别的年代,也没有什么外资企业或商业集团频频地向她们招手并释放强大的吸引力。故她们追求文凭的原始动力,又几乎可以说与钱无关。

昨天的与钱无关也罢,今天的与钱密切相关也罢,只不过是时代特征下知识或学历价值的区别,只不过是这种区别体现在两个时代的女性身上所折射的不同意识内容,二者之间并不存在着可褒或贬之分。进而言之,在中国今天这样一个特征显明的商业时代,无论男人还是女人,追求知识或学历以谋求高薪职业,既不但并不亵渎知识或学历本身,而且完全符合着时代一贯的法则。只有极少数的人才能达到逆商业时代法则而进取的单纯的知识追求的境界。这样的人不但历来极少,而且将越来越少,所以是不可以他们为榜样而苛评大多数人顺应时代法则的天经地义的现实态度的……

当年除了以上那些女性,工厂的青年女工们也在补习文化知识。有的工厂明文要求青年女工们进行初中文化考核。通过考核者才发给正式"上岗"证。所以当年找齐一套从初一到初三的课本既不但是不易的,而且是幸运的。当年一套初中的旧课本在地摊上标以高价。当年某些家庭里有这样的情况——上初中的弟弟妹妹做哥哥姐姐的家庭补习教师,甚至儿女做父母的家庭补习教师。

当年许多城市里的中青年女性都体会到一种时间上的紧迫感。

无论是追求学历的女性,还是应付文化补习的女工,见了面,或在电话里所交谈的内容,往往都离不开"考试"二字。有些人是为了和别人不一样而考,有些人是为了能和别人一样而考。无论男人或女人,其实每个人的潜意识里,都存在着企图高于别人的念头。当年的时代说,那么,你知识化起来吧!每个人的潜意识里,又都存在着不甘低于别人的自强。那个时代说,那么,你就知识化起来吧!知识和学历,成为时代抛给人的一种标志。这标志甚至影响着当年嫁龄女性的择偶观。"给你介绍一位男朋友吧,他可是位大学毕业生呢!"倘"他"其余条件不是很差,十之八九的嫁龄女性是乐于一见的。正如今天有人对她们说:"给你介绍一位男朋友吧,他可是位大款呢!"——而她们中许多人眼神会为之顿亮一样。大学毕业这一条,遂成为当年中国嫁龄女性最高择偶标准的项目之一,认为自身条件优越的她们,甚至公开声明非大学毕业生不嫁。当然,今天之中国的许多待嫁女性,择偶要求中往往也是列入这一项标准的。但在当年,那是最高的标准之一。在今天,却差不多是最起码的,最低的标准了。当年,这一最高标准往往是前提。无此前提,对于某些原则如铁的女性,见都不见。今天,这一标准往往只不过是"参考分"。如果其余硬性标准合格,这一标准宁愿主动放弃,根本不再予以考虑。当年,其余的标准无非是相貌、健康情况、家庭负担情况、性情等等。除了学历一条,与50年代的标准几乎完全相同。

今天,其余的标准因人而异,天差地别——所异所差所别,往往由男人财力决定,财力往往被视为前提。前提满意之下,余项都显得无足轻重了。

当年的标准,尤其是当年的前提,只维系到1985年左右,便在时代的一次次"解构"中完结了。

国门开放,许多有钱的,或似乎有钱的港人、台胞、华侨、外国人一批批纷至沓来。

于是一批批年轻貌美的中国姑娘挽其臂而去。

当年大宾馆大饭店的漂亮女服务员,如今做了境内中国男人之妻的,想来不会超过十之一二。致使后来那些大宾馆大饭店,因漂亮女服务员们的势不可挡地"流失"而烦而恼,再后来干脆一改初衷,不专招漂亮的了,只要看得过去的就录用了。

年轻的中国知识女性们,在那些宾馆和饭店的女服务员们面前,心理曾何等的优越何等的高傲啊!但时代在让她们尝到点儿甜头之后,似乎又开始恶意地嘲笑她们了!

连宾馆和饭店的女服务员们都时来运转,梦想成真,摇身一变成为尊贵其身的娇妻美妾,那些不但拥有了大学文凭,不但外语流利,并且也漂亮的女性,岂肯坐失良机,蹉跎其后,而不捷足先登?

于是,知识和学历相对于当年的中国男人,其优越感在钱的耀眼光辉下一败涂地。

相对于女性,在佳丽的美貌前黯然失色。

当年,大学毕业生刚参加工作的工资还只不过五十几元,硕士毕业生的工资还只不过七十几元。这比没有学历的同龄人的月工资已经高出一二十元了。但对比于境外的男人们,其工资只不过十几美金(按当年的汇率算)啊!

于是,由学历泛起的时代泡沫,也很快灭落下去了,正如政治的时代泡沫灭落下去一样。

从20世纪80年代后半叶至90年代前几年,中国年轻女性的涉外婚姻率直线攀升。尽管其间丑剧、闹剧、悲剧时时披露报端,但孤注一掷者破釜沉舟者铤而走险者,源源后继。

这一种现象有什么不对头的吗?

许多中国人当年是这么想的。

尤其某些刚刚用勤奋换来了学历,在女性面前的自我感觉刚刚好起来的待婚男人,内心里感到无比失落。

仅仅几年前，还有女性公开声明非大学生不嫁，不曾想才几年后，某些年轻漂亮的女性们却往往这么说了："哼！穷大学毕业生有什么了不起？硕士又有什么了不起？让他们一边稍息去，等我实在找不着中意的了再考虑他们！"

仅仅几年前，各地的形形色色的年轻的男性的骗子，还一而再、再而三地冒充大学毕业生骗取青年女性的芳心——不曾想才几年后，他们却开始冒充境外的富商子弟了。

某些拥有了高等学历但天生不怎么好看的女性，内心里当然更是愤愤不平于此一种时代现象的不良。岂止不良，在她们想来，简直丑陋！简直可憎！

当年我也是对此一种时代现象持激烈批评态度的中国男人之一。

但是如今细细想来，此一种时代现象，实在是一种从古至今的极其正常的现象。

因为，无论男人女人，总是希望通过最容易的方式达到某种目的。

因为，无论男人女人，改变自身命运，过上比别人好得多的生活，从来是憧憬。

因为，尤其是女人，在一个商业时代的大门迎面敞开之际，对于物质生活的虚荣追求，自古强烈于男人。例外的女性是有的，但她们在数量上绝对代表不了普遍。

因为，女人要过上比别人好得多的生活，最容易的方式只有一种，而且是最古老最传统的一种——那就是通过嫁给一个能给予她们那一种生活的男人的方式。

这方式虽古老，但绝对地并没有过时。目前仍在全世界许多国家里被许多女性继续沿袭着。

通过最容易的方式达到某种目的——这既不但是人性的特点，也是许多种类兽、禽乃至虫的本能特点。

以上方式符合人性的这一特点，尤其符合女性之人性的这一特点。

20世纪80年代后半叶，中国某些女人以她们比男人敏感的神经，触觉到了时代的兴奋的中枢区。它反射给她们的讯号是——欲望时代的集贸商场即将大开张，你有什么可交易的？容貌即资本，青春即股票。它并且暗示她们——二者之和，远远大于一个女人头脑中所可能容纳的全部知识的价值，就像三角形的任意两边之和大于第三边一样。

那时，社会行业还没有发展到今天这么丰富多彩的程度。即使有才干的知识女性，倘要凭其才干和知识得到的收入比普遍的女性多，仍几乎是痴心妄想之事。

于是她们的目光自然而然地由国内转向国外。在国外，对才干和知识的尊重毫不含糊地体现为金钱的结算方式，并且是以美元兑换价值的。而那时在中国，通过金钱对才干和知识进行结算的方式，仍是一种扭捏的、暧昧的、遮遮掩掩甚至偷偷摸摸的方式，仿佛有悖于全体中国人对才干和知识的常规思想观念。谁若获得了数千元的奖金，肯定引起嫉妒。几万元的奖金，会成为轰动性的新闻。那时在中国，只有"走穴"的歌星是一个例外。

有才干有知识的女性尚活得这么憋屈，企图潇洒也潇洒不起来，那些没才干没知识甚至一无所长，却有容貌资本有一大把青春股票的女性，又怎会自甘资本闲置股票贬值呢？而她们，在中国，历来对于物质生活质量的向往是最强烈的。这是人类社会中一个关于女性的公开的秘密。

于是，以上两种截然不同的中国女性，那时都渴望着同一种男人出现在她们的命运里——即能带她们离开中国大陆的男人。不管他是香港人还是台湾人，不管他是哪一个国家的，不管他是年老的还是年轻人，不管要求她以妻的身份妾的身份情人的身份女儿的身份或秘书或雇员的身份，包括女佣的身份——总之什么身份都不计较，只要能带她出去，她便如愿以偿。

于是形形色色的境外男人，成了"超度"她们的命中贵人。

今天，我们回顾80年代，完全可以得出这样的结论——似乎从中期开始，它对折为"两页"。而你不能说它是"两页"，因为它并未从中线那儿被裁剪开；你也不能说它是"一页"，因为"两个半页"上所记载的内容竟是那么的不同。

常规的历史进程中，一般不产生这样的时代现象。

此时代现象说明，历史的进程一旦加快，几乎每五年便有大的区别。而普遍的人们，也仿佛每差五岁便如同隔代了。所谓道既变，人亦既变；道变速，人变亦速。

80年代的前半叶，某些中国女性求知若渴的自强不息使中国男人们为之肃然。

80年代的后半叶，某些中国女性交易自身的迫不及待使中国男人们为之愕然。

尽管，这两类中国女性加起来，在数量上也还是少数。但经她们所体现的中国女性的时代意识的特征，毕竟使80年代前后"两页"着上了极为浓重的色彩，以至于使其他的色彩显得淡化了，难以成为特征了。

最后值得总结的是——80年代后期交易自身之目的达到了的女性，如今朝她们扫视过去，其实真正获得幸福的相当有限。她们中不少人，结果甚至相当不幸。有些女性甚至于今无国、无家、无夫、无子、无业、无产,除了跌价的容貌资本和贬值的青春股票,实际上几乎一无所获。证明她们当年的交易自身并不能算是成功之举。

女人通过嫁给某类男人的古老方式达到改变命运过另外一种生活之目的,虽比较符合女性的人性特点,虽不必加以苛求地批判,但也不值得格外地予以肯定。

因为,那方式所符合的,乃是女性的人性中太古老的特点。无论以多么"现代"的盒子包装了,仍是古老的。它在女性的意识里越强烈,女性在现代中越现代不起来。

因为,无论那目标表面看起来多么能满足自己的虚荣心,多么能引起别人的羡慕,本质上仍是初级的——是以依附于男人为目标前提的……

(五)

某些中国女性"外销"自己的"新洋务运动",自 20 世纪 80 年代中期始,年年方兴未艾,直到 1993 年后才势微渐止。她们的年龄普遍在 35 岁以下,年龄最小者十六七岁。因才十六七岁想方设法更改年龄以求达到合法移民岁数的事屡闻不鲜,因已三十四五岁想方设法更改年龄以求接近于更容易"外销"自己之岁数的事也屡闻不鲜。那些年内,由中国女性推波助澜的"新移民潮",冲击亚洲欧洲澳洲许多国家。即使那些国家的华人移民数量剧增,也使国内许多城市的家庭夫妻离异子女双亲残缺。有知识的凭学历去闯,有才能的凭才能去闯,有技长的凭技长去闯;无知识无才能无技长可言的,则就仅凭容貌和青春资本去闯;连容貌和青春两项也够不上资本的,凭一往无前的盲目的勇气。

"洋插队"一词便是概括这一现象而产生的。"洋"字与"插队"二字相结合,包含了一切的苦辣酸麻。当然,她们当中也确有不少人,在异国真的尝到了爱情的"甜",事业有成的"甜",家庭美满的"甜",人生幸福的"甜"。这些"甜",也当然地原本就不该被国界和国籍隔着。在一方国土内获得不到,去别国寻找亦确是天经地义之事。欧洲国家彼此邻近,欧洲的男人们早就这么着了,后来欧洲的女人们也开始这样着了。其动因和目的与中国女性十分一致。中国女性仿佛企图用她们的行动证明——世界并不算太大,国与国都离得很近。

1993年以后,中国之经济迅猛腾飞,令世界"拍案惊奇",刮目相看。但"腾飞"之中,今天看来,泡沫的成分极其明显。

但是经济的泡沫现象,在短期内向有头脑的人提供的发达之机反而尤其的多,许多人其实只需抓住一次机遇便可永久地改变自身命运。不管那机会是否在泡沫里,泡沫经济的游戏之所以对一个国家有危害,甚至有危险,是针对大多数人的长久利益而言的。当泡沫灭落,大多数人不但往往只空抓了两手湿,而且极可能连曾经拥有过的利益也丧失了。但泡沫又可以掩盖起"游戏"的诸种规则,使之变得似有似无,时隐时现,于是无规则的机会随着泡沫上下翻涌眼花缭乱,似乎比比皆是。而有头脑的人适时抓到它比在"游戏"规则极为分明的情况下抓到它更容易。

于是"洋插队"的中国男人和女人们,面对异国的"游戏"规则插而不入时,便转身回首,望向祖国的一大堆又一大堆的泡沫了。他们和她们,在异国学懂了积累了在中国学不到积累不成的经验。那种种的经验对于她们尤其是有用的,也是宝贵的。正是那种种经验告诉她们,中国的机会也多得值得回来一显身手。于是,攒下了些外汇的同时带着经验,没攒下外汇的同时带着半个外国身份,匆匆地又登上归国的航班。

1993年以后,这样一些"洋插队"过的女性,在中国的大城市里,既有相当出色的表现和表演,也有相当具备"特色"的表现和表演。后一种表现和表演,每每伴随着坑蒙拐骗,每每自身也带有泡沫性。

1993年以后,中国的经济罪案中,女主犯或女同案犯渐多起来。倘仅以北京为例,我的司法界的朋友告诉我——当年三分之一左右的经济罪案中,有"洋插队"过的女性充当这样或那样的角色。

尽管如此,另一个无可争议的事实是——不少"洋插队"过的女性,以她们较为特殊的女性身份,在各大城市中营造了一道道当代都市女性的亮丽的风景线。

外企的第一代第二代"中方雇员"的"花名册"上,留下过她们的芳名。

最早的一批"白领丽人"中,加入过她们的身影。

她们中涌现过第一代第二代女经理、女总裁、女外商代理人、女经纪人、女策划人。

对于今天服装、时装、美容、化妆、健身、保健,乃至许多文化行业的发展,她们曾起到过功不可没的作用。她们一方面是这些行业引领消费潮流的女性;另一方面,可能同时便是宣传者、广告者、始作俑者。

与她们的能力、经济和风采一竞高下的,是那些并不曾"洋插队"过的女性。后者们对机会的企盼期比较长,准备期也比较长,因为身在本国环境中,机会一旦来临,自然出手更及时些。所以,二者相比,后者们的事业,往往是自己们的。自己们之上,并不再有老板。而前者们的事业,则往往不是自己们的。虽然优越着,背后还有老板。虽然挣的是外汇,但总归不过是佣金。

这样两类中国女性,当年曾使许许多多的中国男人惊呼"阴盛阳衰",惊呼到处都是"女强人"。某些男人在哀叹自己们"疲软"的同时,不禁地对某些女人的能力和神通五体投地顶礼膜拜。

其实,世界依然是一个男权主宰的世界,中国也尤其是这样。某些女人们尽管手眼触天能力广大神通非凡,但事业的成功,往往还是离不开某些权力背景更牢靠能力更广大神通更非凡的男人的呵护与关照。

我们说1993年以后中国经济呈现显明的泡沫成分,并不意味着否定1993年以后中国经济发展的一切实绩。泡沫的成分不是全部成分,实绩也是不可低估的。

有统计表明,1993年以后,国外投资大幅度上升,外企与合资企业的数量猛增,乡镇企业如雨后春笋,新行业不断涌现……所有这些,都为中国女性证明个人能力和才干的表现与表演,提供了前所未有的驱动条件。

从普遍性的规律上讲,男人们都不得不承认,女性是影响男人成为什么样的人的第一位导师。

那么,谁是影响女性成为什么样的人的导师?

是时代。

时代不但是,而且是影响女性成为什么样的人的最后一位负责"结业"的导师。

在时代的教导之下,男性文化从前对女性的影响和要求,倘与时代冲突,那么大多数女性都会亲和时代,并配合时代共同颠覆男性文化从前对女性之人性的强加。

20世纪90年代的中老年女性,目光望向比自己们年轻得多的"新生代"女性,又是羡慕,又是佩服;又是隔阂种种,又是看不顺眼。

然而"新生代"们如鱼得水。她们的前代女性,首先成为她们的竞争对手。前者在竞争中往往由于对时代的不适应处于劣势。大获全胜的她们,接着便以挑战的姿态向男人们示威。

一切时髦的事物,首先受到"新生代"女性们的欢呼。

一切夜生活的场所,皆可见她们及时行乐的身影。

一切新行业,都惊喜于她们跃跃欲试充满热忱的加盟。

"靠节俭能富起来吗?得靠机遇!"这是她们的致富观。这无疑是很正确的,可时代从前没给过女性什么机会,因而她们前代的女性大多数是节俭型的。她们的致富观,分明包含着对前代女性的嘲讽。

在许多种场合下,你会发现某些年纪轻轻的女性,与形形色色的、年纪往往可做她们父亲的男人,神神秘秘而又一本正经地共商大计,策划一笔投资数额几千万甚至几亿的项目。如果以为这只不过是异想天开,那就大错特错了,后来成为事实的例子举不胜举。

林语堂曾这样解释他为什么最喜欢同女子讲话——"她们能看一切的矛盾、浅薄、浮华,我很信赖她们的直觉和生存的本能——她们的所谓'第六感'。在她们的重情感轻理智的表面之下,她们能攫住现实,而且比男人更接近人生,我很尊重这个。她们懂得人生,而男人却只知理论。"

我之所以引用林语堂这段话,乃因其中有几点对女性的肯定,借以评说90年代的一些女性,尤其"新生代"女性,也是相当准确的。

第一,直觉。

90年代许多年轻女性的直觉,尤其知识化了的"新生代"女性们的直觉,所接受的是时代中枢神经发射的讯号,是大直觉。这种大直觉相对于她们的意义,往往敏感于男人们数倍。倒是男人们常常反而显得很滞后,很迟钝。它成全她们在经济活动中稳操胜券,以至某些男人每向她们请教。他们信赖于她们的直觉,往往受益匪浅。

第二,生存的本能。

因为她们对生存质量的标准和要求提高了,故她们的本能充满强烈的欲望意味。而欲望驱使她们最大程度地发挥她们的能量,这使她们比以往任何时代的女性都不安于现状。

第三,能攫住现实。

90年代的女性,尤其知识化了的"新生代"的女性,几乎一概是彻底的现实主义者。传统理念从她们头脑中消失的速度,远比从男人们头脑中消失的速度快得多。由于她们眼到心到手到,直攫现实,所以她们又几乎一概是目的主义者。这在男人们看来,也许太不可爱。她们自己也是明白这一点的,但她们自有她们的理由——在许多方面成功了的男人们又有哪一个不是彻底的目的主义者?凭什么女人就不能有目的?凭什么女人就不能为了那目的之达到而足智多谋?她们也自有另一套使她们变得仿佛依然可爱的方式方法——那就是引导男人们及时行乐。从表现现象看,往往似乎是男人们在向女人们提供行乐的条件和机会,因为他们买单。而实际上,从最终的效果,是女性在陪男人们。这时她们就尽量表现她们的天真、纯情、柔弱,心无任何功利之念和头脑的极其简单。她们知道普遍的男人们喜欢她们这样,她们善于在某时暂且隐藏了目的投男人们之所好……

第四,接近人生,懂得人生。

普遍的她们对人生之理解,与数年前相比已大为不同,甚至可以说大为进步。数年前,在她们中许多人看来,"傍大款"便是最容易的接近最理想人生的捷径。而懂得女人如何受权贵或富有男人长期宠爱的经验,也就算懂得人生了。但是后来她们悟到了,那不过是"杨贵妃式"的女人的人生。有武则天一比,杨贵妃只不过是一个可悲可怜的女性罢了。她们倒宁肯从男人那儿少要点儿宠爱,多讨些实惠。尤其,当她们与男人的关系无望成为夫妻时,她们给予男人的每一份温柔,都要求男人们加倍地偿还以实惠。她们无不希望拥有完全受自己权力控制的纯粹个人的一番事业,当然这事业主要指经济方面的。她们对这一种事业的渴求,强烈于对一位好丈夫的渴求。因为道理是明摆着的,一个站立在完全受自己权力控制的经济基础上的女人,只要其貌不甚俗,其性情不甚劣,招募一位好丈夫实在并不困难。

当然,这样的女人究竟是否真的便算接近人生懂得人生,大可商榷。我们要指出的仅仅是:90年代有许多女性持此种人生观。这毕竟比90年代以前争先恐后自售其容其身要争气得多。

而我想说,90年代的女性,尤其知识化了的大城市里的"新生代"女性,尤其她们中特别年轻特别漂亮的,其实大抵是非常理智的女性。她们像一切时代的一切女性一样,有情感的需要,但是并不怎么在乎失去。渴望爱的抚慰,但是也颇善于玩味无爱的寂寞。她们有寂寞之时,但绝对并不苦闷;她们有流泪之时,但主要因为失意而很少由于内疚。她们为交际付出的时间和精力往往多于恋爱,在她们那儿两者常常是这样掂量的——交际产生交情,而广泛的男女交情比专一的爱情更有助于自己事业的成功。所以使男人常常搞不大清他和她之间的关系究竟是爱情还是交情。情人节亲自送给她们一束玫瑰,男人便可得到她们的一次甜吻。在她们的生日请她们到大饭店去"撮"一顿,她们望着那男人的目光便会始终含情脉脉。而男人若在她意想不到的情况之下送她名贵的首饰,她们很可能会扑入他的怀里惊喜地说"啊,我的至爱"!——就像首饰广告里的情形那样。而她们越是变得极端地信赖手段追求目的不重情感，则越在一些琐碎的、鸡毛蒜皮的细节方面夸张地表演出注重情感的模样。

她们以上的种种行径又简直可以说都是身不由己的，因为人与人之间的可信任度已大面积地从中国人90年代的生活中流失了。行业虽然空前地多了，每个人证明自己存在价值的空间反而似乎越来越小越来越拥塞了。呈现在社会许多方面的竞争是那么的激烈，有时甚至是那么的世态炎凉冷酷无情，女性不得不施展最高的人生技巧才能做成她们想做的事情。

毋庸讳言，90年代的中国"新生代"女性，表面看来头脑似乎史无前例地简单了，而实际上史无前例地精明史无前例地富有心机了。所谓"内方外圆"，从前时代的普遍的中国女性，即使"外方"，即使表面上见棱见角，其内心也往往是"圆"的，女人天性为主的成分居多。所以从前，最不服气男人的女人，也往往最终在与男人的较量和竞争中败北，被男人所降服。而男人利用了制胜的，又往往是女人天性中的某些弱点。当然，个例总是有的，比如武则天、吕后、慈禧……正因为是个例，所以从前的女人们即使心中暗暗钦佩也不敢公开地表示，所以从前的男人们一再地通过文学和戏剧历数她们的阴险歹毒。相比于从前时代的中国女性，尤其是遵循传统德行成为典范的女性，90年代的"新生代"女性们，具有明显的反传统反礼教反淑女型典范的时代倾向。这意味着是她们以"代"的整体姿态对一向由男人们"安排"社会秩序"安排"女性命运的现实的挑战。这种挑战是初级阶段的，是无数个体成功欲望的本能会聚在一起所呈现的，其个体"战术"也是初级阶段、简单的、相似的，无非以男人之道还治男人之身，反过来利用男人与女人打交道时的天性弱点罢了。她们中许多人因而成就了一些事情,许多人也为成功付出了必然的代价。那代价使她们年纪轻轻的心中便充满了沧桑感,使她们表面看来正朝气蓬勃着精神抖擞着姿态生动着,而实际上已陷入疲惫已经从心理上过早地衰老了……

于是她们中派生出了女"独身族"。

她们成功了或失意了受伤了以后,从社会大校场上抽身便走。这意味着一种人生"战略"上的转移或撤退。倘为成功者,带着伤痕大隐于市体会功成身退的自慰。毫无家族权力背景的女性徒手打天下并且获得某种成功而又居然不曾受过伤,在90年代的中国,这样的事是不多的。倘为失意者,则一边自疗伤口一边总结教训,另有一番滋味在心头。失意本身即伤痕,而且大抵又是由男人造成的。这一类女性不仅内心更加"方"了,而且其外也不复再"圆"。那曾"圆"过的外形变得模糊了,晕状了,边线若有若无了。如果说晕是月的框子,那么以守为攻是她们心理的框子。她们的心理在那一框子内其实并不万念俱灰,而是处于高度的"战备"状态。倘她们又东山再起拥有了一定的实力,她们往往对男人产生报复性。即使并不如此,也往往对男人不屑一顾常常予以轻蔑。当然,也有人陷于较长久的自哀自怜不能自拔。更有人并不激流勇退,以独身"女强人"的姿态为自己标定一个比一个高的目标鼓励自己实现一次比一次大的野心。在这种无休止的过程中企图忘记自己是女性,仿佛变成为中性人。

女"独身族"们几乎没有不自言独身潇洒独身也美好的。

然而我知道,女性一旦成熟为女人,独身肯定在实际上是不自然的、不美好的。

独身只在一种情况下可称之为理智的选择,那就是相对于形式上的糟糕的婚姻。

这一种相对性，决定了无论对于男人还是女人，独身的选择起点是较低的。

她们也知道这一点。

知道而偏说独身的潇洒和独身的美好，足见她们是多么的言不由衷，又是多么的内心苦楚。

让我们祝愿她们都能早日有情人终成眷属，告别她们本性上其实都并不愿恪守的"独身主义"。

90年代以来的一些女大学生们，第一崇拜财富；第二崇拜权力；第三崇拜明星；第四崇拜女性的性魅力；第五，如果自己具有或自以为具有，极端地自我崇拜……因人而异，还可以列出另外的许多条。但前四条无疑已包含了她们最主要的崇拜内容，无非顺序的先后不尽相同。

她们中毕业后分配在电台、电视台、报刊的文科大学生们，以她们的喜好一改90年代以前的中国综合文化的老面孔。她们已凭自己的喜好占领了全国大多数报刊的半壁江山。如果说中国的大文化内容空前丰富了，风格空前绚丽了，包装特别多彩了，那么有她们的一份功劳。如果说90年代以后的中国大文化酸味多了、嗲味多了、娇味多了，未免太甜了太软了太媚了太性感了，那么也是她们苦心营造的结果。

说到90年代以后中国大文化的性感，肯定有人急欲反驳，其参照又肯定是西方大文化——的确，我们还远没裸到他们那么到处可见的程度。

不过我以为，女性肉体的彻底的裸，要么美、要么妖、要么媚、要么邪。因为彻底，性的意味公然了，一眼望去，想象夭折于全部的展现之前,面对其"性"反而没了太多所"感"。

这就好比男人可以比较自然地面对穿得较少的女人,却实难比较自然地面对穿得非常之透的女人。

女人不是穿得少而是穿得透,据我看来,便等于放射着邪性了。

有些经营报刊的女编者们,似乎很精通"透"的学问。连她们所撰之稿所编之稿所拟定之标题,每每也"透"出女性荷尔蒙的并不见得芬芳的气息。

这一种"透"的学问,从报刊上也借用到了舞台上。由封面由文字而演出服,不露,但是极"透";不裸,但是意在性感的用心,却一目了然。

对财富的崇拜、对权力的崇拜、对明星的崇拜、对女性之性魅力的崇拜,在90年代的大文化中泛着一阵阵浮华迷醉的绚丽多彩的泡沫。至今仍在泛着,大有一举将中国文化基本的朴素品质淹没掉的趋势。名车美女、豪宅美女、华服美女、珠宝美女、珍馐美女、美酒美女、商业加性感、性感助商业,几乎无处不在无孔不入地侵略着人们日常生活中的每一根视听神经。

与此现象相对应的,乃是90年代工人的下岗。

倘我们的目光投向他们中的女性,这个年代的女性话题不免就顿时显得沉重起来。

但即使她们,我认为,也体现出与以往时代极为不同的进步特征来。

1958年也有一大批妇女经动员迈出了家门,那是当年工业发展的需要。当年的一条口号是——"妇女姐妹们,我们也有两只手,不要围着锅台转,投入到火热的社会主义建设中去!"

而仅仅两年后,她们又被成批地撵回家里。有人在那两年中被树为先进典型,有人在那两年中因工致残,有人在那两年里实际上并没挣到多少工资(许多工厂一直信誓旦旦地欠着她们的工资)——但一被宣布解除工人资格(当年不用"解雇"一词,认为那是资本家一脚踢开工人时用的词),几乎普遍无话可说,温温顺顺地默默地就回家了。所欠工资,倘补给,就庆幸万分;不给,委屈一个时期,也就算了。致残者中,很少有从此月月领到抚恤金的。说她们不是正式工人,不能享受那一条待遇,她们也就放弃理争了。

而90年代的下岗女工们之权利意识,则提高多了。普遍的她们,最初总想讨个公平的说法。她们开始懂得,即使和国家之间,也是可以大小猫三五只地算算究竟谁欠谁的。账是允许一笔勾销的,道理却非摆清楚不可。摆不清楚,什么厂长局长以及更大的官儿,日子也许就不太消停。

或许,有人会反对我的观点,认为这恰恰证明着她们的觉悟太低,认为她们还应该像50年代的妇女们那样才可爱。

但是试问,如果没有她们今天这种起码的权利意识的提高,国家的责任意识又怎么会提高?"公仆"们的责任意识又怎么会提高?起码,公民们权利意识的提高,对于国家及其"公仆"责任意识的加强,是有促进作用的。

据我看来,90年代下岗女工们的觉悟,不是太低,而是很高。高得很可贵,亦很可爱。尤其她们中许多人下岗后另谋职业埋头苦干之精神,实在值得全社会钦佩和尊敬。她们以她们的可贵和可爱,保障了社会的安定。

在时代的发展中,往往付出许多方面的重大的牺牲。有时那牺牲意味着直接是数以千万计的人的起码社会保障。

90年代的下岗女工们,既能意识到时代这一规律的无奈性,又能顽强地与时代这一冷酷的规律做竭尽全力的较量。对于她们中的许多人而言,乃人生的最后一搏。为了家庭、为了儿女、为了自己晚年的存活,她们毫无退路,只有一搏。而她们又几乎到了原本可以不再搏,可以轻松卸却许多女性责任的年龄。

她们使90年代的女性话题,具有了一种异常凝重的、悲壮的色彩。

与此凝重的、悲壮的色彩相比,90年代的卖淫话题显示出了本时代的极大的尴尬性。这是"中国综合征"的临床特征。

当然,许多国家都有妓女。妓女的存在,又似乎并不影响那些国家的强盛。

但许多国家都不约而同地承认——妓女现象乃社会的疮疤。

中国曾一度没有,80年代初开始有了,至90年代便多起来。

我们无需讨论为什么会有,因为这是讨论不出个结果的。即使由某社会学权威下了等于真理的结论,其实结论本身对社会的卫生也没多大意义。

倒是,简略分析一下90年代的卖淫现象,与旧中国的妓女,与历史中的妓女现象有什么区别,对此社会疮疤或还有丁点儿认识的价值。

我至今没接近过90年代的"市妓",也不曾像经常离家外出的男人们那样受到过她们的滋扰。仅仅一次,住在外市的宾馆里,深夜接到一次问我需要不需要"特殊服务"的电话,别的男人们告诉我那倒是妓女在进行试探了,但我半信半疑,心想说不定那宾馆另有不是"色情"的"特殊服务"项目,比如要不要按铃叫早之类……

所以,我对90年代的卖淫女的全部印象,其实是从初识的或稔熟的,天南地北的,各行各业的,形形色色的男人们口中获得的。

这印象最初使我惊讶的是她们只存在于某些城市、某些地区,尤其惊讶的是,在一些偏远县镇竟也有。

惊讶几次之后,也就不惊讶了。

············

中国存在着的嫖娼现象,真相大抵如此。

与古代秦淮河上的风流景观相比,显然连点颓靡的色彩都谈不上,而纯粹是丑陋了。

因为,那时的金陵夫子庙畔,毕竟是举行科举考试的地点,学子云集;而那时的妓,于棋琴诗画唱方面,又毕竟的起码都是身怀一艺。即使颓靡放浪,还总归有"风流"二字包装着,似乎地显出几分风雅。

············

五六十年代的中国女性,如花房里的花,你可以指着——细说端详,因为指得过来。

七八十年代的中国女性,如花园里的花,你可以登坡一望而将绿肥红瘦梅傲菊灼尽收眼底。

因为你的视野即使不够宽阔,她们的烂漫也闹不到国人的目光以外去。所谓"浓绿万枝红一点,动人春色不须多"。

90年代的中国女性,抛开那些消极面来看则便如野生植物自然生长区内的花木了。其千姿百态之芳菲,其散紫翻红之妍媚,其深开浅放之错落,其着意四季之孤格异彩,简直不复是国人所能指能望得过来的,更不消说置喙妄论了。所谓"春风不解禁杨花,蒙蒙乱扑行人面"。

而这正是时代进步的标志。

一个时代的进步,首先从男人们都开始做什么显示着,其次从女人都打算怎么活显示着。

时代的进步常常带着野性。这野性体现在男人们头脑中每每是思想的冲撞,体现在女人们头脑中每每是观念的自由。

转身回顾,有从前的哪一个时代,女性的观念比现在更少束缚更自由吗?

第十一章

情　感

>>>

在人类家庭和爱情的矛盾日益显现之际,在西方人力图从矛盾中寻找到可能缓解的药方的当代,中国人所面临的家庭和爱情的矛盾,将在 21 世纪像地球上的能源污染一般空前严重。

暧昧的情人节

据我想来,无论在外国还是在中国,情人节永远不会是一个值得被认真对待的日子。这是一个暧昧的灰色的日子,这世界上没多少人会真正喜欢这个日子。

春节前,《北京青年报》旗下之《青年周刊》的一位记者到家中采访我。预先虽通过几次电话,时日也虽一拖再拖,但心里还是并不十分清楚她究竟要采访些什么。某些记者,尤其女记者,是很积累了些采访经验的,她们估计到被采访之人,可能对她们的采访内容不感兴趣,所以那预先单方面"内定"了的话题,是有意经过语言"包装"了的,使被采访之人听了不至于干脆地拒绝。

她和我面对面坐定,翻开记录本,持笔在手,做出洗耳恭听之状,从容老练地说——过几天便是情人节了,请您就情人节谈点感想。

情人节?——我不禁地皱起了眉头,以一种质疑的口吻问——我们在电话里确定的是这个话题么?

她肯定地回答——是。

我同意这个话题了么?

对。

我一时有些愣怔。

我想,在春节前那么忙乱的日子里,我怎么竟同意就情人节这么青春哆哆的话题接受采访呢?

那时刻,上午明媚的阳光,正透过我为了迎接春节刚刚擦过的亮堂堂的窗子照耀进来。那是我最愿独自在家的时刻,也是我在家里最感到美好的时刻。

情人节……它究竟在哪一天?

她告诉了我,接着反问——您真的不知道有这么一个节?

我说我当然知道的,知道它是一个"洋节",知道现在有些中国人心里也有它的位置了。我说据我想来,既曰"情人节",似乎应是些个情窦初开的少男少女,或是一些身为情人们的男女才格外惦记着的日子吧?而我已做丈夫、做父亲多年了,我意识里根本没有这个情人节的存在。对国庆节、建军节、儿童节、劳动节、青年节、妇女节、新年、春节、元宵、端午等这些节,我还会多多少少谈出一点感想,唯独对这个"情人节",我简直没什么感想可谈……

她说——那,您就围绕情人节,谈谈你对"爱情"二字的感想也行。

我说——干吗非围绕着情人节谈呢?

"爱情"二字当然和情人节有点联系。

但我看联系不是那么大。

这就有点儿像"抬杠",不像在愉快地接受采访了。

那……您愿意怎么谈就怎么谈吧!

这……真对不起,我心里也不常琢磨"爱情"两个字。就这两个字,你有什么好问的么?

我采访过的几位男人和女人,他们和她们认为——爱情几乎不存在了……

存在啊,几乎普遍地存在着呀!

真的?您真的这么认为?

真的,我真的这么认为!

您指的是婚姻吧?

我指的是那类极普遍的、寻常的、很实际的爱情。正是这类爱情,组成寻常的、很实际的家庭。

您说爱情是寻常的?

对。

还说爱情是很实际的?

一点不错。

照您的话说来,那种男女间四目一对,心灵立刻像通了电一样,从此念念不忘……事,又该算是什么事呢?

哈,哈!那种事,满世界几乎每时每刻都在发生着,也配叫爱情么?……

(一)

"爱"这个字,在语言中,有时处于谓语的位置,有时处于主语的位置。前面加"做"、加"求"、加"示"、加"乞","爱"就处在谓语的位置,"做爱"、"求爱"、"示爱"、"乞爱",皆行为动词也。

"做爱"乃天伦之乐,乃上帝赐予一切男女的最普遍的权利,是男人和女人最赤裸裸的行为。那一时刻,尊卑贵贱,无有区分。行为本质,无有差别。很难说权大无限的国王,与他倾国倾城的王后,或总统与总统夫人的那一时刻,一定比一个年轻的强壮的农民,与他的年轻的健康的爱妻在他们的破屋土炕上发生的那一时刻更快活些。也许是一样的,也许恰恰反过来。

"求爱"乃是一种手段,其目的为了婚姻,有时为了一次或几次"做爱"的许可。传统上是为了婚姻。在反传统的男女们那儿,往往是为了做爱的许可。当然,那许可证,一般是由男人所求,是由女人"签发"的。无论为了婚姻之目的,还是为了一次或几次"做爱"之目的,这个过程都是必不可少的。省略了,婚姻就是另外性质的事了,比如可能被法律判定为抢婚。"做爱"也可能是另外性质的事了,比如可能被法律判定为强奸。

"求爱"既曰手段,古今中外,自然都是讲究方式方法的,因而也最能显出尊卑贵贱的区分,以及贫富俗雅的差别。这些,乃是由人的社会地位、经济基础、文化背景、门第高低、心性追求的不同造成的。

在我看来,"尊"者"贵"者,"求爱"的方式方法未见得就"雅",未见得就值得称道;"卑"者"贱"者,"求爱"的方式方法未见得就"俗",未见得就理应轻蔑。比如某些"大款",一掷万金十万金几十万金,俨然是当今之世的"贵"者似的了。他们"求爱"的方式方法,横竖不过便是赠女子以洋房、别墅、名车、金钻珠宝。古今中外,老一套,基本上不曾改变过的,乃是俗得很的方式方法。而民间百姓的一些传统的"求爱"的方式方法,尤其一些少数民族的"求爱"的方式方法,比如对山歌以定情,在我看来,倒是美好得很。

献一支玫瑰以"求爱"是雅的方式方法。

而动用飞机,朝女人的家宅自空中播下几亩地的玫瑰,在我看来就不但俗不可耐,而且简直就是做作到家的"求爱"的表演了。

我至今认为,以书信的方式方法"求爱",虽然古老,却仍不失为最好的方式方法之一。倘我还是未婚青年,一定仍以此法向我所钟情的姑娘"求爱"。不消声明,我的目的当然是为了和她结婚,而非像流行歌曲唱的——"只求此一刻互相拥有。"

至于以情诗的方式方法"求爱",那就不但古老,而且非常之古典了。毋庸讳言,我是给我所初恋的姑娘写过情诗的。我们最终没有成为夫妻,不是我当年不想,而实在是因为不能。以情诗的方式方法"求爱",是我最为欣赏的方式方法。现代社会"求爱"的方式方法五花八门,古典意味却几乎丁点儿全无了。这是现代社会的遗憾,也是现代人的悲哀。在我看来,这使爱情从一开始就不怎么值得以后回忆了! 现代人极善于将自己的家或某些大饭店小餐馆装修得很古典,也极善于穿戴得很古典。我们越是煞有介事地外在地体现得很古典,越证明我们心灵里太缺少它了。心灵里缺少的,爱情中便也注定了缺少。爱情中缺少了古典的因素,好比乐章中缺少柔情浪漫的音部……

"示爱"是"求爱"的序曲,也是千差万别的。古今中外,"求爱"总是难免多少有点程式化的,"示爱"却往往是极其个性化的,有的含蓄、有的热烈,有的当面殷勤、有的暗中呵护。但有一点是肯定的——就大多数而言,少女们对意中人的"示爱",在我看来是最为美好动人的。因为她们对意中人的"示爱",往往流露于自然。哪怕性情最热烈的她们,那时刻也是会表现出几分本能的羞涩的。羞涩使她们那一种热烈很纯洁,使她们那一时刻显得尤其妩媚,丧失了羞涩本能的少女是可怕的。她们的"示爱"无异于娼妓的卖俏,会被吸引的则往往是类似嫖客的男人。或者,是理性太差,一点儿也经不起诱惑的男人。丧失了羞涩本能的少女,其实是丧失了作为少女最美最美的年龄本色,她们不但可怕,也很可怜。

对于成年男女,"示爱"已带有经验性,已无多少美感可言,只不过是相互的试探罢了。以含蓄为得体,以不失分寸为原则。含蓄也体现着一种自重,只有极少数的男人会对不自重的女人抱有好感。不失分寸才不使对方讨厌。反过来,男人对女人也一样。不管不顾,不达目的不罢休,一味地大献殷勤,其实等于是一种纠缠、一种滋扰、一种侵犯。不要误以为对方的冷淡反应是不明白,或是一种故做的姿态。这两种情况当然也是有的,但为数实在极少。与其推测对方不明白,莫如分析自己为什么装糊涂。与其怀疑对方故做姿态,莫如问问自己是否太一厢情愿强求缘分。

在所有一切"爱"这个字处于谓语位置的行为中,依我看来——"乞爱"是最劣等的行为。于男人是下贱,于女人是卑贱。倘人真的有十次命的轮回,我再活九次,也绝不"乞爱"一次。我想,必要之时,我对于一切我非常想要获得的东西,都是肯于放弃斯文不妨一乞的。比如在饥寒情况下乞食乞衣,在流落街头无家可归的情况下乞宿乞钱,在遭受欺辱的情况下乞怜乞助……但绝不"乞爱"。

我认为——如前所言,"爱"是可能会乞到一两次的,但爱情是乞不到的。一时如愿以偿,最终也必竹篮打水一场空……

现在,我们谈到"爱情"了……

（二）

在"爱"这个字的后面,加上"情"、加上"心"、加上"意",爱就处在主语的位置了。"爱意"是所有世间情意中最温馨的一种,使人感觉到,那乃是对方在某一时某一地某一种情况下,所能给予自己的临界极限的情意。再多给予一点点,就超越了极限。超越了极限,便是另外一回事了。正因为在极限上,所以具有着相当特殊的令我们深为感动的意味和意义。

在我曾是知青的当年,在我接连遭受种种摧挫心灰意冷的日子,曾有姑娘以她充满"爱意"的目光抚慰过我。那决不仅仅是同情的目光,决不仅仅是怜悯的目光。那一种目光中,的的确确包含有类似亲情,但比亲情还亲,临界在亲爱的极限上的内容。在那一种目光的注视之下,你明白,她对你的抚慰没法再温柔了。她将她能给予你的抚慰压缩了,通过她的凝眸注视,全部的都一总儿给予你了！我们正是因此而被深深感动。

只有丝毫也不自重的人,那一时刻居然还想获得更多的什么。

充满"爱意"的目光,乃是从女人的极其善良的爱心中自然流露的,它具有母性的成分。误将此当做和"爱"或和"爱情"有关的表达去理解,不是女人们的错,是男人们的错。据此进一步产生非分之想的男人,则就错上加错,大错特错了！

"爱心"是高尚又伟大的心境。"爱心"在人类的心灵里常驻不衰,人类才不至于退化回动物世界。

"爱心"产生于博爱之心。

绝大多数的人心难以常达此境。我们只能在某一时某一地某一种情况下某一件具体的事上,半麻木不麻木的"爱心"才被唤醒一次。我们一旦能以"爱心"对人对事,我们又将会对自己多么的倍感欣慰啊!

我最尊崇的人,正是一个充满博爱之心的人。在这样的人面前,我会羞惭得什么话都不敢说了。我遇到过这样的人,不是在文人和知识者中,而是在普通百姓中。我常不禁地想象,这样的人,乃是"隐于市"的大隐者,或幻化了形貌的菩萨。

有一个时期,我因医牙,每日傍晚,从北影后门行至前门,上跨街桥,到对面的牙科诊所去。在那立交桥上,我几乎每次都看见一个残了双腿的瞎老头,卧在那儿伸手乞钱。而又有三次,看见一个老太婆,在给那瞎老头钱,照例是十元钱和一塑料袋包子。过街桥上上下下的人很多,不少的人便驻足望着那一情形,但是没人也掏出自己的钱包。有一天风大,将老太婆刚掏出的十元钱刮到了一个小伙子脚旁。他捡起,明知是谁的钱,却若无其事地往自己兜里一揣,下了跨街桥扬长而去。所有在场的人,都从桥上盯着他的背影看。我想他是一定能意识到这一点的,所以没勇气也回头朝桥上的人们望。

瞎老头问老太婆:"好人,你想给我的钱,被风刮跑了吧?那也算给我了!我心受了!"

老太婆说:"是被风刮跑了,可已经有人替我捡回来了。给!"

我认识那老太婆,她从早到晚在离桥不远的地方卖茶叶蛋。

我想她一天挣不了几个十元钱的。于是,几乎每个驻足看着的人,都默默掏出了自己的钱包。

那一天我没去牙科诊所,因为我也把钱给了那个瞎老头。

后来那瞎老头不知去向了,而那老太婆仍在原地卖茶叶蛋。

有天我经过她跟前,不由自主地停下脚步买她的茶叶蛋。我不迷信,可我似觉她脑后有光环闪耀。

我问她:"您认识那老头?"

她摇摇头,反问我:"可怜的老头,他哪儿去了?"

我也只有以摇头作为回答。

她长长地叹了口气。我从中顿时感到一种真真实实的善良,仿佛从这卖茶蛋的老太婆心里作用到了我自己的心里。

善良是"爱心"的基础。

"爱心"是具有自然而然的影响力的。除非人拒绝它的影响,排斥它的影响,抵触它的影响。

是的,我真的认为,"爱心"这个词,乃是"爱"这个字处在主语位置时,所能组成的最应该引起我们由衷敬意的词。这个词,被我们文人和知识者说道得最多,书写得最多,应用得最多,却不见得在我们心灵里也同样的多。

我们只要愿意发现,就不难发现,并且不得不承认,往往是从最普通的某些人们身上,亦即寻常百姓中的某些人们身上,一再地闪耀出"爱心"的动人的光晕。在寻常百姓的阶层里,充满"爱心"的故事,产生得比其他一切阶层多得多。形成这一事实的原因也许是这样的——其他一切社会阶层,足以直接地或间接地,靠权力的垄断、财富的垄断、文化的艺术的垄断,使自己们活得更滋润更优越起来。而寻常百姓,却几乎只有本能地祈求"爱心"的普遍,才似乎更可能使自己们的生活增添温馨的色彩。因而其他阶层说道得多,实际付出得少。寻常百姓说道得少,实际需要得多。他们这一种实际需要,其实较难从别的阶层获得,所以他们在自己的阶层里互相给予。在这一点上,他们比其他一切阶层都更加懂得要想获得必首先付出的道理。当然,另一个事实是——中国寻常百姓阶层的"爱心"互予的传统,历来受到其他社会阶层的污染。这一污染在当今空前的严重。"爱心"之于百姓阶层,原本是用不着官僚阶层煞有介事地号召,文人虚头巴脑假模假式引经据典地论说,知识者高高在上的所谓启蒙的。究竟应该谁启蒙谁,是很值得商榷的。倒是官僚们的腐败,文人们为了名利攀附权贵的心理,知识者们为了明哲保身放弃社会正义感早已习惯于说假话的行径,对中国百姓阶层原本形成传统的"爱心"互予的生活形态的破坏,是很值得忧虑的呢!

除了"爱心"这个词,在"爱"这个字处于主语位置的一切词中,"爱情"这个词就是最令人怦然心动的美好的词了。

"爱情"也如"爱心"一样,普遍地存在于寻常百姓阶层之中。某些文人和知识者最不能容忍我这一种观点,他们必认为我指的根本不是"爱情",只不过是"婚姻"。

而我固执地认为,"爱情"若不走向"婚姻",必不是完美的"爱情"。

天下有情人当然不可能全都终成眷属。

但从一开始就排斥"婚姻"目的之"爱情",成分是可疑的,起码是暧昧的。甚至,可能从一开始本质上便是虚假的。

美国现代舞蹈大师与俄国戏剧理论大师斯坦尼斯拉夫斯基之间发生过这样一件事:

在她和他将要做爱之际,他忽然问:"我们的孩子将来怎么办呢?"

她一怔,继而哈哈大笑,继而索然,匆匆穿衣离去。

她要的是爱,正如流行歌曲唱的——"只求此时此刻互相拥有。"

而他考虑到了将来对子女的责任问题。他是将她对他的"爱",误当成"爱情"来接受的。

没有任何责任感为前提的男女性关系,不是"爱情",充其量是"爱",甚至可能仅仅是"性"。

渥伦斯基第一次见到安娜时,正如时下许多男士女士们所言的那样——心中像被电击中了似的,安娜心中当时有同样的感觉。这是异性相吸现象,这现象在生活中频频发生,这是"爱"的现象。

当安娜坠入爱河以后,她毅然提出与自己的丈夫卡若林离婚。她不顾上流社会的谴责,毅然决定与渥伦斯基结婚。这时,"爱"在安娜心里,上升为"爱情"了。她期待着他为他们的"爱情"负起"婚姻"的责任。她自己能做的,她已做到了。但是渥伦斯基并不打算真的负起什么责任,他要的只不过就是"爱",而且获得到了。责任使他厌烦透顶,因而他们发生激烈的争吵,因而绝望的安娜只有卧轨自杀……

渥伦斯基"爱"安娜是真的。

安娜对他的"爱情"也是真的。

悲剧是由二人所要求的东西在本质上不同造成的——安娜要有责任感的"爱情",它必然与"婚姻"连在一起,成为完整的要求。渥伦斯基仅要不附加任何责任前提的"爱",他认为有爱已足够了。连安娜为他们的"爱"而毅然离婚,在他看来都是愚蠢的、不明智的。

"007系列"电影中,英国大侦探詹姆斯邦,每片必与国籍不同肤色不同的女角床上云雨枕畔温柔,但那都是"爱",过后拉倒的事。

而《简·爱》中那个其貌不扬的小女子,之所以跨世纪地感动着我们,正由于她所专执一念追求的,不仅仅是"爱",更是"爱情"。如果仅仅是"爱",她早就能在那庄园中获得到了。当然,后人也就没了《简·爱》这一部传世之著可读。

当今世界,"爱"在泛滥着,使"爱情"更需谨慎,更面临危机,也更值得以男人和女人共同的责任感加以维护了。

一个现象是——某些大谈"爱情"至上的男士们,其实本意要的仅仅是"爱"。"爱"当然也是美好的,其美好仅次于"爱情"。男人宁多多益善地要没有责任前提的"爱",并且故意将"爱"与"爱情"混为一谈向女人们娓娓动听地尽说尽说,证明着男人们在起码的责任感方面毫无信心。这是一个男人们为女人们预设的圈套。他们的种种"至上"的论调,说穿了,其实是他们贪婪而又不愿付出的需求"至上"。女人们若不甘做007系列片中那些詹姆斯邦的女配角,不愿落安娜那一种下场的话,就不应该钻入他们的圈套。

但另一个现象是——渐多起来的女人们,也开始为男人们预设圈套了。她们以自己为饵,钓男人们的钱财。她们一谈起居家过日子的平凡生活,委屈而牢骚满腹。仿佛平凡的家庭生活,将她们理想中的"爱情"王国整个捣毁了。但是她们为了钱财、权力去引诱男人们的时候,又是那么心安理得天经地义。她们要的其实连"爱"都不是,直接要的便是钱财和权力。这样的女人,尽管不足取,但对绝大多数男人其实没有什么危险性。因为他们不进入她们猎获的视野。但是钱财并不雄厚,权力也没大到定能满足她们虚荣心的不自量的男人,若一厢情愿地将她们当成了理想伴侣苦苦追求,那也是愚不可及。

"牛郎织女式"的夫妻,在寻常百姓中一对一对的依然很多。他们的生活里离不开生儿育女,离不开萝卜白菜,离不开吵架拌嘴,但也离不开责任感。责任感是他们组成家庭之前最神圣的相互承诺。谁主内,谁主外；大的开销究竟谁说了算,小的花费谁有自主权,诸如此类一切某些男士和女士嗤之以鼻的内容,在他们都是必须加以考虑的。但是据我看来,这些俗内容,一点也不影响他们一对一对的夫妻恩爱着。

恋爱结婚——这是寻常百姓的定式。这定式给他们安全感,所以他们世世代代遵循着,其实并不以为是什么枷锁。

恋爱而不结婚——这是某些特殊的男人和女人的定式。他们在这种状态中获得到的幸福,其实未见得比牛郎织女式的百姓夫妻多一点,也许恰恰少得多。

在没有婚姻为载体的"爱情"中,到头来,遍体鳞伤的几乎注定了是女人。她们获得过的某些欢乐、某些幸福,往往被最终的悲伤抵消得一干二净。

在没有婚礼为载体的"爱情"中,女人扮演的只能是"情妇"的角色。

而古今中外,这一角色,乃女人最不甘的角色,也是最不符合男女之间自然关系的角色。即或那些专以猎名流傍权贵傍"大款"为能事的女人,一旦觉得巩固了"情妇"的地位,也还是要产生颠覆"情夫"既有家庭取代对方妻子的野心的。这时的男人用他们"爱至上"那一套哄她们是根本没用的。所谓哄得了一时,哄不了一辈子。结果男人大抵只有三个选择——要么离婚,承认自己"爱至上"那一套论调的破产,面对既又"爱"了,就还是免不了结婚"至上"的现实;要么给她们以多多的钱财,多到她们终于满足了不打算"造反有理"为止;要么,被逼得走投无路,狗急跳墙,杀了她们,或反过来被她们所杀。这世界上各个国家各个地方的各所监狱里,几乎每天都被关进因此而犯死罪的男人女人。

所以,据我想来,无论在外国还是在中国,情人节永远不会是一个值得被认真对待的日子。这是一个暧昧的灰色的日子,这世界上没多少人会真正喜欢这个日子。真的处在正常的热恋关系中的男女,每一个日子都可以是他们的"情人节"。他们在那一天的拥抱和亲吻,不见得比在别的日子更温存更热烈。而既是"情妇"或"情夫",又是丈夫或妻子的男女,肯定的,恰恰是很避讳那一天的。即使瞒天过海凑在一起了,各自心里的感受和感想也会很苦涩。所以,我最后想说的是——情人节,让这个日子拉倒去吧!

一个节不被足够数量的人承认,其实便不是一个节。

《廊桥遗梦》:中国性爱启示录

我读完了它——《廊桥遗梦》。读得很认真,有些段落读两遍,有些句子或画了红线。我如此认真地读这一本美国人写的、译成中文只8万字的变形32开的畅销书,由于受到两方面影响——媒介的宣传和读过这本书的人们的推荐。

通常,我是一个不容易受媒介宣传影响的人。我知道,这一种宣传,背后往往是一次精心的纯粹商业营销性质的策划。它出版前,曾在某报连载。我读了几章,既没被故事所吸引,也没觉得文字闪烁特殊的魅力,便未再读下去。

相对而言,我较容易受读过某一本书的人们的口头推荐之影响。道理是那么的简单——一个人如果阅读旨趣不俗,读一本书,之后推荐给朋友,一定有些值得推荐的方面。在出版业,我还未闻有"连锁直销"的手段被运用。那么一个人推荐某一本书给朋友读,除了希望共同分享阅读的愉悦,和自己的金钱利益是不发生丝毫关系的。何况每每不是怂恿你去买,而是主动将自己买了的书借给你,只希望你无偿地读。这和媒介的宣传相比,当然是无私可言的。

于是我手中竟有了三本,都是外国文学出版社出的。其中一位朋友告诉我:"我妻子一边看一边哭!"我说:"是么?"——不禁地有些"友邦惊诧",并问:"你呢?"他耸耸肩:"我又不是女人,没她那么容易受感动。"随即补充,"是她催促我快给你送这本书来,不是我对你有这份热忱"。另一位朋友送书来时说:"你认真看看,看看美国女人的性观念!"送第三本书来的朋友年长我不少,他说:"唉,当儿女的,都像这本书里的儿女们那么理解父母多好!"——欲走不走的,似乎还有满肚子话要往外倾诉。见我正写作,最后留下一句话是——"读了这本书,更他妈使人感到压抑了!"

我知道他在闹离婚,离婚后想和一个比自己小十七八岁的女人再婚。而他的儿女们威胁他:"如果胆敢颠覆我们这个好端端的家庭,非打残废你不可!"

他的处境好比幻想黄连变甘蔗,却两头都苦。

当晚,见中央电视台某节目的某位女主持人,深情地说:"我把活的生命给了我的家庭,我把剩下的遗体给罗伯特·金凯——《廊桥遗梦》女主人公的这一句话,将使我们长久地感慨万千……"

于是电视屏幕上出现了那一句话的字幕。

背景是池水,两只鸭结伴而游。我看得很清楚,的确是两只鸭,不是两只天鹅,也不是一对鸳鸯。但似乎是野鸭,不是家鸭。因为它们将身体完全潜在清澈的水波下游,家鸭一般没这能耐……

那节目片断做得不错,很浪漫、很柔情、很有意境和意味。尽管象征男女主人公的是两只野鸭,而不是两只天鹅,或一对鸳鸯。我却觉得是两只野鸭似乎更好,更对头。若是两只天鹅,未免格调太高贵。一个流浪汉和一个农妇的婚外恋,象征高贵了反而就显得矫情了不是?一对鸳鸯呢,象征又未免太中国化也太甜腻了……

我就是从那一天晚上,开始细读《廊桥遗梦》。

一个老故事,一本畅销书。爱是文学艺术中老得不能再老的主题,却永远老而不死,真真是一个"老不死的东西"。我想这大概由于读者们总是一代一代老得很快,总是一代一代相继死去的原因吧?好比服装,对于这一代人过时了,对于下一代也许恰恰又流行、又时髦。这一代人悄悄退出服装消费者群体,下一代人又成长起来了。丢弃了童装,集结为新的一批成人服装消费群体。所以除了饮食业,服装业最为经久不衰。各个国家都是这样。如果一个服装设计者,不经款式的改造,一厢情愿地便将十八九世纪,甚至更老世纪的服装向当代人兜售,那么大多数当代人一定不太买他的账。酒是"跨世纪"的最好,服装往往是刚上市的最畅销。"名牌"而老,实际上买了穿着已不再是内心里的喜欢,仅仅是某种可以示人的骄傲。对于当代人,服装的魅力是传统中有当代性,没有就会使当代人敬而远之。对于当代人,小说的魅力也许恰恰反过来,恰恰需要在当代性中有传统,没有的话当代人也是会敬而远之的。大多数当代人既不愿执拗地生活在传统观念中,其实也不愿非常激进地生活在种种时代的"先锋"观念中,往往习惯于生活在传统与"先锋"之间的"过渡带"。所以"当代"一词之于当代人,细细想来,必然是一个含糊的、暧昧的、定义不甚明确的词。

《少年维特之烦恼》不能不算一个好的爱情故事,《罗密欧与朱丽叶》尤其是经典,与《廊桥遗梦》相比起码毫不逊色。还有中国的《红楼梦》《白蛇传》《梁山伯与祝英台》。但是大多数当代人绝对地再不打算为它们唏嘘落泪了。尽管爱是一个"老不死"的主题,但是关于爱的小说、戏剧、诗和歌,也像它的读者、观众和听众一样,一批又一批地老了、旧了、死了。没死的,也不过象征性地"活"在文学史中、戏剧史中、老唱片店里。当代人不但要读关于爱的故事,更要读当代人创作的,尤其要读当代人反映当代人的作品。在这一点上,不管人们承认不承认,前世纪的文学大师们,永远竞争不过后来的当代的小说家们。如果后者们水准并不太低的话,哪怕他们永远成不了大师。

这便是《廊桥遗梦》在美国畅销的前提吧?也是在中国畅销的前提吧?何况,《廊桥遗梦》讲了一个够水准的爱情故事,一对当代美国男女的爱情故事,一个既迎合当代人的当代性爱观念又兼顾当代人对传统家庭观念依依不舍之心理的爱情故事。

老故事和畅销书之间的关系,其实正意味着当代人和爱、和性、和家庭观念之间的尴尬——不求全新,亦不甘守旧。全新太耗精力,守旧太委屈自己。

罗伯特·詹姆斯·沃勒相当谨慎又相当自信地把握了当代美国人的这一种心理分寸。这乃是《廊桥遗梦》在美国畅销的第二个前提。我认为他的社会心理分析和判断方面的能力,显然高出他写小说方面的才华。而他的分析和判断在美国首先应验了,其次在中国也应验了。

(一)

　　中国的爱情故事,十之八九是为青年男女们讲的,也十之八九讲的是青年男女的爱情。《红楼梦》中的男女主人公们,甚至可以说是些少男少女。曾经在大陆很畅销了一阵子的台湾女作家琼瑶的系列小说的男女主人公,几乎皆属青春偶像型。所以搬上银幕或拍成电视连续剧,男主角个个是"白马王子",女主角个个是"靓女俏妹"。中国文学、戏剧和电影、电视剧中,为中国中年男女讲的爱情故事实在太少了。这和中国的国情似乎有极大的关系。像52岁的罗伯特那把年纪,在中国的20世纪五六十年代差不多开始做爷爷了。而50年代的中国男人,到了52岁,由于物质生活水平的普遍低劣,大多数也都老得没精气神了。45岁的中国女人,一般当然要比同年纪的男人还要老些,该被尊称为"大婶"了。由"大婶"而"大娘",其间最长也只不过有十年最短才五六年的"过渡阶段"。一旦被叫"大娘",女人也就不大好进入文学、戏剧或电影、电视剧中充当爱情的有魅力的主角了。中国的小说家戏剧家电影家们又是很"势利眼"的,既或在结构爱情结束时仁慈地考虑到了她们的存在,也不过只将她们搅进去做"陪衬人物"。的确,又老,又穷,精神上根本浪漫不起来,婚外恋的可能性究竟会有多少呢?反映了,又会有多少浪漫色彩呢?既然难浪漫,小说家戏剧家电影家们也就不自设难题自找麻烦了。不识好歹地"迎着困难"上,也将被视为"反映老年婚姻问题"一类,搞得自己不尴不尬的。更不要说很容易被指斥曰"颠覆传统道德"、"有伤风化"、"有损老年人形象"云云了……

　　近年,情形似乎有了很大变化。物质生活水准提高了,五十多岁的男人不再个个都像小老头了。四十多岁的女人也普遍都非常在意地减肥、健美,想方设法使自己年轻化了。事实上,她们也真比20世纪五六十年代的女人们年轻得多。人既年轻,心也就俏少。半老不老的女人们的内心里,其实是和少女们一样喜欢读爱情小说的,只不过不喜欢读爱情一方主角是少女的小说罢了。少女们从爱情小说中间接品咂爱情滋味。供她们读,以她们为主角,或者以几年以前的她们为主角的爱情小说多的是。一批一批地在印刷厂赶印着,她们每天读都读不过来,她们对浪漫爱情的幻想后边连着对美好婚姻的幻想。但是半老不老的女人们和半老不老的男人们内心里所幻想的,直接的就是婚外恋。因为她们和他们,大抵都是已婚者。尤其她们,恰似《廊桥遗梦》的女主角弗朗西丝卡是做了妻子的女人一样。这样的女人们的内心里,要么不再幻想爱情,要么幻想婚外恋。一旦幻想产生,除了是婚外恋,还能是别种样的什么爱情呢?即使结果是离婚再婚,那"第一章",也必从婚外恋开始。正如《廊桥遗梦》这篇小说从婚外恋开始。

如果在35岁至45岁的中国女人们之间进行一次最广泛的社会调查,如果她们发誓一定说真话绝不说假话,那么答案可能是这样——起码半数以上的她们,内心里曾产生过婚外恋幻想。有的经常产生,有的偶尔产生,有的受到外界诱因才产生——诸如读《廊桥遗梦》这样的缠绵悱恻的爱情小说,或看过类似的电影电视剧之后。有的不必受到什么外界诱因也会产生,比如独自陷于孤独和寂寞的时候。在她们中,尤以40至45岁的女人们幻想的时候经常些。因为30多岁的女人们,是不甘仅仅耽于幻想的,几次的幻想之后,便会积累为主动的行为了。而40至45岁的女人们,由于家庭、子女、年龄和机会的难望难求等原因,则不甚容易采取主动行为。即使婚外恋真的发生,她们也每每是被动的角色。她们中又尤以有文化的女人为主,却不以文化的高低为限。对于婚外浪漫恋情的幻想,一个只有小学三四年级文化程度的女人绝不比一个受过大学高等教育的女人或女硕士女博士什么的稍逊,甚至有过之而无不及。初级教育给人幻想的能力,高等教育教给人思想的能力,而思想是幻想的"天敌",正如瓢虫是蚜虫的天敌。婚外恋幻想是中产阶层妇女传统的意识游戏之一。中国在20世纪70年代以前至1949年,不但消灭了资产阶级而且改造了中产阶级,所以几乎没有严格意义的中产阶层妇女可言。只有劳动妇女、家庭妇女、知识妇女,统称为"革命妇女"。"革命妇女"的意思便是头脑之中仅只产生"革命幻想"和"革命思想"的女人,情爱幻想和情爱思想是不允许在头脑中有一席之地的。它实际上被逼迫到了生理本能的"牢房"中去。偶或的被女人们自己暗自优待,溜到心理空间"放放风"。倘若一个女人的头脑中经常产生情爱幻想,并且由此产生与"革命幻想"、"革命思想"相悖的情爱思想,尤其是既不但自己头脑中产生了,竟还暴露于人宣布于人传播于人,那么便是个"意识不良"的女人了。倘若有已婚的女人胆敢言自己头脑中存在过婚外恋幻想,那么她肯定将被公认为是一个坏女人无疑了。我在知青的年代里,我那个连队,有一名女知青午休时静躺不眠,身旁的亲密女友问她为什么睡不着?是不是想家了?她说不是。经再三的关心的诘问,才以实相告。曰想男人。曰这时候,身旁若躺的是一个男人,可以偎在男人怀里,不管是丈夫不是丈夫,多惬意多幸福多美妙多美好哇!女友将她这种"丑恶"思想向连里汇报了。于是召开全连批判会,批判了三天。男女知青,人人踊跃发言。可谓慷慨激昂,口诛笔伐。团"政治思想工作组",向各连发了《政治思想工作简报》。"简报"上措词严厉地提出警诫——"思想政治工作不狠抓了得么?一旦放松能行么?"

当年我也是一个口诛笔伐者,当年我真觉得那名女知青的思想意识"丑恶"极了。这件事当年还上了《兵团战士报》。"专栏批判文章"中,还评出了那一年度的"优秀批判文章"一二三等奖……

当年的"革命样板戏"《海港》和《龙江颂》也最能从文艺的被扭曲了的性质方面说明问题。《龙江颂》中的第一号"女英雄人物"江水英没丈夫、没儿女,当然更不可能有什么"情人"。但她家门上,毕竟还挂一块匾,上写"光荣军属"四个大字。到了《海港》中的方海珍那儿,不但无丈夫、无儿女,连"光荣军属"的一块匾也没有了。舞台上的电影中的方海珍,年龄看去应在四十余岁,比《廊桥遗梦》中的弗朗西丝卡的年龄只小不大。方海珍也罢、江水英也罢,头脑之中仅有"阶级斗争"这根"弦",没有丝毫的女人意识。生活内容中只有工作,只有教导他人的责任,没有丝毫的情爱内容。如果说她们身上也重笔浓彩地体现着爱和情,那也仅仅是爱国之爱、爱职责之爱,同志之情、阶级之情。一言以蔽之,她们仿佛都是被完全抽掉了男女情爱性爱本能的中性人,而非实实在在的女人。另一"革命样板戏"《杜鹃山》,乃20世纪60年代初全国现代戏剧汇演中的获奖剧目。原剧中的女党代表柯湘,与反抗地主阶级剥削压迫的农民武装首领乌豆之间,本是有着建立在"共同革命目标基础"上的爱情关系的。然而连建立在这一"革命基础"上的"革命的爱情"关系,在"革命文艺"中,也是被禁止的。因而后来改编成的"样板戏"中,爱情关系被理所当然地一斧子砍掉了。我作为知青时,曾被抽调到黑龙江省出版社培训,与当年的文编室主任肖沉老师去黑龙江省边陲小镇虎林县城组稿,在林场的职工食堂里,发现了原剧的作者。对方当年戴着"现行反革命"的帽子在林场接受劳动改造。最主要的也是最"不可饶恕"的罪名,乃因在该剧被改编为"革命样板戏"的过程中,他书生气十足地坚持原作的"创作权益",反对将男女主人公的爱情关系一斧子砍掉。当然也就是反对将他创作的剧目进行"革命性"的改编,也当然就是反对"杰出的文艺旗手""江青同志"。我当时见了他,真仿佛见了崇拜已久的文艺前辈,尽管他当年也不过四十多岁。我在他面前诚惶诚恐,口口声声尊称他为"老师",还傻兮兮地问他电影字幕上为什么没有他的名字?惊得他面色顿变,连连说:"我写的是毒草!是大毒草!你千万别把大毒草和'革命样板戏'往一块儿扯。别人听到了你将吃不消,我更吃不消!"饭没吃完,捧着饭碗逃之夭夭。

肖沉老师当即生气地批评我:"你这年轻人!月球上来的呀?哪壶不开提哪壶!"

他跟对方是好朋友。以后数日,他到处寻找对方,想和对方私下聊聊,问对方需要一些他力所能及的帮助不,对方竟然失踪了,找不到了。离开虎林的前一天,终于知道对方在哪儿了,匆匆带我赶去,对方却不肯见他。

我有些生气。说不过就写了一部戏,落到这种人下人的地步,干嘛还那么大的架子?比孔明还难见!

肖沉老师长叹道:"你懂什么!他是怕连累我啊!"

我说:"有那么严重么?"

他说:"一位省级出版社的文编室主任,组稿到了一个地方,苦苦地非要见一名因反对'文艺旗手'而被打成'现行反革命'的人,这样的事想定成什么政治性质就可以定成什么政治性质。我如果不是相信你这个年轻人的为人,才不向你介绍他呢!他不肯见我,也是由于你!我了解你,相信你;他丝毫不了解你,怎么能不对你存有戒心。"

到了"文革"结束后的最初几年,情爱主题在文学艺术中依然是一个

"禁区"。张洁的《爱,是不能忘记的》,大概是第一篇反映婚外恋主题的小说。它的问世在全国引起沸沸扬扬的反响,酿成过一场不大不小的风波,以至全国妇联当年也参与进了这场是是非非的纷争之中。

而今天,中国文学艺术之中的爱、情欲和性,却已经几乎到了无孔不入的程度,却已经只不过成了一种"佐料"。因而便有了这样一句带有总结意味的话语:"戏不够,爱来凑。"这样一句总结性的话语,其实包含着显明的批评成分。批评来自于读者,来自于观众,来自于小说评论家和影视批评家。连小说家和编剧家们自己,也相互以此话语自嘲和打趣起来。似乎无奈,又似乎心安理得,又似乎天经地义。爱、情欲、和性,尤其在小说和电影中,越来越趋向于低俗、猥亵、丑陋、自然主义(下流的自然主义),越来越不圣洁了,甚至谈不上起码的庄重了。仿佛原先由于某种锦缎价格昂贵虽心向往之却根本不敢问津,甚至经过布店都绕道而行,忽一日暴发了,闯入大小布店成匹地买。既不但买了做衣服,还做裤衩做背心,做鞋垫做袜子,做床单做台布,而新鲜了几天就索兴做抹布做拖布了。几乎凡叫小说的书里都有爱都有情欲都有性,就是缺少了关于爱的思想关于情欲的诗意关于性的美感。而且,一个现象是,在许许多多的书中,男欢女爱的主角们,年龄分明越来越小。由三十多岁而二十多岁而少男少女。后者们的爱情故事,在西方是被归于"青春小说"或"青春电影"的。而在中国却似乎成了"主流"爱情故事,既轻佻又浅薄。恰恰是在我们的某些"青春小说"和"青春电影"里,爱被表现得随意、随便,朝三暮四如同游戏。这也许非常符合现实,但失落了文学艺术对现实的"意见"。而这一种"意见",原本是文学艺术的本质之一。爱的主题并不一定只能或只许开出美的花朵,在现实中往往也能滋生出极丑和极恶。这样的文学名著是不少的,比如巴尔扎克的《贝姨》《搅水女人》、左拉的

《娜娜》。但是这些名著中的批判意识显而易见,正如左拉在着手创作《娜娜》之前宣布的——坚定不移地揭示生活中的丑恶和溃疡。《娜娜》这部书中谈不上有爱,充斥其间的只不过是一幕幕变态的情欲和动物般的性冲动。它是我看过的西方古典小说中最"肮脏"的一部,但是却从来也没动摇过我对左拉在法国文学史上文学地位的特殊存在。而中国的当代作家中,有相当一批人,巴不得一部接一部写出的全是《金瓶梅》,似乎觉得《红楼梦》那种写法早已过时了。《金瓶梅》当然也有了不起的价值,如果将其中的情欲和性的部分删除,它也就不是《金瓶梅》了。我当然读过《金瓶梅》,它在每段赤裸裸的情欲和性的描写之后,总是"有诗为证"。而那些"诗",几乎全部的拙劣到了极点,后来就干脆不厌其烦地重复出现。同样的字、词、句,一而再,再而三地使用。好比今天看电视连续剧,不时插入同一条广告。我们的现当代评论家,不知是出于什么样的原因基于什么样的心理,一代接一代地也几乎全部都在重复同样的论调,强说它是一部"谴责小说"、"暴露小说"、"批评现实主义小说"。仿佛中国小说的批判现实主义的精神,正是从兰陵笑笑生那儿继承来的。从《金瓶梅》中男女们的结局看,似乎的确一个都没有什么好下场,有的下场极惨。但这并不意味着就是"谴责",就是"暴露",就是"批判",最多只能说是对追求声色犬马生活的世人们的"告诫"罢了,往最高了评价也不过就是一部带有点儿"劝世"色彩的小说。那"谴责"那"暴露"那"批判",实在是我们自己读出来的,实在是我们自己强加给笑笑生的。倒是他对西门庆一夫多妻的性生活的羡慕心理,以及对他和女人们做爱时那种五花八门的、每每依靠药物依靠器具的八级工匠似的操作方式的欣赏、愉娱,在字里行间简直的就掩饰不住。据我看来,笑笑生毫无疑问是一个有间接淫癖的男人,他从他的写作中也获得着间接的性心理和性生理的快感。可以想象，那一种快感，于笑笑生显然的形同手淫。后人将"批判"和"谴责"的桂冠戴在他的头上，实在意味着一种暧昧。倒是在日本和在西方对它的评价更坦率些。日本认为它是中国的第一部"性官能小说"，日本当代某些专写"性官能小说"的人面对《金瓶梅》往往惭愧不已。他们中许多人都丝毫也不害羞地承认，他们对性进行官能刺激的描写和发挥和满足读者官能快感的想象，从中国的《金瓶梅》中获益匪浅。而据我所知，在西方《金瓶梅》是被当做中国的第一部"最伟大的"、"极端自然主义的"、"空前绝后"的"性小说"的。这才评论到了点子上。《金瓶梅》和《娜娜》是有本质区别的，笑笑生和左拉也是有本质区别的。性爱在中国当代小说中，几乎只剩下了官能的壳。这壳里已几乎毫无人欲的灵魂。

正是在这一文化背景下，美国人的《廊桥遗梦》漂洋过海，用中国的方块字印成书出现在中国。它在中国的畅销顺理成章。

> 在一个日益麻木不仁的世界上，我们的知觉都已生了硬痂，我们都生活在自己的茧壳中。伟大的激情和肉麻的温情之间的分界线究竟在哪里，我无法确定。但是我们往往倾向于对前者的可能性嗤之以鼻，给真挚的深情贴上故作多情的标签……

> 在当今这个千金之诺随意打破，爱情只不过是逢场作戏的世界上……这个不寻常的故事还是值得讲出来的。我当时就相信这一点。现在更加坚信不移……

以上两段话，是沃勒在"开篇"中说的。也就是他在开始讲他的一个关于当代男女的爱情故事之前，对爱所发表的极具当代性的"意见"。他的"意见"包含有明显的沮丧和批判。

我对"肉麻的温情"五个字相当困惑。反复咀嚼，几经思考之后，困惑依然存在,丝毫未减。由我想来,温情乃是爱的相当重要的"元素"。是的,似乎只有用"元素"这个词,才能接近我对温情之于爱情的重要性的表达。没有温情的爱情是根本不可能的,正如没有氧的空气根本不是空气一样。"肉麻的温情"也是温情。我根本无法想象,在性爱中,温情既是一种重要的不可或缺的"元素"——什么样的温情是"肉麻"的?什么样的温情才不是?正如沃勒自己"无法确定"——"伟大的激情和肉麻的温情之间的分界线究竟在哪里",如果我用我的困惑向他鞠躬请教,他一定更加"无法确定"——"肉麻的温情"和不肉麻的温情之间的分界线究竟在哪里?即使在他的爱情故事里,温情既不但存在,用他自己轻蔑又不屑的话来说——也相当"肉麻"。且不论那个"颇有才气的女导演"——"毫无例外地,每次他们做过爱,躺在一起时,她总对他说'你是最好的,罗伯特,没人比得上你,连相近的也没有'。"沃勒极其欣赏的女主人公弗朗西丝卡在和罗伯特做爱后,也说:"我现在并不是在草地上坐在你身旁,而是在你的身体内,属于你,心甘情愿当一个囚徒。"

我们谁能分清弗朗西丝卡和那个"颇有才气的女导演",谁当时的温情"肉麻",谁当时的温情不"肉麻"呢?沃勒就能清清楚楚地分得开来并且明明白白地告诉我们么?

爱着的男女之间的温情都是有几分"肉麻"的,只不过"肉麻"的程度不同罢了。这一点一切爱过的男女——痴爱也罢,逢场作戏也罢,都是心中有数的,而且都有切身体会的。

是否沃勒过分偏执地崇尚性爱的原始冲动又过分偏执地贬斥性爱的温情"元素"呢?

他的《廊桥遗梦》给我的印象,似乎证明着他是一个相当理性的,相当谨慎的,力求不使读者感到偏执,力求不使自己和自己的作品因偏执而遭到读者排斥引起读者逆反的作家。

那么,我不禁猜想,问题也许出在了翻译方面。在"肉麻的温情"这五个字中,要么是"肉麻"两个字不甚准确,要么是"温情"两个字稍欠适当吧?

其实我更想指出的是——沃勒这个美国佬以上两段话,当然是对当代美国人说的。他落笔之前,肯定没想到中国人会做何想法。肯定不会像我们的某些小说家或影视编剧,预先揣摩西方人尤其美国人的接受心理。

然而他对爱情的极具当代性的"意见",却既不但在美国获得了普遍的认同,也在中国获得了普遍的知音。

我们从他的"开篇"的字里行间,既看得出他对所讲的爱情故事的价值满怀信心,也同样看得出他是多么的并不自信。他"当时就相信这一点,现在更加坚信不疑"的同时,又有点近乎"推销"地说:"不过,如果你在读下去的时候能如诗人柯尔律治所说,暂时收起你的不信,那么我敢肯定你会感受到与我同样的体验。"

《廊桥遗梦》是罗伯特·詹姆斯·沃勒在自信与不自信兼而有之的创作心态下的产物。

我们理解他的自信,因为他在对性爱的观念做极具当代性的呼唤美好的"发言"。

我们理解他的不自信,因为他所面对的,乃是一个"千金之诺随意打破,爱情只不过是逢场作戏","日益麻木不仁"往往"给真挚的深情贴上故作多情的标签"的令人沮丧的世界。

世界分明比沃勒先生认为的要稍好一些。否则他的这一本讲述爱情故事的小册子,不会仅仅在美国就发行到一千余万。尽管我对这个数字颇持怀疑态度。一千余万,相当于在美国的十个大城市各发行到百万以上。但是《廊桥遗梦》在美国十分畅销,则是毫无疑问的了。

沃勒先生现在肯定已经知道,他的这一本讲述爱情故事的小册子,在中国也引起广泛的兴趣了。这一份喜悦和收获显然是他不曾预期的。

这位美国佬值得为自己干一大杯!

(二)

读过许多关于爱情的小说之后,我已经变得不大容易被爱情故事所感动了。《廊桥遗梦》这个故事本身也没太感动我,它使我联想到我们中国的《白蛇传》和《梁山伯与祝英台》。后者在张扬爱的浪漫和咏叹爱的执著方面,实在不是《廊桥遗梦》所能媲美的。谈到"伟大",无论故事本身想象魅力的伟大,还是男女主人公身上所具有的感天地泣鬼神的爱力(用沃勒的话叫做"激情")的伟大,都远远地超过《廊桥遗梦》,简直不能同日而语。相爱男女的灵魂化为彩蝶这一种浪漫想象,从小就使我折服之极。而《白蛇传》中的白娘子这一女性形象,我认为在人类艺术创造史上,更是前无古人,后无来者。蛇是多么可怕的东西!蛇而为精,一向意味着邪恶与凶残。希腊神话和罗马神话中,蛇精蛇怪一再伴着毒辣之神出现。只有在我们中国的《白蛇传》中,成为爱、美、善、刚勇、柔情忠贞、视死如归的化身。白娘子那种对爱宁人负我,我绝不负人,那种为爱不惜赴汤蹈火,不惜以千年修炼之身相殉,那种虽被镇在雷峰塔下却爱心不悔的痴,真真是人间天上爱的绝唱!真真令世世代代的男人们永远地自愧弗如啊!只不过《白蛇传》也罢,《梁山伯与祝英台》也罢,都因其神话性和传奇性,冲淡了当代性,不再能令我们当代人感动了。

是的,最感动当代人的爱情故事,必是发生在当代的爱情故事。

"看三国掉眼泪——替古人担忧。"这句话早已被证明过时。

当代人看《三国》既不会掉眼泪也一点不替古人担忧。

当代人看《秦香莲》也不再会一把鼻涕一把泪大动感情了。

可是哪怕极平庸的当代爱情故事,也会至少吸引当代人中的一部分。

这种感动就像嫉妒一样。当代人不会嫉妒古人,不会嫉妒神话中的人和传说中的人,但一定要深深地嫉妒他或她周围的人。

我在上大学时,曾听说过这样一件事——上海市的郊区,一对男女青年自幼暗暗相爱,因其中一方的家庭出身是富农,而另一方的父亲是村党支部书记,他们的爱情当然不被现实所允许。于是他们双双留下遗嘱,服毒死于野外。当夜大雪,南方很少下那么大的雪。当年我的上海同学们,都言那是近三十年内不曾有过的南方冬景。大雪将那一对男女青年的尸体整整覆盖了九天。而据说,按照当地的习俗,一对新人婚后的九天内是不应受到任何贺客滋扰的。这当然是巧合。但有一点人人都说千真万确——他们身上共盖着一张旧年画,年画上是梁山伯与祝英台。那是女青年从小喜欢的一张年画,"破四旧"时期私藏着保存了下来……

大约在9月份,朱时茂派他的下属将我接到他的公司,让我看一则报上剪下来的通讯报道。不是什么连载小说之类,而是实事——"文革"前一年,一个农村少女,暗恋上了县剧团的一名男演员。一次看他演出,在他卸妆后偷走了他的戏靴,当然引起了非议,也使他大为恼火。她父母问她为什么要那样做?她说她爱上他了,今后非他不嫁,而她才16岁。以后县剧团再到附近演戏,她父亲便捆了她的手脚,将她锁在仓房。

她磨断绳子,撬断窗棂,又光着脚板跑出十几里去看他演戏。她感动了她的一位婶婶。后者有次领着她去见他,央求他给她一张照片。他没有照片给她,给了她一张毛笔画的拙劣的海报,签上了他的名字,海报上是似他非他的一个戏装男人。他二十六七岁,是县剧团的"台柱子"。在他眼里,她不过是一个情感有点偏执的小女孩。后来就"文革"了,他被游斗了。一次游斗到她那个村,她发了疯似的要救他,冲入人群,与游斗者们撕打,咬伤了他们许多人的手。她没救成他,反而加重了他的罪,使他从此被关进了牛棚。一天夜里,她偷偷跑到县里去看他,没见着。看守的一个"造反派"头头当然不许他们见,但是却调戏她说,如果她肯把她的身子给他一次,他将想办法早点儿"解放"她所爱的人。她当夜给了。不久她又去县里探望她爱的人,又没见着。为所爱之人,又将自己的身子给了"造反派"一次。而这一切,她所爱之人一无所知。东窗事发,"丑闻"四播。她的父母比她更没脸见人了,于是将她跨省远嫁到安徽某农村,丈夫是个白痴。十余年转眼过去。"文革"后,她所爱的人成了县剧团团长。一次又率团到那个村去演出,村中有人将她的遭遇告诉了他。他闻言震惊,追问她的下落,然而她父母已死,婶婶也死了。村中人只知她远嫁安徽,嫁给了一个白痴。他当时正要结婚,于是解除婚约,剧团团长也不当了,十余次到安徽,足迹遍布安徽全省农村,终于在同情者们的帮助下,寻访到了她的下落。他亲自开着一辆吉普车前去找她,要带走她,要给她后半生幸福。而她得到妇联方面的预先通知,从家中躲出去了,不肯见他。他只见着了她的傻丈夫,一个又老又傻的男人,和一对双胞胎傻儿子。三个傻子靠她一个女人养活,家里穷得可以想象。他还看见一样东西——他当年签了名送她的那张海报,用塑料薄膜罩在自制的粗陋的相框里,挂在倾斜的土墙上。她一定希望有一个她认为配得上那海报的相框,却分明是买不起。他怅然地离开了她的家。半路上他的车陷在一个水坑里,正巧有一农妇背着柴从山上下来。他请她帮忙。那憔悴又黑瘦的农妇,便默默用自己的柴垫他的车轮。那农妇便是当年爱他的少女。他当然是万万想不到也认不出她来的,而她却知道眼前正是自己永爱不泯的男人。但是她一句话都没说。她当时又能说什么呢?看着他的车轮碾着她的柴转出水坑,她只不过重新收集起弄得又是泥又是水的柴,重新背起罢了。他是那么的过意不去,给了她100元钱作为酬谢。那100元钱当然是她的生活所非常需要的,但是她竟没接。她默默对他鞠了一躬,背着柴捆,压得腰弯下去,一步一蹒跚地走了……

他们之间这一段相见的情形,是记者分头采访了他们双方才使世人知道的。

当地妇联有意成全他们,表示要代为她办理一切离婚事宜。

她说:"那我的两个儿子怎么办?他们虽然傻,但是还没傻到不认我这个娘的地步。我抛弃了他们,他们一定会终生悲伤的。"

他给她写信,表示愿意为她的两个儿子承担起一个父亲的责任和义务。

她没给他回信。通过当地妇联转告他——他重新组建一个幸福家庭还来得及。娶一个像她这样的女人,对于他已不可能有爱可享。再被两个并非他的血脉的傻儿子拖累,他的后半生也将苦不堪言。这对他太不公平。他不忘她,她已知足了……

他便无奈了。

不久他因悲郁而患了癌症,希望自己死后埋在她家对面的山坡上,希望单位能破例保留他的抚恤金并转在她名下……

朱时茂请我去打算将此事改编为电影剧本,当时我和他都极为那一篇报道所感动。但是后来有关人员转告了一个意见——太悲伤了,不要搞了。

于是我们作罢。

我们当时居然还考虑到拍成影片后的国际市场发行问题,理念得像地道的专门做买卖赚钱的商人。

美国人却从来不会在写小说和拍电影的时候想到中国人,但是他们的电影却把我们的电影业冲得稀里哗啦。我丝毫也不怀疑,将要拍成或已经拍成的电影《廊桥遗梦》,一旦在国内上映,将使我们的观众趋之若鹜。而翻译小说一旦印上"美国最畅销"一行字,在中国若不畅销便为咄咄怪事了。

这一国与国的文学沟通现象,真是深含耐人寻味之处。

爱情小说既读得多了,我渐渐形成了一种看法,那便是一切的爱情小说,包括神话中的爱情故事和民间的爱情故事,都是有"性别"的。有的可归为"男性"类,有的可归为"女性"类,有的可归为"中性类"。比如《梁山伯与祝英台》、比如《罗密欧与朱丽叶》,就是"中性"类的爱情故事,而《白蛇传》,则是"男性"类的爱情故事。这故事通过许仙这男人,去感受千年蛇精白娘子。这故事明显不是为女子们讲述的,而是为男人们讲述的。尽管它赚取了女人们的眼泪,但是真正深入的是男人们的心。哪一个男人不曾幻想和一条白娘子那样的大蛇精发生一段恋情呢?可是许仙却不会进入多少女人们的梦里。白娘子世世代代满足着一切中国男人们的爱情幻想,以至叫白淑贞的女人,如果容貌姣好,常常比姓别的姓叫别的名字的漂亮女人被更多的男人追求。我有一位"知青战友"的妻子就叫白淑贞,秀外慧中。他曾对我说:"如果我老婆是蛇精变的就好了,那我就更觉得自己是现世许仙了。"我说:"这也是没准儿的事,你可记着千万别陪她喝黄酒,万一她真是蛇精变的,现了原形,把你吓死过去,我们这些朋友可没能耐替你去盗仙草。"他说:"把我吓死过去?得了吧您呢!那我更爱她了!夏天夜里搂着睡觉,凉快着呐!保证不长热痱子!"《简·爱》则可归为"女性"爱情小说,这不仅因为作者是女人,不仅因为主人公"简"是女人,更因为夏洛蒂小姐通过"简",将罗切斯特这样一个男人,"引荐"给女人们认识。她们可能并不爱他,但是却可以经由他望到许多男人内心里关于爱的意识宇宙。十之八九的女人读《简·爱》时虽然肯定会被"简"对爱的执著所感动,但是大多都并不愿意碰到另一个罗切斯特也学"简"。《简·爱》成为名著,在于主人公"简"爱上了一个后来几乎一无所有的男人。自己做不到根本不打算效仿的事,有一个女人做了,而且义无反顾,这会使许多女人感到难以理解。难以理解是女人们在那个世纪风靡一时地读那一本书的"热点"。我曾听到一位知识女性当着我的面教导她的女儿:"你给我明白点啊!别学'简',傻兮兮地看上一个又瞎又老又穷的男人!"她的大学四年级即将毕业的女儿说:"妈妈你别把我当白痴!夏洛蒂自己就算不上漂亮,所以她才让同样不漂亮的'简'最终和又瞎又老又满脸烧伤又穷的男人结合!除了终身不嫁,这是'简'唯一的选择。一个相貌平平的女人能找到个丈夫就不错了!我心理没毛病,干嘛学她?我看《简·爱》,只不过为了要交毕业论文!"

《廊桥遗梦》也是一本"女性"化的爱情小说。与《简·爱》同"性"而有别处在于,经由一个叫弗朗西丝卡的,美国的,已婚的,有丈夫有一儿一女的中年女人,将一个叫罗伯特的,52岁了仍精力旺盛,相貌堂堂的,流浪汉型的,牛仔气质的单身男人"引荐"给一切美国的中年女人。而沃勒先生是照着她们准都会喜爱他的诸多特点去刻画他的。好比当代动画师们,摸清了当代孩子们喜爱的人物特点设计动画英雄一样。

婚外恋是一切中产阶级中年女人们最经常的幻想游戏,这几乎是她们世袭的意识特权。这一特权绝对地不属于处在社会物质生活底层的中年女人们。

说到中产阶级中年女人们普遍的婚外恋幻想,对于一个男人是有点难以启齿的话题,比中产阶级中年女人们自己往往会更难以启齿。我此时所面临的尴尬正是这样,我绝对地没有对于中产阶级中年女人们的敌意和挖苦。恰恰相反,我经常怀着一个男人的温厚的心意,像关注我周围一切的新生事物一样关注她们的滋生和存在。是的,在我的视野范围内,很滋生起了一批"中国特色"的中产阶层妇女。由此可以进一步断定,中产阶层正在中国悄悄形成着。这无疑是改革开放的一大成绩,证明着中国"脱贫"的人多了起来。而且,不必谦虚,我也是这个正在悄悄形成着的阶层中的一员。只不过我的情感的尾巴梢还搭在我所出身的那个阶层中。只不过我很不心甘情愿很不乐意被这个阶层的某些特征所熏陶所同化。只不过我不是这个阶层的一名妇女。只不过,我对它的某些阶层特征,一向地总有那么点克服不了的厌恶。真的,我有时讨厌一个中产阶层特征显明的女人,甚于讨厌柳絮。在春季里,在柳树生长出嫩绿的新叶之前,柳絮飘飞漫舞,落在人的身上和头发上,是很不快的事。尤其落满人家的纱窗,那纱窗若不彻底刷洗,就透气不畅,起不到纱窗的作用了。中产阶层的明显的特征,再加上鲜明的"中国特色",你如果稍有社会学常识,那么你想象一下吧,会使女人变得多么酸呢?柳絮落满纱窗的情形,常使我联想到人的大脑沟纹里积满灰尘的情形。我再强调一遍,我对中产阶层的妇女们绝无敌意。只不过有时候有点厌恶,但那是完全可以忍受的一种厌恶,正如我从来也不曾对柳絮咬牙切齿。

说到底,我厌恶她们的主要一点恐怕仅仅是——她们成了中产阶层女人以后的沾沾自喜和成不了资产阶层女人的那种嘟嘟哝哝,以及对于劳动者妇女背负的沉重装出视而不见的模样。她们往往还暧昧地说几句有违社会良心社会公道的话,她们往往以为又生产出了一种新的系列化妆品社会便又美好多了……

现在,她们的中产阶层的异国同"性"姐妹,风姿绰约的美国女人弗朗西丝卡,向她们"引荐"了自己的一位婚外老情人罗伯特,于是他几乎便也成了她们婚外恋幻想中的性偶像。如果她们是诚实的,她们则就不得不承认——她们的那被感动的眼泪中,包含有一些失意和自怨自艾的成分:

美国女人那么美妙的经历,中国女人为什么没有机会?

弗朗西丝卡那么美妙的经历,我为什么没有机会?

中国的罗伯特你在哪儿?

你究竟在哪儿?

你正在从哪一条大路上向我走来么?

在某一个早晨或某一个傍晚,你会像美国的罗伯特奇迹般地出现在弗朗西丝卡面前一样,也奇迹般地,既风尘仆仆又精神抖擞地出现在我面前么?

于是她们首先被自己的幻想、企望和期待感动得哭了……

而我,正是在这一点上,多少有点同情并理解她们。

因为,她们乃是中国许许多多的,最乏幸福可言的家庭中的主妇。她们中的大多数,当年嫁给她们的丈夫,比弗朗西丝卡当年为了容易被当地人所接受,为了得到一张教师执照而嫁给理查德要更"现实主义"得多。甚至,相比而言,弗朗西丝卡要比她们幸运得多。因为用她自己的话说,她嫁的毕竟不是一个"次一等"的男人。而中国的没有婚外情人的弗朗西丝卡们,当年可能仅仅因为不得不结婚必须结婚了,就几乎没有选择余地的,仓促无奈而嫁给了某一个男人。那个男人可能恰恰在某些重要的方面是"次一等"的男人,包括在性能力方面。即使他们后来"抓住机遇"先富起来,成了经济学概念中的中产阶层男人甚至"大款",并"提携"她们成了中产阶层的女人甚至"大款"的老婆,他们也依然无可救药地还是在某些重要的方面是"次一等"的男人。中国的中产阶层虽然正在悄悄形成,但一个事实是,其质量也不像我们所预期的那么高。她们中许多人和她们的男人的婚姻关系,比弗朗西丝卡和理查德更像"经营上的合伙人"。哪怕她们在许多方面曾经是优秀的,那许多方面的优秀,后来也很快被质量很差的中产阶层男人的俗劣抵消了。她们像美国女人弗朗西丝卡一样——"一部分觉得这样挺好","但是身上还有另外一个人在骚动",这个人,更确切地说,她们身上的另外一个女人,每每幻想"让人(当然是男人)抱起来带走,让一种强大的力量层层剥光",每每幻想"和一个一半是人,一半是别的什么的生命长时间地做爱"。

美国作家沃勒先生,用一张特别的"国际通行邮票"——他的《廊桥遗梦》这一本薄薄的小书,为她们寄来了那样一个"生命"。名字叫罗伯特,和沃勒先生自己同名。

他"是一只动物,是一只优美、坚强、雄性的动物",一只"仿佛骑着彗星的尾巴来到地球上的动物"。

他是沃勒先生按照美国中年女人对男人的口味"创造"的。

在目前极其崇尚"洋货"的中国,竟是那么理所当然地也大大吊起了——首先吊起了中国中产阶层中年女性的胃口。

"他身子瘦、高、硬,行动就像草一样自如而有风度","他狭长脸,高颧骨,头发从前额垂下,衬出一双蓝眼睛,好像永远不停地在寻找下一幅拍照对象"。

他有艺术气质,有"最后一个"老牛仔似的外表,是摄影家,还是作家,能与女人谈文学、谈诗,自己也能不伦不类地写上那么几行。是那种"既是诗人同时又是勇猛而热情奔放的情人"的家伙。最重要的还有两点——他能和女人"连续做爱几个小时以上",能使"多年以前已经失去了性欲亢奋"的女人,比如弗朗西丝卡,感觉到在和他做爱时,他"力气真大,简直吓人"。足以促使她完完全全地处于被"他这种奇妙的力气"的主宰之境;并且他是单身汉,没妻子没儿女没家庭,不至于使和他发生了性关系的女人受到另外任何一个女人的指责抗议。如果他识趣,某个女人和他的性关系便只不过是一种"天知地知,你知我知"的男女隐私——而他正是一个非常识趣的男人。

这样的一个男人有资格做"国际式"的大情人。

沃勒先生"创造"他时,真是为他的女读者们将一切可能引起不快的细枝末节都周周到到地考虑全面了。

这是典型的美国佬讲的爱情故事。

中国作家如若写出这样的小说,一定会使中国的读者们嗤之以鼻大倒胃口的。

所以,我听说我的国内同行们,也有人跃跃欲试要写一部什么"中国式"的《廊桥遗梦》时,我真想好心地劝他们趁早打消此念。何必非步美国佬之后尘不可呢?中国作家当然应讲出够水准的,不负中国读者厚望的当代的爱情故事。但恐怕只能以不是《廊桥遗梦》这类未免过于甜腻的爱情故事为好。

它太"中产阶层味"十足了。

当然,我们看弗朗西丝卡是中产阶层中年妇女,而她头脑中一定并没有什么"中产阶层意识"。她只不过是美国的一户普通农家的主妇。在沃勒先生和罗伯特眼中,她只不过是一个"农妇",一个受过大学高等教育,学过"比较文学"的农妇。这样的农妇在美国几乎遍地都是,而在全中国扳着指头也能数过来,只需扳着一只手的指头就能数过来。

中国的中产阶层女人们,头脑中的"新兴"阶层意识是相当强相当敏感的。正因为她们是"新兴"阶层的女人,她们随时随地都要刻意地显示这一点。这也是她们多少有点令人反感的地方。

《廊桥遗梦》这一"美国式"的当代爱情故事,带有似乎那么淳朴的泥土气息,好比刚从地垄里拔出来的萝卜。

可是由弗朗西丝卡的中国姐妹们看来,却好比是一幅镶在金框子里的画。那无形的金框子是当代美国本身。她们是多么想纵身一跃,扑进那框里,当一回弗朗西丝卡,过足一把婚外恋的瘾啊!但是这对于她们,是比获得一份美国绿卡还难上加难的……

在这种阅读心理下,她们的被感动其实是大打折扣的。

(三)

在我读过的爱情小说听过的爱情故事中,《廊桥遗梦》是最纯粹的。

我用"纯粹"一词,意在阐明,古今中外许许多多的爱情小说和爱情故事,非爱情因素皆对爱情的发生、进展和结局,起着"不可抗拒"的主宰作用。主人公们所面对的,往往是强大无比的家庭势力、宗教势力,乃至整个社会势力。所以那些爱情小说和爱情故事本身,反映出的往往更是社会问题。而且往往不可能不是悲剧。这也许就是为什么,迄今为止的人类文学史中,不朽的大多数是爱情悲剧的原因。

莎翁的《奥赛罗》是个例外。尽管男主人公是黑人,女主人公是美貌绝伦的白人的名门小姐。但是种族的优劣,以及它所可能对爱情形成的危害,并没有被莎翁移植到故事中任其滋长。莎翁着眼的是男人的嫉妒心理。正是这种男人的有时比女人还愚昧的嫉妒心理,导致男主人公亲手扼死了自己所心爱的无辜的妻子……

《聊斋志异》中的《马骥漂海》也是个例外。书生马骥,在海上漂至罗刹仙岛,与岛上的仙族公主结为伉俪,过着其乐无穷的幸福生活。可他家中有老父母、有贤妻、有爱儿娇女,终于某一天他开始思乡、思亲、厌茶厌饭、难寐难安。于是他又被送回到了人间俗世。

爱情在这个故事里,也不受任何外力的干扰。人所面临的仅仅是自己的心理能否平衡。书生马骥对人间俗世那个家庭的义务感、责任感,是与弗朗西丝卡完全相同的。

故事中龙女对马骥说:"此势之不能两全者也!""人生聚散,百年犹旦暮耳,何用做儿女哀泣?此后妾为君贞,君为妾义,两地同心,即伉俪也,何必旦夕相守,乃谓之偕老乎?"

这一番肺腑之言,译为白话,与弗朗西丝卡对罗伯特说的,几乎异口同声。

一片农场,一幢农舍,丈夫和儿女都外出了,只留守着中年的,漂亮的,从形体、形象,到气质,都足以引起男人性冲动,自己却"久未体验过性欲亢奋"的弗朗西丝卡——在这种半封闭的环境里,在四天有限的,机不可失,时不再来的时日内,突然光临了一个"只见了几秒之后","就有某种吸引她的地方"的男人,世纪末女人们久违了的牛仔式的风度卓尔不群的男人,于是一切障碍问题及顾虑都被排除了。"事态"的进展简单得仅仅只剩下了这么一条——他能否使她感到他身上"某种吸引她的地方"更强烈？能否使"某种"展示为"多种"？以及她自己乐意到什么程度？主动到什么程度？……

于是爱在弗朗西丝卡和罗伯特之间，呈现为一种"爱你没商量"的爱，纯粹而又纯粹的爱，迅速膨胀极度膨胀却除了情欲的燃烧和性欲的冲动和快感不包含任何"杂质"的爱……

《廊桥遗梦》是我所读过的最纯粹的爱情小说，也是我所读过的最简单最肤浅的爱情小说。它在美国的畅销显然与它是最纯粹最简单最肤浅的爱情小说有关，在中国的畅销也显然是。

最纯粹最简单最肤浅的东西，往往使很全面很复杂很深刻的东西处于尴尬之境。时代正在向使一切事物皆朝纯粹简单和肤浅的方面发展。正如电脑研制的越来越精细越来越复杂，乃是为了使我们的头脑变得越来越粗陋越来越简单。如果托尔斯泰和霍桑和司汤达活在当代，我们就会很不幸地将没有《安娜·卡列尼娜》、没有《红字》、没有《红与黑》可读了。

性爱的"伟力"在《廊桥遗梦》中，是弗朗西丝卡和罗伯特之间爱的源发点。罗伯特有足够的那种"伟力"，而弗朗西丝卡盼的就是被那种"伟力"所完全地长时间地占有的快感。

在我读过的爱情小说听过的爱情故事看过的爱情影视中，十之八九都以情为爱地具有持久韧性的纽带和牢固基础。《梁山伯与祝英台》尤其如此。"梁祝"之爱在丝毫没有性内容介入的情况下，就被"不可抗力"的外界因素所摧毁了。没有性内容介入，而将爱表达得那么回肠荡气，构筑在那么浪漫的高度的极致，使我一直崇拜得五体投地，认为是人类文学成就中的一支奇葩、一个奇迹。其实在中国古典文学中，并不是抑性而溢情的。最优秀的中国古典小说中,恰恰是既恣肆张扬情的浓馥,又淋漓大胆地表现性之快感的。虽文言,但"写实"之风蔚为传统,比如《西厢记》。董解元《西厢记》中,对性爱的"诗化"描写,一点也不比今人差劲儿。且看张生初占莺莺的情形——"青春年少,一对风流种,恰似娇鸾配雏凤。把腰儿抱定,拥入书斋。""灯下偎香恣怜宠。拍惜了一顿,鸣咽了多时,抱紧着歆,孩儿不动。更有甚功夫脱衣裳,便得着个胸前,先把奶儿抚弄。"如果说这还并非"做爱"描写本身,那么再且看——"窄弓弓罗袜儿翻,红馥馥地花心,我可曾惯?百般捆就十分闪,忍痛处,修眉敛;意就人,娇声颤;浼香汗,流粉面。红妆皱也娇娇羞,腰肢困也微微喘,郎抱莺娘送舌香……"

打住,再多抄录几近于趁机"播黄"了。难怪《红楼梦》中贾父见宝玉读《西厢记》大动肝火,喟叹"不肖之子"了!《西厢记》中的"诗化"做爱"写真",到了《金瓶梅》里,则就更加直截了当。官能操练,几近于"做爱大全手册"了。明末清初的水印版本《白雪遗音》所收录的民歌野调,绝大部分不但是所谓"色情"的,而且有些简直就是赤裸裸的性交唱词。

但是,在中国人的爱情观念中,却是相当忌讳直言性美满的。仿佛只消情深,爱便有了质量保证。于是足可终生厮守,白头偕老了。故在中国人的语汇中,才有句话叫"有情人终成眷属"。以前,男女办结婚登记,主办人往往会很负责任地问一句:"双方感情有基础了么?这可是终身大事呀!"男女离婚,倘闹到法院,审理员首先要调查清楚——感情是否已经真的破裂?

在西方人的爱情观念中,性则往往是摆在第一位的。性生活美满,才是幸福夫妻关系的大前提。我们不知道安娜·卡列尼娜决心要与她的丈夫离婚而不惜做花花公子渥伦斯基的情妇,除了对方风流倜傥的外表,是否也有着她的丈夫性疲软的因素。托翁在他的这一部名著中,一笔也没涉及这一点。《安娜·卡列尼娜》这部法苏合拍的电视连续剧,十年前在中国的电视中播放时,竟使普遍的中国女性从家庭妇女到不少知识女性,观后议论纷纷,大摇其头。不解那么有身份、有地位,受人尊重又好脾气,对妻子忍让到极点的"模范丈夫",安娜为什么还非要变心?不是太"烧包"了么?于是不得不在报上辟专栏,请几位评论家正确"引导"广大观众,特别是女性观众,向她们分析为什么应该同情安娜·卡列尼娜而不应同情她的丈夫。

但是我们有足够充分的根据,明白弗朗西丝卡爱上罗伯特,重要的原因之一,便是她的丈夫理查德在婚后一直对夫妻性生活持忽略态度。他不是性无能者。这一点他与《查泰莱夫人的情人》那位残疾了的,完全丧失性能力的贵族丈夫是不同的。弗朗西丝卡与康斯丹司婚后的性压抑程度,也是不能同日而语的。前者只不过缺少性快感;后者却是伴着一具行尸走肉,完全没有性生活可言。

在《廊桥遗梦》中,"理查德对性生活的兴趣不太经常,大约两个月有一次,不过很快就结束了,是最简单的,不动感情"。然而,这就足够了。弗朗西丝卡投入罗伯特的怀抱,完全不需要比这一条理由更充分的理由了。事实上也是这样。弗朗西丝卡一经如此,顷刻便被性爱的泡沫所浸没所溶解了。

于是沃勒先生不但扮演了弗朗西丝卡和罗伯特的"月下佬"的角色,而且向读者们大唱起性爱至上的赞歌来,而且是那种对原始冲动的性爱的赞歌。

"必须传宗接代。这方式只是轻轻说出了这一需要,岂有他哉?力量是无穷的,而设计的图案精美绝伦。这方式坚定不移,目标明确。弗朗西丝卡感觉到了这一点而不自知,她是在自己的细胞层面上感觉到这一点的……"

"性爱是一种细致的感情,本身是一种艺术形式——弗朗西丝卡认为是的……""而罗伯特头脑中有某种东西能对这一切心领神会。这点她能肯定……"于是在这赞歌中,弗朗西斯卡和罗伯特初轮做爱便"连续一小时,可能更长些"。"那豹子一遍又一遍掠过她的身体,却又像草原长风一遍又一遍吹过,而她在他身上辗转翻腾……""她走上楼去,两腿由于整夜绕在他身上而有点儿发软……""两人所有的时间都待在一起,不是聊天,就是做爱……"任何事情,无论它与我们的生活的关系多么密不可分,无论它在我们的生命意义中占有多么至关重要的位置,以及它对我们的人性需求给予多么美好的享乐,当它一旦被夸张到至高无上的程度,它的本质也就被扭曲了。那夸张了的它的"断想",也就同时显得幼稚可笑了。

正是在这一点上,《廊桥遗梦》中那些喋喋不休的、作者情不自禁所从而大发的关于性爱的启蒙式的议论和说教,以及从男女主人公的头脑里抽丝出来的意识,未免哗众取宠且又华而不实。

诚然,我们对弗朗西丝卡因丈夫在夫妻性生活方面的惰态,而于婚后感到的性缺憾性压抑深表同情。

诚然,我们也对她极其幸运地遇到了自己一见钟情又善于做爱的男人而替她由衷地感到幸运。

诚然,我们也对他们彼此火山喷发般的做爱激情既理解又赞叹。饥渴之人,一旦有机会"暴食狂饮",可算是一种上帝赐予的补偿。而我们世人对补偿式的赐予,总是表现得嫌少没够的。何况那机会太难祈求,仅仅四天,且被他们在双方必要的彼此试探中浪费掉了一天。

但我们——不,我这一个挑剔的读者,还是觉得书中那些关于性爱的议论和说教,那些从男女主人公头脑里抽出来的性意识,是太哗众取宠华而不实。

我想,这世界上恐怕很难推选出几个男人,即不但和弗朗西丝卡一样对性爱"本身是一种艺术"达到一拍即合的共识,而且有信心在这一点上做她的合格的丈夫。想来想去,西门庆似乎差不多少。但又一想,性爱在西门庆那儿,也不过就是"技术",还远谈不到"艺术"的水平。何况那西门庆的性爱"技术",有时操作起来必得依赖一些"器具"。

我又联想到了查泰莱夫人的情人梅洛斯。他曾给予康司丹斯多少美好的性爱享乐啊!但性爱在他看来,根本不是什么"艺术",只不过就是不受精神的制约和干扰,由着冲动做爱本身。如此看来,他又不太符合弗朗西丝卡的性偶标准。何况他原本是一名磁盘工,尽管在做爱时的力度与罗伯特相比毫不逊色,身上却没有后者那一种悲剧性格,也缺少艺术家型男人的浪漫气质。

在《廊桥遗梦》和《查泰莱夫人的情人》之间,在弗朗西丝卡和康司丹斯之间,作为爱情小说,哪一部更有价值些呢?作为女人,哪一个对性爱的向往和追求更自然一些呢?

在罗伯特·沃勒和劳伦斯之间,一致的地方在哪里呢?不一致的地方又在哪里呢?

《廊桥遗梦》的价值在于它是一部纯粹的爱情小说。只就爱情论爱情,不论别的。这样的一部小说,古今中外是并不多见的。仅仅这一点,则就构成了它的较特别的意义。

《查泰莱夫人的情人》的价值,在当代正不可救药地消弥着。首先是其中的"阶级憎恶"的思想,正失去着当时的激烈的意义。即使其中张扬性爱的叛逆精神,也已丧失着当时咄咄逼人的气概。在这一点上,《廊桥遗梦》只不过又极其温和地重复了它(因为已经没有了近百年前被劳伦斯斥骂为"虚伪的卫道家"们,沃勒也就没有了死对头们),却大受当代人青睐。仿佛在沃勒之前,不曾有过一位劳伦斯。在文学的老生常谈中,有时重复本身即意义,有时另一种"包装"即价值。这是一个文学躲闪不开的悖论。

康司丹斯义无反顾地永远离开了克列富特庄园,追求她的矿工情人去了。

弗朗西丝卡却依然留在农场,依然做她的农妇,相夫教子,完成着她对家庭的义务和责任。

她们的去和留是同样合情合理的。

康司丹斯当年反叛了她所属的那个阶级,和它的一切虚伪道德。

弗朗西丝卡皈依了当代人对"家庭"的传统观念,使自己成了一个"好女人"的当代"样板"。这种皈依,也是极具挑战性的。在一个家似乎可以任意摧毁的当代,弗朗西丝卡似乎是一个独树一帜的女性。

康司丹斯在她所处的那个时代的勇敢选择,具有女性个体的积极意义。弗朗西丝卡的选择,则顺应了社会的暗示。前者将被女人所叹服,后者将被社会所叹服。前者征服女人,后者征服男人。《查泰莱夫人的情人》中,不乏深刻,但毫无感人之处。《廊桥遗梦》中,毫无深刻,但不乏感人之处。它感动我们的,不是14年前的男女婚外恋,而是罗伯特的恪守诺言,以及他对弗朗西丝卡那种"曾经沧海难为水,除却巫山不是云"的专情。这一种专情,确乎足以使当代男人们无地自容,也确乎足以令任何一个当代女人涌泉相报……

20世纪初的劳伦斯,因了一本《查泰莱夫人的情人》,而使自己陷于在社会中"横着身子站"的境地。左边他受到"卫道士"们的猛烈抨击,右边他受到青年们的无情嘲讽。故使他在1929年的再版序言中愤愤叹息:"进步的青年们却走向另一个极端,把肉体当一种玩具看待……这些青年哪里管什么性爱不性爱,他们只当做一种酒喝……"

他们说:"这本书只表现一个14岁的男孩的爱情罢了!"

是可忍,孰不可忍?

于是老劳伦斯在序言中和他一向偏袒的青年们理论起来。

他说:"也许一个对性爱还有点自然的敬畏和适当的惧怕的14岁男孩的心理,比之拿爱情当酒喝的青年们的心理还要健全呢!这些青年,只知目空一切,只知玩着性爱的玩具!"

…………

距这些数十年后,美国佬沃勒先生,用他的《廊桥遗梦》,继承劳伦斯的社会责任感,将后者在自己序言中的愤慨转化为一种情愫,讲出了一个虽不深刻、虽有些华而不实哗众取宠的絮叨,但的确颇为动人的爱情故事——纯粹的爱情故事。而且,他讲这一个纯粹的爱情故事的良苦用心,几乎被社会最大限度地理解了。尤其是被青年们理解,至少在他的书中是这样……

因为弗朗西丝卡的女儿在读了母亲的遗书后,不禁地这样说:"哦,迈可,迈可,想想他们两人这么多年来这样要死要活的渴望,她为了我们和爸爸放弃了他,而他为了尊重她对我们的感情远远离去。迈可,我想到这简直没法处之泰然。我们这样随便对待我们的婚姻,而一场非凡的恋爱却是因了我们得到这么一个结局……"

如果说弗朗西丝卡感动一切做了丈夫的男人,罗伯特感动一切与男人有婚外恋经历的女人或幻想有此经历的女人,那么卡洛琳的最后一句话感动的是全社会……

尤其那话出自一个最早掀起过"性解放运动"的国家的女青年之口,理所当然地更加会使那一个国家的全社会大受感动……沃勒很温和地做到了劳伦斯在数十年前很激烈地想做而终究自己没做到的事。

(四)

我认为,《廊桥遗梦》好比是一个气象气球,它飘到中国上空,使我们经由它的出现,足以观测到我们自己所处的"社会气象"。"气象"二字所指,当然是爱情观念和家庭观念。如若劳伦斯依然活着,他将会震惊地看到,使他当年痛心疾首斥以厉言的那类青年,在现今的中国竟比比皆是。

如若罗伯特·沃勒到中国来与他们和她们坦率交谈,将会震惊地明白——他的《廊桥遗梦》却是在与他的愿望相反的方面感动中国的"新生代",以及新生的中产阶层男女们。

说不定他们会说:"美国到处都可碰上弗朗西丝卡那样的女人么?我不会像罗伯特那么不识趣,想要把她从她的家庭中拐走。我只要在他的丈夫不在家时,和她有四天的性爱缘分就够了!"

说不定她们还会说:"美国到处有罗伯特那样的单身汉么?是不是摄影家无所谓。首要是单身汉就行!不是单身汉将会把好事搅得拖泥带水。而且,我不希望他为我专情地委屈自己14年,那太过分了!在我丈夫和儿女不在家时,他及时出现在我面前我就感激不尽了!"

在人类家庭和爱情的矛盾日益显现之际,在西方人力图从矛盾中寻找到可能缓解的药方的当代,中国人所面临的家庭和爱情的矛盾,将在

21世纪像地球上的能源污染一般空前严重。而且绝不是《廊桥遗梦》之类药方所能缓解的……

正如劳伦斯激烈地所指斥的那样——"在这般卫道的老顽固们中间,在这般摩登的青年们中间(还要加上一些质量极差的新兴中产阶层和质量更差的新兴资产阶层),我还能再做什么?——固守着你们的腐败吧!固守着你们的追逐肮脏东西和时髦放荡的腐败吧!"

"腐败"在中国已不止是一个政治词语。

它已开始蔓延到我们社会的各个层面,我们生活的各个方面。

今天是精神。

明天是性和爱。

《廊桥遗梦》,是在中国人之性和爱的准则大塌陷前,从美国飘来的一只好看的风筝。

我们其实正站在即将出现的塌陷巨坑的边上,望着那风筝,头脑中祷告着腐败的逻辑和"真理",期待着在堕落中获得"新生"……

结 语

"第三只眼"看中国的误区

这里所要谈的,并非是假托德国博士洛伊宁格尔之名的王山的那一本书《第三只眼看中国》,现在我们早已知道——所谓"洛伊宁格尔"博士纯粹是王山为了评说的自在性虚拟的一个洋人的名字。曾经朋友引荐,王山到我家里与我交谈过近三个小时。分明的,他是个关注政治并对中国不乏一些有意思的见解的人。

但我却不是一个对政治感兴趣的人。或许我的某些言论、文章和作品,给别人的印象仿佛我很关心政治,其实我关心的只不过是当代时事。只不过希望自己善于将林林总总的当代时事综合起来,以求经常对中国的当代背景形成较广大、较明晰、较清醒的认识和感觉。我要求我的不同形式的文字,尽量是在这一前提下从头脑和心胸之中产生出来。

"第三只眼"亦即外国人的眼看中国,常常会陷入极大的误区。有时甚至会陷入"庸人自扰"之境。由某些外国记者反馈回他们本国的中国"信息",我认为常常是因那误区的存在,因他们对中国的一知半解被夸张了的。有时这种夸张和主观臆断,似乎带有"故意"性。不仅肤浅,且极易对本国公众造成中国印象的误导。

比如曾有一本书叫《中国可以说不》。当时数国大报驻京记者,纷纷光临敝舍,就此书问我——中国是否会掀起一股排美乃至反美的民族主义浪潮。

我的回答是肯定的——不会。

他们却不信我。他们例举《中国可以说不》这一本书,例举亚特兰大奥运会后,中国媒介对于美国举办此次奥运会责任不到位所进行的种种指摘和批评,以支持他们自己的"中国感觉"。

我告诉他们——《中国可以说不》这一本书,与《日本可以说不》那一本书,价值是很不一样的。"二战"后的日本,实际上一直处于向日本领土投了两颗原子弹的美国的领养子地位。美国所充当的,是一位面孔时时威严地板起来的监护人角色。美国的这一角色,一直使日本备感屈辱和压抑。《日本可以说不》,是这一种屈辱和压抑的民族性释放。而中国与美国的关系,自1949年新中国成立以来,始终是一种不卑不亢的关系。

《中国可以说不》这一书名,若预先定为《中国为什么说不》,并从历史到现实有条有理有根有据地对究竟"为什么"进行阐述,似乎此书才更有价值更有意味罢?

由此我联想到香港回归这一大事件。回归之日,已经越来越临近了。当中国的媒介,对彭定康这位港督的某些言论及举措予以抨击时,外国记者们,当然首先是英国记者们,也以各种方式采访过我,也曾提出过同样的问题——中国会掀起一股排英反英的民族主义浪潮么?英报记者们提出这样的问题时,当然是怀有忧患的。

我的回答也很肯定——不会。

是的,我认为,我的中国,今天已经不再是一个动辄容易被鼓噪起被煽燃起偏激的冲动的民族主义情绪的国家了。改革开放后的中国人普遍地理性多了。尤其是中国当代知识分子,已经善于冷静地看待历史,和客观地对待现实了。偏激的民族主义情绪在中国其实并无市场。普遍的中国人对日本的态度又何尝不是如此。许多中国人对日本的态度,其实谈不上排和反,只不过是"恶"。而且是有的时候,是在中国人的情感受到严重伤害的情况下。比如日本商人在中国生产"二战"时期的日军人偶玩具和电子游艺光盘的情况下,比如日本的政治家们参拜他们的靖国神社的情况下,比如日本不顾历史事实强行购买钓鱼岛的情况下……因为靖国神社至今仍摆着日本"二战"罪犯的灵位,如果不是这样,即使天天都去参拜,中国人也是不说三道四的……

一个成熟的国家和民族,首先应当是一个相信自己的政治家和外交家的国家和民族。中国正在向这一种成熟的境界演进着。它已开始学会充分相信它的政治家和外交家在化解国际矛盾,处理国际争端方面的能力了,并已开始学会尊重这一种能力。

至于亚特兰大奥运会——中国媒介的种种指摘,无非就是针对一次奥运会举办成败的言论而已。何况它本身的确有可指摘之处。这一种指摘,难免的不被嗅出政治气味儿。但中国是在"就事论事"。普遍的中国人,也主要是当成体育赛事的是是非非来接受的。归根结底,体育竞技场上的磨擦,哪怕一时疼了,也还是要由政治家和外交家们来贴止疼膏的。外交导引体育促进国与国之间关系改善的方式乃是英明的方式。体育干扰外交化解国与国之间冲突却是不明智的,甚至是愚蠢的。普遍的中国人已经不这么不明智和愚蠢了。并且完全相信普遍的美国人的头脑也是聪明的。

至于一本书——无非就是一本书,不是外交文牍,更不是国家宣言。以前,德国国家电视台采访过我——我本人对这一次采访毫无欣然接受的热情,是朋友替我答应了,我不愿使朋友为难。地点在"黑土地"餐厅。去了才知,是关于"文革"的话题。我想对方们预先已经拍足了墙上当年的毛主席画像,也肯定不会粗心地忽视了墙上当年的知青们现在钉上去的名片。庄重的德国先生通过翻译请我自外面重新走入一次,摄影机跟着我哗哗转动……

但这种预先所定的"构思"是那么的不真实,起码在今天已经很不真实了。

所以我坐下之后对翻译说——请告诉我们的朋友,我对他的"构思"已了如指掌。我配合他完成采访自外面重新走入一次,不是我头脑简单,而意味着是我对他的善意态度。我请翻译告诉我们的德国朋友,据我所知,此处定名为"黑土地",纯粹是商业性的考虑。墙上的毛主席画像,其实被强加了商业性的利用。那些名片其实没什么特殊的意义,不比某些中国人在某风景区留下的"到此一游"的标记有更特殊的意义。而且,大家都很少谈过去了。谈现在多了。谈现在也是谈钱多了,在这里谈政治显得可笑……

我不否认,"黑土地"刚开业时,由于它的定名,由于光顾者中当年知青成分的偏多,它的确似乎有种神秘色彩。但即使在当初,那神秘色彩的本质,也更是商业性的,而非政治性的。政治意味是被过分敏感、想象力过分丰富的头脑编织出来的。

现如今它只不过就是一处餐厅,与北京其他餐厅没什么本质区别。别处多么想招徕顾客,这儿也是。区别仅仅是招徕的方式,或套用一句商业的话,叫"餐饮环境"。

中国给世界的印象,常常便是如此这般被模糊的。

"第三只眼"看中国,并不见得比中国人自己的眼睛看得更明了。我怀疑一切外国人的眼睛的观察。我至今还没碰到一个比我这个中国人更了解中国现实的外国人。倒是他们无一例外地每次都通过我更了解一些。而且,分手时总会由衷地说"谢谢"。

他们当然是该谢谢我的!